U0091050

古典文獻研究輯刊

十一編

曾永義 主編

第 27 冊

明前期臺閣體研究

何坤翁 著

國家圖書館出版品預行編目資料

明前期臺閣體研究／何坤翁 著 -- 初版 -- 新北市：花木蘭文化
出版社，2015〔民104〕
目 2+198 面；19×26 公分
（古典文學研究輯刊 十一編；第 27 冊）
ISBN 978-986-404-135-0（精裝）
1. 明代文學 2. 文學評論
820.8   103027561

ISBN-978-986-404-135-0

古典文學研究輯刊
十一編　第二七冊　　　　　　　ISBN：978-986-404-135-0

明前期臺閣體研究

作　　　者　何坤翁
主　　　編　曾永義
總 編 輯　杜潔祥
副總編輯　楊嘉樂
編　　　輯　許郁翎
出　　　版　花木蘭文化出版社
社　　　長　高小娟
聯絡地址　235 新北市中和區中安街七二號十三樓
　　　　　　電話：02-2923-1455／傳真：02-2923-1452
網　　　址　http://www.huamulan.tw 信箱 hml 810518@gmail.com
印　　　刷　普羅文化出版廣告事業
初　　　版　2015 年 3 月
定　　　價　十一編 29 冊（精裝）台幣 52,000 元

版權所有·請勿翻印

明前期臺閣體研究

何坤翁　著

作者簡介

　　何坤翁，湖北來鳳人，土家族，1969 年生。現爲《武漢大學學報》人文版編輯，專職負責文學欄目。

　　童年在來鳳鄉間生活，12 歲那年，來到武漢大學校園生活。由鄉間來城市，留了一級，先在武漢大學的附屬小學讀書。後來上附屬中學，再就是中學畢業，念了大專，學的是經濟學。

　　大專畢業後，做電腦程序設計。工作 6 年後，考入武漢大學念文學碩士學位，畢業後留校，成爲《武漢大學學報》人文版的編輯，在職獲文學博士學位。

提　　要

　　在明代文學發展歷程中，臺閣體歷來是被批評的對象。《明前期臺閣體研究》在考察明代前期政治文化生態的基礎上，切入明代前期文學發展的具體情境，對明代前期臺閣體予以重新認識。

　　在以往諸家明代臺閣體研究基礎上，清理史料，會綜觀點，講述不追求賅備，而以補闕爲目的，有五點心得：

　　1、糾正文學史上長期流行的「三楊」說。指出臺閣體的代表是「二楊」，即楊士奇與楊榮，楊溥不是代表作家。楊榮先主文柄，楊士奇後主文柄。

　　2、從史部角度審視臺閣體作家的面目。長期以來，人們對臺閣體的關注停留在集部，對臺閣作家的文學行爲作了人爲的放大。本文指出，臺閣作家首先是政治家，文學是其餘事，這決定了他們的文學是收斂的。

　　3、臺閣體文學一直被認爲是館閣制度的產物。本文糾正這一看法，指出永樂皇帝的文化壟斷政策，是臺閣體文學誕生的秘密。

　　4、「雍容平易」是臺閣體文學的總特徵。諸家研究對什麼是雍容平易，語焉不詳。本文追溯雍容平易的歷史來源，揭示出雍容平易的含義。

　　5、臺閣體爲什麼消歇？從清人以來，一直認爲是臺閣體末流形式徒具，簡單模仿所致。本文糾正這一看法。指出文化解釋權由朝廷走向山林，朝廷的文化壟斷無法繼續，山林詩浸入臺閣，於是，臺閣體倒臺。

目次

引　言

　　發生於明前期的臺閣體，是理解整個明代詩文的阿基米德點。

　　相比於前代，明代詩文的整體成就不高。宋濂、劉基、高啓三人，被視爲明代文學的巨擘。但是，三人的主要創作業績都在元代，嚴格說來，他們是元代的詩文作家。明代作家多以詩文觀念的紛爭留名後世，而非創作的實績。

　　明代詩文作家拋給後人的是一大堆觀念，連他們自己都沒有理弄清楚，或者就是不屑於理清。今天的文學史家在處理明代文學時，注意力首先被雜多無序的明代文論所吸引，不得不花費很大的氣力，試圖從前後七子、唐宋派、公安派、竟陵派等流派中，找出明代詩文現象的根據。然而，很多人忽略了臺閣體。

　　沒有對臺閣體的正確理解，明代詩文的爭鳴現象是無法索解的。傳統文人的終身追求，道德功業之外，就是立言不朽。道德功業可遇不可求，而立言在己是可求的。臺閣體曾經是文人達到不朽的立言模式。它曾經那樣成功地將大量作者引到不朽的行列，而且不怎麼費力地就達到了目的。這種模式到李東陽的時候，忽然效力打了折扣，於是，李東陽倍感焦慮。他著手對臺閣體模式進行修補，要讓它繼續發揮立人於不朽的作用，起碼讓李東陽自己不朽。後來的李夢陽、王世貞等人，瞄準的首先是臺閣體模式，因爲只有這種模式曾經是本朝歷史上證明有效的。臺閣體模式成爲每一個追求不朽者的參照文體，無論取法秦漢還是傾心唐宋，都是比照臺閣體模式的一種選擇。之所以這樣，有一點是確定不疑的，那就是李夢陽、何景明、王世貞、唐順之之流，真正在乎的不是文學會怎樣流變，而是怎樣以文學爲手段，達至個

人的不朽。他們雖然不乏挽救文學流弊的眞誠，但更富爭論的激情。聯合同志，挑戰權威名流，造成一種熱鬧的文學風氣，以江湖撼動朝廷，進入歷史檔案，才是他們文學論爭的根本目的。這其實是臺閣體情結在新環境下的一種表現。湯顯祖給友人的信中說，「間求文字者，多村翁寒儒小墓銘、時文序耳。常自恨不得館閣典制著記，餘皆小言語，因自頹廢。」「不得與於館閣大記，常欲作子書自見。」又說：「僕極知俗情之文必朽，而時官時人，輒干之不置，有無可如何者。偶而爲之，實未嘗數受朽人之請爲朽文也。然思之，亦無復能不朽者。」這是私人信件，眞心眞語。湯氏所表達的正是臺閣體情結。〔註1〕

爲了理解明代的詩文現象，必須從臺閣體入手。

臺閣體的傳統研究方式，一直以集部爲中心，就臺閣體作品取材，構建觀念。對於別種類型的作家，這是一種可靠的方式。對於臺閣體作家，則宜當別論。有分量的臺閣體作家，幾乎全是政治家。在集部範圍的書寫中，他們不能自由，講述有故意失眞的地方。所以，以集部爲中心得到的關於臺閣體的結論，可信度值得懷疑。研究者也許有足夠的警覺，不受臺閣作家的謊言干擾，但是，集部中心的思考方式，限制了研究者所能達到的深度。從目前的研究成果看，幾位著名學者對臺閣體的考察，底極是回溯到翰林院制度，認爲臺閣體的流行，與館閣制度關係最爲密切。然而，這是經不起推敲的。宋代有翰林學士院，蘇軾就做過翰林學士，而臺閣體沒有在宋代流行。元代有翰林國史院，文學家虞集拜翰林直學士，臺閣體也沒有在元代流行。單就明朝來說，胡廣、楊榮之前沒有臺閣體，楊士奇亡後，臺閣體很快消歇，李東陽也無力挽救臺閣體的頹局，這些現象是在幾乎同樣的館閣制度下發生的。不僅如此。考察重心落在集部時，臺閣體作家的文學行爲被不經意地過度放大，他們成了專業的寫作者，似乎與李夢陽、王世貞一樣，爲了詩文之工而嘔心瀝血。

如果我們將視線轉向史部，就會發現，臺閣體作家在那裡別是一番情景。他們的身上承載著歷史，想要隱身或者說謊，反而比別的作家都困難。臺閣體是一種高度政治化的文學體裁，要準確地理解它，必須先瞭解它背後的政治。可靠的辦法是從臺閣作家入手，不是從臺閣作品開始。臺閣體作家不以

〔註 1〕參看程芸《「道學」與湯顯祖的文體選擇》，載《武漢大學學報》2006 年第 5 期。

文學爲事業，而是爲政之暇，肆其餘力，發爲文章。他們身分崇高，都藏身在史部。我們可以史部爲經，集部爲緯，通過經緯交錯，讓臺閣體的眞面目浮出水面。本書就是以史爲據，詳考臺閣作家的政治生活，參以他們的作品，揭示明前期的臺閣體文學究竟是如何發生的，爲什麼是那樣一種面貌。文學本位的追求目標，構成本文的敘述邊界，儘管大量採用《明史》《明實錄》等歷史典籍，而指向始終不離文學，力圖防止溢出文學界限，浸入到明代史學中去。

　　臺閣體的當代研究成果，是本文寫作的出發點。有幾部著作，值得分外關注。熊禮彙教授的《明清散文流派論》、陳文新教授的《中國文學流派意識的發生和發展》及《明代詩學》、黃卓越教授的《明永樂至嘉靖初詩文觀研究》、陳書錄教授《明代詩文的演變》，還有早期廖可斌先生的《復古派與明代文學思潮》，觀點各有勝場，代表了當代研究臺閣體的高水平。又有籍芳麗的《明代文壇「三楊」研究》，是一篇碩士學位論文，水平不低，值得重視。鄭禮炬的博士學位論文《明代洪武至正德年間的翰林院與文學》，對明代的翰林文學與臺閣體作了相當詳細的個案研究，功底紮實。臺閣體的現象描述、內容風格、盛衰轉換，在諸家的著作裏，已經揭示無遺；臺閣體作家的生平經歷、性情喜好，也挖掘殆盡。置身諸賢大作之後，作臺閣體的研究，本文意在補闕。

　　臺閣體研究中，有兩個問題沒有引起人們的重視：一是偶然性。臺閣體文學是偶然因其人因其事而成，那麼，研究的重點就是追溯什麼人什麼事，造成了臺閣體。目前的研究狀況卻是，人們對規律性的偏好，動輒將臺閣體引到文學邏輯的發展軌道上，讓它成爲一種文學轉換的必然。二是「三楊」術語。「三楊」幾乎成爲臺閣體的專有名詞，文學史以此設立論述框架，研究專著以此作爲思考的中心點。這個詞語影響非常大，生成了臺閣體研究的盲點。其實，文學現象的「三楊」在歷史上根本不存在，歷史上存在的是政治「三楊」。本文重點在回答上兩個問題，講述中不求完備，但求解決問題，凡是諸家論述已美已備者，惟心存敬仰，行文中儘量不重複。

　　明前期臺閣體的時間段，諸家著作有相當一致的說法，這裡再明確一下：本文所論明前期臺閣體，從解縉之死起算，至景泰元年之前。這與諸家說法並無不同，只是細緻一點。解縉永樂九年入了詔獄，在牢中呆到永樂十三年才死。只要他不死，文學的名望仍在，臺閣體就無法出頭。

　　本文不是明前期臺閣體的賅備講述,而是幾個問題探討。欲求得賅備論述,盡有前賢著作可供閱讀。

第一章　洪武政治文化生態與臺閣體的初生

　　明代的臺閣體以楊榮、楊士奇爲代表作家，主要活動在永樂後期至正統初。純粹以文學方式來講述臺閣體，應當直接從永樂後期開始，也可以斬斷一些無謂的文學糾葛。但是，明代初期的兩件重大政治事件，建文新政的失敗與重修太祖實錄，促使我們從洪武時期來追述臺閣體的政治起源，因爲臺閣體文學首先是政治的，其次是文學的。建文新政與永樂統治，是以對洪武制度的態度差異相區別的，永樂帝對洪武理念形式化的執守，造就了臺閣體。臺閣體的種子，由洪武帝親自埋下。

一、儒家敘事傳統的恢復

　　朱元璋信奉儒家道德，是程朱理學的推行者。他與宋濂、劉基的君臣和諧關係，也有儒家倫理作基礎。早年在軍旅中，宋濂便恒侍左右，爲朱元璋講授理學，包括《春秋左氏傳》和《尚書》。對宋濂宣說的儒家教義，朱元璋「悉稱善」。《明史》劉基傳說：「暇則敷陳王道。帝每恭己以聽，常呼爲老先生而不名，曰：『吾子房也。』又曰：『數以孔子之言導予。』」〔註1〕

　　天下一統後，身爲皇帝的朱元璋在全國推行儒家教義。洪武二年十月，詔令天下府州縣都設立學校。他諭中書省臣說：「學校之設，名存實亡，兵革以來，人習戰鬥。朕謂治國之要，教化爲先。教化之道，學校爲本。今京師

〔註 1〕張廷玉等：《明史》卷一二八，北京：中華書局 1974 年版，第 3782 頁。本文所引《明史》均據此本，後引僅標卷次、頁碼。

雖有大學,而天下學校未興,宜令郡縣皆立學。」〔註2〕這是一種學制上的創舉。徐一夔《德慶府端溪縣新建廟學記》說:「皇朝既一四海,乃洪武二年冬,制詔州縣興學。且監前代虛文之弊,嚴立教條,限以歲月,務底成效。於是天下風動,凡有民社之責者,莫不知興學,而人亦莫不知務學矣。」〔註3〕趙翼《陔餘叢考》卷二八《秀才》條說:「府縣學生員之制,始於明太祖。欲令人才一出於學校,於是府設教授,州設學正,縣設教諭,各副以訓導。其生員之數,府四十,州、縣遞減其十;月廩人六斗。其後命增廣員數不拘額。」〔註4〕

　　洪武帝鑒於元人不重儒術,禮崩樂壞,享國不足百年,他要將江山傳之萬代,就不能不大興教化,推廣程朱理學。儒家主張仁政,認為只有寬厚仁愛的治理才能保證社會穩定,漢代賈誼總結秦朝速亡的教訓,就曾提出「仁義不施,攻守之勢異也」。真的是這樣嗎?務實的洪武帝一方面堅信儒家學說,一方面又認為只有猛政才能鎮伏頑囂,他向已經致仕鄉居的劉基提出了疑問。《誠意伯文集》卷二〇《皇帝手書》云:「皇帝手書,付誠意伯劉基。近西蜀悉平,稱名者盡俘於京師。我之疆宇,比之中國前王所統之地不少也。奈何元代以寬而失?朕收平中國,非猛不可。然歹人惡嚴法,喜寬容,謗罵國家,扇惑是非,莫能治。即今天象迭見,且天鳴已及八載。日中黑子又見三年。今秋,天鳴震動,日中黑子或二或三或一,日日有之,更不知災禍自何年月日至?卿山中或有深知曆數者,知休咎者,與之共論,封來。前者,舍人捧表至京,忙,忘問卿安否。今差克期往卿住所,為天象事。卿年高,家處萬峰之中,必有真樂。使者往而回,勿齎以物,茶飯發還。洪武四年八月十三日。」〔註5〕黃伯生《故誠意伯劉公行狀》說:「八月,帝使克期,以手書問天象事。公悉條答,其大意以為:霜雪之後,必有陽春。今國威已立,自宜少濟以寬。」〔註6〕劉基的意見,沒有改變皇帝施行猛政的決定,但對帝國的文教會有勸進作用。

　　洪武五年,皇帝又令宋濂為師,教授全國的少年英俊。《明史》宋濂傳說:「是時,帝留意文治,徵召四方儒士張唯等數十人,擇其年少俊異者,皆擢

〔註2〕谷應泰:《明史紀事本末》卷一四,北京:中華書局1977年版,第204頁。
〔註3〕徐一夔:《始豐稿》卷五,文淵閣《四庫全書》本。
〔註4〕趙翼:《陔餘叢考》,北京:中華書局1963年版。
〔註5〕劉基:《誠意伯文集》,文淵閣《四庫全書》本。
〔註6〕劉基:《誠意伯文集》附錄,文淵閣《四庫全書》本。

編修，令入禁中文華堂肄業，命濂爲之師。」〔註7〕

對於皇太子朱標，更是嚴格按照儒家的一套教義，培育他的德行學問，盼望他能成爲符合儒家理想的君王。朱元璋還在作吳王時，就注意讓兒子「察民情好惡以知風俗美惡」，有一年冬天，吳王朱元璋參拜郊壇，令左右帶朱標到農民家裏參觀，熟悉農民的生活狀況。朱元璋又指著路旁的荊棘，對朱標說：「古用此爲撲刑，以其能去風，雖傷不殺人，古人用心仁厚如此，兒念之。」洪武元年，朱標被立爲太子。國子生國琦、王璞、張傑等十餘人，被選取來陪侍太子讀書。朱元璋對殿中侍御史郭淵友等說：「諸生於文藝習矣，然與太子處，當端其心術，不流浮靡，庶儲德亦獲裨助。」宋濂是當時首屈一指的大儒，一直負責太子的教育。「濂傅太子先後十餘年，凡一言動，皆以禮法諷勸，使歸於道，至有關政教及前代興亡事，必拱手曰：『當如是，不當如彼。』皇太子每斂容嘉納，言必稱師父云。」

洪武六年四月，皇帝對他一向親信的劉基起了懷疑。《故誠意伯劉公行狀》說：「初公言於帝：『甌括間有隙地，曰談洋，及抵福建界，曰三魁。元末頑民負販私鹽，因挾方寇以致亂累年，民受其害。遺俗猶未革，宜設巡檢司守之。』帝從之。及設司，頑民以其地係私產，且屬溫州界，抗拒不服。適茗洋逃軍周廣三反，溫處舊吏持府縣事，匿不以聞。公令長子璉赴京奏其事，徑詣帝前，而不先白中書省。時胡惟庸爲左丞，掌省事，因挾舊忿，欲構陷公，乃使刑部尚書吳雲訹老吏訐公。乃謀：以公欲求談洋爲墓地，民弗與，則建立司之策，以逐其家，庶幾可動帝聽。遂爲成案，以奏。」〔註8〕《明史》劉基傳稱：「帝雖不罪基，然頗爲所動，遂奪基祿。」〔註9〕這類事情無疑會加深皇帝對帝國前途的憂慮，影響他採信儒家的具體方式。

理學作爲官方意識，是由朱元璋的明王朝開始的。但知識分子對理學的尊崇，在元代中葉已經發生，一直持續到元末，卻得不到元朝廷的積極回應。蒙古貴族在思想意識領域的統治相當鬆散，儘管科舉取士分榜錄取，並且對漢族人擔任政府官員作了諸多限制，但是這種歧視是表面的。如果考慮到蒙古人的數量極少，而漢人數量巨大，蒙古人在漢人中彷彿泡沫在大海上，隨時會被吞沒，那麼，元朝廷實行的分榜取士及種種限制漢人的做法，就是不

〔註7〕張廷玉等：《明史》卷一二八，第3785頁。

〔註8〕劉基：《誠意伯文集》附錄，文淵閣《四庫全書》本。

〔註9〕張廷玉等：《明史》卷一二八，第3781頁。

得已的。任由數量占絕對優勢的漢人與蒙古人在科場和官場上自由競爭，不需要戰爭，在短時間內漢人就可以將蒙古貴族的政權接過手。蒙古人與色目人結爲同盟，反映了在與漢族人口對比懸殊下的憂慮。當初，蒙古鐵騎每佔領中原一個地方，就要屠城，也一定是出於人口對比的考慮。即使元朝廷已經建立，相對於蒙古人和色目人的數量來說，漢人實在太多了，每一個蒙古人和色目人都被包圍在漢人的海洋裏。進入元廷的知識分子如劉因、許衡、吳澄等，以孔孟之學起家，實則奉守的是朱子理學。他們倡導的理學，在讀書界中影響廣泛，而不能獲得朝廷的制度支持，理學中的華夷之辨是最大的障礙。元朝廷對理學缺乏熱情，卻放任理學的自由傳播，正是蒙古統治的寬大，在思想意識領域毫不設防。朱元璋上臺恢復了漢人執政，元朝廷面對的人口威脅政治的處境蕩然無存，元朝知識分子一直倡導的理學成爲明王朝的官方意志，可謂水到渠成。

由於中國文化的狹隘封閉，讀書人如果捨棄釋道兩途外，便只有習儒，別無其它可以安頓生命。釋道崖岸高絕，不能成爲生命力展放的常態。儒家學說作爲主要的生命力吸納機制，卻被元朝廷等閒視之，使得大量的讀書人將身心託付給儒家學說後，無法入仕，只能轉而寄情山水，以儒家的心態步履釋道的途轍。元代知識分子的這種遭遇，使他們的寫作疏離了政治，最具有今天所說的文學意味，卻偏離了儒家傳統的敘事方式，按照儒家學者的看法，元代恰恰是一個不夠文學的時代。關漢卿、楊顯之、王實甫等劇作家的活躍，都證實了儒家敘述方式的衰微。到了元末，楊維楨馳騁才氣，奇奇怪怪，吐納珠玉，專以詩文爲藝，與存史載道之文異趣，影響遍於吳越。此時，元朝廷苟延殘喘，朱元璋的政治勢力顯示了漢人即將復政的曙光，嘉定文人王彝針對楊氏文風，撰寫了《文妖》，云：「浙之西有言文者，必曰楊先生。余觀楊之文，以淫辭怪語裂仁義，反名實，濁亂先聖之道，顧乃柔曼傾衍、黛綠朱白，而狡獪幻化，奄焉以自媚，是狐而女婦，則宜乎世之男子者之惑之也。余故曰，會稽楊維楨之文，狐也，文妖也。」〔註10〕四庫館臣評楊維楨《東維子集》云：「朱國楨《湧幢小品》載，王彝嘗詆維楨爲文妖。今觀所傳諸集，詩歌、樂府出入於盧仝、李賀之間，奇奇怪怪，溢爲牛鬼蛇神者，誠所不免。至其文，則文從字順，無所謂剪紅刻翠以爲塗飾，聲牙棘口以爲古奧者也。觀其於句讀疑似之處，必旁注一句字，使讀者無所岐誤，此豈故

〔註10〕王彝：《王常宗集》卷三，文淵閣《四庫全書》本。

爲險僻欲使人讀不可解者哉？」〔註11〕館臣理解有誤。王彝指斥楊氏者，不是其文章形式而是內容。《湧幢小品》卷一六《文淫妖》條云：「布衣王彝，字宗常，有操行，爲文本經術。會稽楊維楨，以文主盟四海，彝獨薄之曰：文不明道，而徒以色態惑人媚人，所謂淫於文者也。作《文妖》數百言詆之。」〔註12〕朱國禎所記，明明王彝是從內容上批評楊維楨的。王彝批評楊氏，正是當時文壇風氣開始轉變的信號，要從詩酒留連的藝文轉爲儒生入世的道德之文了。這種變化，當然是朱元璋政治集團給儒生帶來希望而引起的。

明王朝的建立，讓讀書人獲得了精神解放。元朝廷並不曾壓制自由的思想，只因爲沿襲既久的儒家制度禮儀，突然間遭遇冷落，讀書人視之爲布帛菽粟不可須臾離的儒家文明，在政府的眼中竟然值不得什麼，儒生的精神失落了，他們感到了空前的壓抑。當洪武帝重新拾起孔孟之道，將理學確定爲國家意志時，幾乎所有的讀書人都歸心於新政府了。

元朝的統治不足百年，蒙古人口數量很少，在生活風俗上對漢人的影響不大。總體來說，當時的民間習俗，基本是各行其是。朱元璋被讀書人視爲扭轉元胡風氣的帝王，主要不是生活方面的移風易俗，而是恢復儒家學說的政治統治地位。新朝指責元朝的罪行，主要是蔑視孔孟之教，而洪武帝的莫大功勞就在於撥亂反正。對此，《明太祖高皇帝實錄》有多次記載。卷四六「洪武二年冬十月辛卯」云：

> 命郡縣立學校。詔曰：古昔帝王育人材，正風俗，莫先於學校。自胡元入主中國，夷狄腥膻，污染華夏，學校廢弛，人紀蕩然。加以兵亂以來，人習鬥爭，鮮知禮義。今朕一統天下，復我中國先王之治，宜大振華風，以興治教。〔註13〕

卷七九「洪武六年二月壬午」：

> 詔禮部申禁教坊司及天下樂人：毋得以古先聖、帝、明王、忠臣、義士爲優戲，違者罪之。先是胡元之俗，往往以先聖賢衣冠爲伶人笑侮之飾，以侑燕樂，甚爲瀆慢。故命禁之。

卷一五三「洪武十六年三月庚戌」：

〔註11〕永瑢等：《四庫全書總目》卷一六八，北京：中華書局1965年版，第1462頁。
〔註12〕朱國禎：《湧幢小品》，四庫全書存目叢書本。
〔註13〕《明太祖實錄》，臺北：臺灣「中央研究院」歷史語言研究所校印本。後引《明實錄》均據此本，不另出注。

　　上與侍臣論歷代創業及國祚修短。侍臣皆曰：前代祚運之長，莫逾成周，其次莫如漢。諫議大夫唐鐸進曰：「三代以後，起布衣有天下者，惟漢高帝及陛下而已。陛下祖宗積德累善，至於陛下，遂膺天命。以臣觀之，非漢高所及。漢高除秦苛法，雜伯道而不純。陛下去胡元弊政，一復中國先王之舊，所謂撥亂世反之正；漢高不事詩書，陛下留心聖學，告諭萬方，自爲制命，卓然與典謨訓誥相表裏。」

　　在朱元璋手上確立的明代科舉，以制度方式保證了讀書人的政治出路，樹立了朝廷留心聖學的形象。由元入明的淩雲翰，對此深有感觸，其《送金元哲之官分水序》云：「聖朝之設科也，本德行而兼六藝，黜詞賦而崇禮樂，蓋有合於成周三物教民賓興之意。若明經對策，則又斟酌漢唐之制而加詳焉。是欲底於實效，非徒事乎虛文而已。一時之士，咸喻上意，莫不鼓舞奔走以報。」〔註14〕洪武年代所立的科舉，效果在永樂時就看得更清楚了。永樂年間的梁潛，在《溧陽縣學鄉貢題名記》中說：「進士之科，自隋唐距今幾千年，賢豪俊義之出不可勝計。聖明統一萬方，詔天下立學，既歲貢其士子之賢者，又取之以進士之科，此與成周鄉舉里選之法並行不廢也。故今之得士也尤盛，至於薰陶消化使人人自趨於善，禁制防範使不失其性，則三代以下未嘗有也。由是海隅邊徼萬里之外，皆翕然響應。」〔註15〕科舉選士在宋代已經臻於極至，明朝的科舉與宋代相比，格局太狹，束縛人性。在洪武朝開科不久即停科，到洪武十八年科舉才成爲定例。儘管如此，明王朝繼元朝罷科舉、輕視科舉之後，恢復取士以科目爲重的傳統，贏得了讀書人的普遍讚頌。清人趙翼《廿二史札記》卷三〇《元史》部分，評論玉山草堂、清閟閣等文人集會，「獨怪有元之世，文學甚輕，當時有九儒十丐之謠，科舉亦屢興屢廢，宜乎風雅之事，棄如弁髦。乃搢紳之徒，風流相尚如此。蓋自南宋遺民故老相與唱歎於荒江寂寞之濱，流風餘韻久而弗替，遂成風會，固不繫乎朝廷令甲之輕重也歟！」〔註16〕趙翼不知元人詩酒集會，多偏於藝的方面，遠離儒家風人之旨，正是科舉屢廢所致。明王朝重視科舉，文學必然回歸到儒家的傳統，

〔註14〕淩雲翰：《柘軒集》卷四，文淵閣《四庫全書》本。
〔註15〕梁潛：《泊庵集》卷三，文淵閣《四庫全書》本。
〔註16〕趙翼：《廿二史札記》卷三〇《元季風雅相尚》，北京：中華書局1984年版，第705頁。

以政治文學爲主腦。

儒家的書寫傳統是由《詩》《書》《春秋》等確立的，在美刺和實錄之先，必須嚴華夷之辨。洪武政權占盡了華夷之辨的好處，朱元璋僅憑文明再造的身分，就足夠在儒家史書系統中獲得大寫的形象。他對儒家書法又相當留意。黃佐《翰林記》卷一《史館》云：「聖祖初建吳國，重史事，設起居注。甲辰年十月，以宋濂爲之，日侍左右，紀言動。繼濂者王禕、樂韶鳳。即大位後，吳琳、魏觀、劉季道由明經任，郭傳由翰林應奉任，范常由直學士任，蔣學、閻鈍、蔣子傑由舉人任，熊鼎由考功博士任，陳敬由編修任。未幾革之。洪武十四年九月己丑，詔復置起居注，秩從七品，以儒士單仲祐任焉。二十四年，詹同猶爲起居注，其後竟廢。令本院史官專之。每朝則立班紀事，入館則載筆以從。書動以爲《日曆》，書言以爲《寶訓》。永樂中，王直在翰林猶從事於記注。宣德後，寖以廢矣。」〔註17〕洪武二年，詔修《元史》，以通判王禕總裁其事。王禕請朋友徐一夔參加，一夔作《與王待制書》，拒絕入史局。書云：「而僕自有知，頗識元朝制度文爲，務從簡便。且聞史事尤甚疏略，不置日曆，不置起居注，獨中書置時政科，以一文學掾掌之，以事付史館。及一帝崩，則國史院據所付修實錄而已。尙幸天曆間詔修《經世大典》，虞公集依六典爲之，一代之典章文物稍備。」〔註18〕對比元朝諸帝對史實的態度，洪武帝充分儒家化了。

儒家教義的原始存在靠四書五經，現實存在則必須依託當下的政治。古代書的四部劃分依據的是儒家標準，史部可以視爲儒家的緯線。對於信奉儒家學說的讀書人，子部和集部遠沒有史部重要。洪武帝有清醒的歷史表演自覺，平時有意製造意義深刻的君臣對答，或者評價歷史興亡，或者發表對儒家經典的獨特見解。這些作爲記言部分，讓他的形象變得光輝。

對於儒家主張的美刺，朱元璋只接受讚美，反對譏刺。他可以聽納不同意見，甚至是逆耳的言論，但進言者必須站在美化朝廷的立場上。逆耳之言要有補於朝廷聖德，而不是冷眼旁觀式的批評。明人葉盛《水東日記》卷四，記錢宰致仕，云：「臨安錢宰子予，武肅王之裔，元末老儒也。高廟禮徵，同諸儒修纂《尙書會選》《孟子節文》。公退，微吟曰：『四鼓多多起著衣，午門朝見尙嫌遲。何時得遂田園樂，睡到人間飯熟時。』察者以聞。明日，文華

〔註17〕黃佐：《翰林記》，文淵閣《四庫全書》本。
〔註18〕徐一夔：《始豐稿》卷六，文淵閣《四庫全書》本。

燕畢,進諸儒而諭之曰:『昨日好詩。然曷嘗「嫌」汝?何不用「憂」字?』宰等悚愧謝罪。未幾,皆遣還。」〔註19〕《靜志居詩話》卷二《蘇伯衡》云:「元時,進賀表文觸忌諱者,凡一百六十七字,著之典章,使人不犯其法,良善。逮明孝陵,恩威不測,每因文字少不當意,輒罪其臣,若蘇平仲、徐大章輩是也。當日有事圜丘,惡祝冊有『予』『我』字,將譴撰文者。桂正字彥良言於帝曰:『「予小子履」,湯用於郊;「我將我享」,武歌於廟。以古率今,未足深譴。』帝怒乃釋。可謂善於悟主矣。惜未有爲平仲調解者,竟瘐死於獄,悲夫!」〔註20〕《廿二史札記》有《明初文字之禍》,記洪武帝動輒以文字殺人〔註21〕。這些可以見證朱元璋只接受儒家敘事主張的美,而反對刺。趙翼和朱彝尊所說的明初文字禍,或許言過其實,所舉事例與史實有出入,美籍華人學者陳學霖撰《明太祖文字獄案考疑》,已經作過辨正〔註22〕。蘇伯衡也不死於文字禍,黃雲眉《明史考證》於《蘇伯衡傳》下有案語:「舊考:按開國臣傳,伯衡卒於家,與此異。」〔註23〕但空穴不來風,必是洪武帝一貫反感譏刺文字,疑心重重,才引起了民間的紛紛傳言。

刪節《孟子》、罷孟子配享的事,足可表明洪武帝對儒家的選擇態度。《明史》錢唐傳,「帝嘗覽《孟子》,至『草芥』『寇讎』語,謂非臣子所宜言,議罷其配享,詔有諫者以大不敬論。唐抗疏入諫曰:『臣爲孟軻死,死有餘榮。』時廷臣無不爲唐危。帝鑒其誠懇,不之罪。孟子配享亦旋復。然卒命儒臣修《孟子節文》云。」〔註24〕罷孟子配享,爲明代著名事件,談遷《國榷》、黃瑜《雙槐歲鈔》俱言之灼灼,《明史考證》又詳加考辨,茲不贅述。刪節《孟子》由學士劉三吾主持,楊士奇跋《孟子節文》云:「右《孟子節文》一冊。考翰林學士劉三吾題辭,蓋三吾等奏請而爲之者也。總一百七十餘條。此外,惟課試不以命題,科舉不以取士而已。刻板在太學。」〔註25〕清人潘檉章《國史考異》卷三《高皇帝下》第 17 條云:「近見董應舉撰連江孫芝傳,云:永樂辛卯,奏復《孟子》全書。略言:逆臣劉三吾欲去八十五條,其中養氣一

〔註19〕葉盛:《水東日記》,北京:中華書局 1980 年版,第 39 頁。
〔註20〕朱彝尊:《靜志居詩話》,北京:人民文學出版社 1990 年版,第 41 頁。
〔註21〕趙翼:《廿二史札記》卷三二,第 740 頁。
〔註22〕陳學霖:《明太祖文字獄案考疑》,《明史研究論叢》第五輯,南京:江蘇古籍出版社 1991 年版。
〔註23〕黃雲眉:《明史考證》,北京:中華書局 1984 年版。
〔註24〕張廷玉等:《明史》卷一三九,第 3982 頁。
〔註25〕楊士奇:《東里續集》卷一七,文淵閣《四庫全書》本。

章，此程子所謂擴前聖所未發，大有功於世教者。又欲課試不以命題，科舉不以取士，則謬妄益甚！乞下部議，收復全書，庶使萬世知所誦慕。疏草為蟲鼠所蝕，不能詳，然孟子書以公言復全。」〔註26〕洪武帝忌諱刺言，連《孟子》書也不放過。清人全祖望《辨錢尚書爭孟子事》引《典故輯逸》，記明太祖讀《孟子》至「君之視臣如土芥，則臣視君如寇讎」及「君輕」「民貴」等語，大怒說：「使此老在今日，寧能免耶？」

　　時代到了洪武，革元舊制，讀書人已經欣欣然回歸儒家的軌道，主張政治的文學，反對風月的文學。元末的文學疏離了政治，在明初人眼中就成了纖穠縟麗之物。洪武帝又不允許譏刺，儒家美刺敘事的雙環，只剩了一個單邊。兩種因素合在一起，便只能頌美政以鳴國家之盛了，這為後來臺閣體的興盛埋下了種子。

二、《洪武大誥》及《皇明祖訓》的威權框架

　　今天的古代文學研究者在評議明代臺閣體時，多為臺閣「三楊」的身分所迷惑，將臺閣體與翰林制度及當時清平的政治相聯繫，指責臺閣體脫離生活，而對一個基本事實棄而不顧：臺閣體作家幾乎都關心民瘼，對於底層百姓及國家前途的憂慮，比號稱為愛國詩人的杜甫要深廣得多。杜甫的憂慮國事只是政治旁觀者的批評，是消極的意見；臺閣體作家愛民憂國，則是躬自踐行，意見總是建設性的。

　　考察臺閣體，如果不能注意到臺閣體作家群的普遍優秀品格，就是本質的失誤。離開了寫作者的那種卓越品質，臺閣體將不復存在，只會淪為諂媚體。關心百姓，廉潔奉公，是臺閣體作家群的共同品質，也是臺閣體文學的內質。此種內質的形成，只能由洪武時代的文化精神才能得到說明。臺閣體作家雖然從永樂後期才開始活躍，而所受教育則多由洪武文化薰陶而來。對此永樂皇帝也曾明言。《明太宗文皇帝實錄》卷九下「（建文）四年六月丁丑」云：「復有言建文所用之人宜屏斥者，上曰：『今之人才，皆皇考數十年所作養者，豈建文二三年間便能成就！』」卷二三「永樂元年九月壬辰」云：「吏部尚書蹇義等言，太祖時未仕者，至建文中授以官，後復以罪黜，今有來告復職者，此於例不當復。上曰：天下人才，皆皇考所造就，為國家之用。朕即位以來，紹遵成憲，凡一才一藝悉用之。古稱任官惟賢才，初興之主，往

─────────────────────

〔註26〕潘檉章：《國史考異》，續修四庫全書本。

往因材於前代，況出皇考所造就，豈得因建文嘗用而遂棄之？自今勿復分別，但隨才擢用。」

關心百姓和廉潔奉公，是洪武時代的基本精神。

洪武皇帝出身貧賤，熟悉底層社會生活。爲了讓太子親民，防止未來的國君不能體恤下情，他在洪武十年，就下令政事全部付與太子，先由太子處分，然後再奏聞皇帝。他告誡太子：「惟仁不失於疏暴，惟明不惑於邪佞，惟勤不溺於安逸，惟斷不牽於文法。凡此皆心爲權度。吾自有天下以來，未嘗暇逸，於諸事務惟恐毫髮失當，以負上天付託之意。戴星而朝，夜分而寢，爾所親見。爾能體而行之，天下之福也。」〔註27〕並且選派儒臣爲太子講《大學衍義》，那是南宋著名理學家眞德秀撰寫的。

朱元璋說「天下之福」的「天下」，不是通常意義的江山社稷，而是占人口絕多數的草根百姓。爲了保護這個意義的「天下」，對於貪官污吏，他是深惡痛絕的。洪武十二年開始的胡惟庸案，就是由懲貪引發的。《明史》胡惟庸傳載：「十二年九月，占城來貢，惟庸等不以聞。中官出見之，入奏。帝怒，敕責省臣。惟庸及廣洋頓首謝罪，而微委其咎於禮部，部臣又委之中書。帝益怒，盡囚諸臣，窮詰主者。未幾，賜廣洋死，廣洋妾陳氏從死。帝詢之，乃入官陳知縣女也。大怒曰：『沒官婦女，止給功臣家。文臣何以得給？』乃敕法司取勘。於是惟庸及六部堂屬咸當坐罪。」〔註28〕汪廣洋私取沒官婦女，屬於越格侵佔，直接導致了案件的升級。以此案爲突破口，皇帝一直窮追各層不法官員，歷時近十年，坐誅者三萬餘人。在胡惟庸案中遭牽連而受誅的官員，直接的罪名是謀反。其實，胡本人至死也沒有顯露謀反迹象，此案在史學界被稱作明代第一大冤案。然而，受誅者盡是些貪頑不法、侵奪民利的官員，則是事實。

洪武十八年，胡惟庸案初告一段落，皇帝頒佈了《御製大誥》。接下來的兩年，續頒《大誥續編》和《大誥三編》。《御製大誥序》說：「臨事之際，私勝公微，以致愆深曠海，罪重巍山。當犯之期，棄市之屍未移，新犯大辟者即至。若此乖爲，覆身滅姓，見存者曾幾人而格非？嗚呼！果朕不才而至是歟？抑前代污染而有此歟？然況由人心不古，致使而然。今將害民事理，昭示天下諸司，敢有不務公而務私，在外贓貪、酷虐吾民者，窮其原而搜罪之。」

〔註27〕張廷玉等：《明史》卷一一五《興宗孝康皇帝傳》，第3549頁。
〔註28〕張廷玉等：《明史》卷三〇八《姦臣傳》，第7907頁。

〔註29〕翻開《御製大誥》，觸目皆是《陝西有司科斂》《陝西運糧》《徵收不實》《水災不實》等指斥地方官員殘害百姓的條目。如《民陳有司賢否》說：「自布政司至於府州縣官吏，若非朝廷號令，私下巧立名色，害民取財，許境內諸耆宿人等遍處鄉村市井，連名赴京狀奏，備陳有司不才，明指實迹，以憑議罪，更賢育民。及所在布政司府州縣官吏，有能清廉直幹，撫吾民有方，使各得遂其生者，許境內耆宿老人遍處鄉村市井、士君子人等，連名赴京狀奏，使朕知賢。凡奏是奏非，不許三五人、十餘人奏。且知府官善政，概府所屬耆老，各縣皆列姓名具狀，其律內不許上言大臣美政，係干禁止。在京官吏人等，毋得徇私黨比，紊亂朝政。在外諸司，不拘此律。」〔註30〕鼓勵底層百姓監督政府官員，類似條目還有《耆民奏有司善惡》《鄉民除患》，今天讀之，尤能感人。

官員利用職權，貪酷害民，貪墨者多，清廉者少，洪武帝深悉狀況。《御製大誥》第五條《諭官之任》說：「朕命諸司官前往任所，每常數數開諭導引為政，勿陷身家。」其諭辭曰：「汝知不才者乎？今所在有司，坐視患民，酷害無端。政由吏為，吏變為奸，交頭接耳，議受贓私，密謀科斂。愚奸既成，帖下鄉村，聲徵遍邑，民人嗟怨，此果交頭接耳密謀征斂，機軸之深乎？民人既怨，何謀之良哉？汝不見事覺之後，受刑在禁，議罪已明，身居工役之場，贓在數千里外，妻子收存者有之，眷屬無之者有之，多在異姓收藏，臨期欲以為用，安得而至耶？是致家破身亡，髒為他人所有，比若是而無益，守俸如井泉，井雖不滿，日汲不竭，淵泉焉。賄賂之財，何益之有哉？汝往任事，勿蹈前非。」〔註31〕

朱元璋是歷史上真正與草民百姓情感相通的統治者，《大誥》及其續編和三編，由皇帝親自撰文，全是站在普通百姓立場上，流露的情感至為真切。如《官民犯罪》條：「今後官民有犯罪責者，若不順受其犯，買重作輕，買輕誣重，或盡行買免，除死罪坐死勿論，餘者徒流、遷徙、笞杖等罪，賄賂出入，致令冤者不伸，枉者不理，雖笞亦坐以死，法司罪同犯者。此犯不分贓之巨微，除失錯公罪不坐，凡私的決，並不虛示。」〔註32〕要杜絕的是權錢

〔註29〕朱元璋：《御製大誥》，續修四庫全書本。

〔註30〕朱元璋：《御製大誥》，續修四庫全書本。

〔註31〕朱元璋：《御製大誥》，續修四庫全書本。

〔註32〕朱元璋：《御製大誥》，續修四庫全書本。

社會的司法不公，直接受益者是無權無勢的平民百姓。爲了讓全體百姓知曉這部利民文冊，《須行續誥》說：「朕出斯令，一曰《大誥》，一曰《續編》。斯上下之本，臣民之至寶，發佈天下，務必戶戶有之。敢有不敬而不收者，非吾治化之民，遷居化外，永不令歸。的不虛示。」〔註33〕《明史》太祖本紀，說他「晚歲憂民益切，嘗以一歲開支河暨塘堰數萬以利農桑、備旱潦」，評價是中肯的。

　　有權有勢的人任意侵奪社會底層的利益，歷史上很多政府漠然視之，而洪武皇帝不允許這樣的狀況在自己執政時存在。茲從《明太祖高皇帝實錄》中摘錄幾條，以見一斑：

　　　　遣使齎敕諭宋國公馮勝。時勝督工建周王宮殿於開封府，將以九月興役。上以其時民當種麥，敕諭之曰：「中原民食所恃者二麥耳，近聞爾令有司集民夫，欲以九月赴工。正當播種之時而役之，是奪其時也，過此則天寒地凍，種不得入土，來年何以續食？自古治天下者必重農時，朕封建諸子將以福民，今福未及施，而先奪農時，朕恐小民之怨咨也。敕至，其即放還，俟農隙之時赴工未晚也。」（《明太祖高皇帝實錄》卷一二六，洪武十二年八月丁亥）

　　　　湖州府長興縣民輸夏稅絲入京，戶部擇其粗且纇者，得四百三十斤，奏將罪之。上曰：「小民艱苦如此，若加以罪而復徵之，則民愈困矣。絲粗豈無所用哉？」命釋之。（《明太祖高皇帝實錄》卷一三二，洪武十三年六月甲申）

　　　　免應天、太平、鎮江、寧國、廣德五府稅糧，命戶部諭其民曰：「五郡爲興王之地，其民輸忠效勞，助朕居多。今天下太平，務使之各得其所，故數免稅糧，少酬其勞。敢有恃強暴以侵漁小民者，必置於法，朕不輕貸。」（《明太祖高皇帝實錄》卷一五四，洪武十六年五月庚申）

在歷史上，朱元璋以執政嚴酷著稱。爲了建立一個勤政廉潔的政府，他處置貪官污吏毫不手軟。胡、藍兩案，誅殺功臣，使朱元璋蒙受猜忌寡恩的惡名，但是，這兩個大案對於帝國的廉政建設，功莫大焉，「欲知前面花多少，直到南山不屬人」的豪門侵佔舊例，在洪武當政的時代根本沒有長久存在的機會，

〔註33〕朱元璋：《御製大誥續編》，續修四庫全書本。

底層百姓因此而獲福祉，也是顯而易見的。

　　除了功臣驕縱不法外，元末法治廢弛，貪官與污吏勾結，魚肉百姓，狡獪百出，明元相承，風俗一時難改，也是朱元璋猛政治國的一大原因。《明太祖高皇帝實錄》有例子，如：

> 命自今官吏犯贓罪者無貸。初，元末政弊，仕進者多賂遺權，邀買名爵，下至州縣簿書、小吏，非財賂亦莫得而進。及至臨事，輒蠹政嫚獄，大爲民害。上深知其弊，嘗曰：「此弊不革，欲成善治，終不可得。」故有是令。（《明太祖高皇帝實錄》卷六九洪武四年十一月庚申）

洪武的清明政治，經過歷史反思後，才更清晰地顯露本色。景泰年間，馬文升《申明舊章以厚風化事》云：「洪惟我太祖高皇帝膺天眷命，奄有萬方，君臨天下，慨彼前元紀綱淪替，彝遵傾頹，斟酌損益，聿新一代之製作，大洗百年之陋習，始著《大明令》以教之於先，續定《大明律》以齊之於後。制《大誥》三編以告諭臣民，復編《禮儀定式》等書以頒示天下。即孔子所謂『道之以德，齊之以禮，道之以政，齊之以刑』之意也。當時名分以正，教化以明，尊卑貴賤，各有等差，無敢僭越，眞可以遠追三代之盛，而非漢唐宋之所能及矣。迨我太宗文皇帝克平內難，正位宸極，及至列聖相承，一遵成憲，恪守舊章，禮儀不紊，法令嚴明，人尚節儉，不事奢靡。至景泰年間，祖宗成憲所司奉行未至，風俗漸移。」〔註34〕

　　洪武養育人才的成效，在臺閣體作家身上得到了明顯體現。夏原吉、黃淮、楊士奇、楊榮、金幼孜、胡廣等人，求學成長都在洪武時期，夏原吉和黃淮還是洪武間的進士，楊榮、金幼孜、胡廣則是建文二年的進士，諸人都能執政爲民，嚴於律己。《明史》夏原吉傳記載：「嘗夜閱爰書，撫案而歎，筆欲下輒止。妻問之。曰：『此歲終大辟奏也。』」〔註35〕金幼孜傳記載：「幼孜簡易靜默，寬裕有容。眷遇雖隆，而自處益謙。名其宴居之室曰『退庵』。疾革時，家人囑請身後恩，不聽，曰：『此君子所恥也。』」〔註36〕其餘臺閣作家，爲人行事與夏、金兩人多相類。

　　《洪武大誥》一類，屬於治理官員的臨時經驗集錄，類似法律案例，可

〔註34〕馬文升：《馬端肅奏議》，文淵閣《四庫全書》本。
〔註35〕張廷玉等：《明史》卷一四九，第4154頁。
〔註36〕張廷玉等：《明史》卷一四七，第4127頁。

供閱讀者援引，這是朱元璋的外法。朱元璋另有一套內法，專門整治皇家事務，就是《皇明祖訓》。

朱元璋的統治方式與過去歷代帝王差別頗大，一般的皇帝是著眼於自己的時代，採取合適的政策法規，博得即身的名譽，而朱元璋更關心他的子孫如何承繼大明江山，他的現實政策往往爲他擬構的未來而設置，是盡量將未來事務提前解決的一種統治方式。從登極以來，朱元璋一直在思考傳國萬代的大經大法。六年五月，他的構想初步完成，編成《祖訓錄》。他親自作序：「朕觀自古國家，建立法制，皆在始受命之君。……至於開導後人，復爲祖訓一編，立爲家法，大書揭於西廡，朝夕觀覽以求至當，首尾六年，凡七謄稿，至今方定，豈非難哉！蓋俗儒多是古非今，奸吏常舞文弄法，自非博采眾長，即與果斷，則被其眩惑，莫能有所成也。今令翰林編輯成書，禮部刊印，以傳永久。」〔註37〕《祖訓錄》的寫定要到二十八年九月，距離洪武帝駕崩僅兩年多。皇帝日夜思考，隨時損益，至此完備，便將《祖訓錄》改名《皇明祖訓》，而且告諭天下：「後世有敢言更制者，以奸臣論，毋赦。」

《皇明祖訓》直接反映朱元璋的治國理念。其第一條文是：「朕自起兵至今四十餘年，親理天下庶務，人情善惡眞僞無不涉歷，其中奸頑习詐之徒，情犯深重、灼然無疑者，特令法外加刑，意在使人知所警懼，不敢輕易犯法。然此特權時處置，頓挫奸頑，非守成之君所用常法。以後子孫做皇帝時，止守《律》與《大誥》，並不許用黥刺、荆、劓、閹割之刑。云何？蓋嗣君宮生內長，人情善惡未能周知，恐一時所施不當，誤傷善良。臣下敢有奏用此刑者，文武群臣即時劾奏，將犯人淩遲，全家處死。」〔註38〕朱元璋一直用《大誥》頒佈的懲罰條例，盡是些族誅、淩遲、極刑、梟令、斬、死罪、墨面文身、挑筋去指、去膝蓋、剁指、斷手、刖足、閹割爲奴、斬趾枷令、常加號令、枷項遊曆、免死發廣西拿象、人口遷化外、充軍、全家抄沒等。按照《大明律》，大量罪不至死，甚至只該受到輕微懲罰的過錯，在《大誥》中全用上了淩遲之刑。像有司濫設官吏，按律當杖一百囚三年，《大誥》規定的是族誅。《大誥》處罰之重，如《軍人妄給妻室第六》云：「山西洪洞縣姚小五妻史靈芝，係有夫婦人，已生男女三人，被軍人唐閏山於兵部朦朧告取妻室，兵部給與勘合，著落洪洞縣將唐閏山家屬起赴鎮江完聚。方起之時，本夫告縣，

〔註37〕朱元璋：《皇明祖訓》卷首，四庫全書存目叢書本。
〔註38〕朱元璋：《皇明祖訓》，四庫全書存目叢書本。

不繫軍人唐閏山妻室。本縣明知非理，不行與民辨明，擒拿奸詐之徒，推稱內府勘合，不敢擅違。及至一切內府勘合，應速行而故違者，不下數十餘道。其史靈芝繫人倫綱常之道，乃有司之首務，故違不理，所以有司，盡行處斬。」〔註39〕這種不問首從而盡行處斬的方式，比起「黥刺、荆、剭、閹割」，未見其輕。稍輕的黥刺、剭等尚在棄除之例，而《大誥》中諸多明顯懲罰太過的案例，又何可爲法？洪武帝精明過人，不至有此前後語失誤。「止守《律》與《大誥》，並不許用黥刺、荆、剭、閹割之刑」，乃是互文，以後語限制前語，明告子孫，將來不許用《大誥》中酷刑，只體察《大誥》用刑的本意，具體施刑則以《大明律》爲準。

《皇明祖訓》的民本思想明顯，其涉此類者如：

> 凡每歲自春至秋，此數月尤當深憂。憂常在心，則民安國固。蓋所憂者，惟望風雨以時，田禾豐稔，使民得遂其生。如風雨不時，則民不聊生，盜賊竊發，豪傑或乘隙而起，國勢危矣。

> 凡聽訟要明。不明則刑罰不中，罪加良善，久則天必怒焉。或有大獄，必當面訊，庶免構陷鍛鍊之弊。

> 凡廣耳目，不偏聽，所以防壅蔽而通下情也。今後大小官員，並百工伎藝之人，應有可言之事，許直至御前聞奏。其言當理，即付所司施行，諸衙門毋得阻滯，違者即同奸論。〔註40〕

洪武之後的文皇、昭皇、章皇，雖然性情各異，好惡迥別，卻都秉承祖訓，以民爲本，獲得百姓的擁戴。臺閣體發生在這個政治清明的時段，以歌頌皇權爲基本內容，容易引起讀者共鳴。

《皇明祖訓》雖然是寫給繼位的君王，而設定的讀者不限於朱氏皇族。如：「若使臣道路本經王國，故意迂迴躲避，不行朝王者，斬。」「凡風憲官以王小過奏聞，離間親親者，斬。風聞王有大故，而無實迹可驗，輒以上聞者，其罪亦同。」「凡庶民敢有訐王之細務以逞奸頑者，斬，徙其家屬於邊。」〔註41〕御史、出差官員和普通百姓，必須平素知曉祖訓內容，方能預爲不犯。《皇明祖訓》的讀者必然包括全國的百姓。

《皇明祖訓》規定：「凡我子孫，欽承朕命，無作聰明，亂我已成之法。

〔註39〕朱元璋：《御製大誥》，續修四庫全書本。
〔註40〕朱元璋：《皇明祖訓》，四庫全書存目叢書本。
〔註41〕朱元璋：《皇明祖訓》，四庫全書存目叢書本。

一字不可改易！非但不負朕垂法之意，而天地祖宗亦將孚祐於無窮矣。」首章諸條，其中一條云：「自古三公論道，六卿分職，並不曾設立丞相。自秦始置丞相，不旋踵而亡。漢、唐、宋因之，雖有賢相，然其間所用者多有小人，專權亂政。今我朝罷丞相，設五府、六部、都察院、通政司、大理寺等衙門，分理天下庶務，彼此頡頏，不敢相壓，事皆朝廷總之，所以穩當。以後子孫做皇帝時，並不許立丞相。臣下敢有奏請設立者，文武群臣即時劾奏，將犯人凌遲，全家處死。」〔註42〕至洪武末年，《皇明祖訓》已經流播天下，「一字不可改易」、「如朝無正臣，內有奸惡，則親王訓兵待命，天子密詔諸王統領鎮兵討平之」等內容，為人所熟知，從而形成全民以祖訓監國的局面。後來的建文新政剛剛施行，燕王即指責黃子澄、齊泰為姦臣，起兵造反，根據就是洪武帝立下的祖訓，建文君背負的罪責是擅改祖制。

　　祖訓關於廢止臣相的規定，對臺閣體文風的形成尤其有影響。它使得輔佐大臣必須阿依皇帝，不能自主行權，臺閣諸臣位重而權輕，雖有經營天下之心，卻鋪排乏力。永樂年間，文皇一切尊從祖制，閣臣只能聊備顧問而已。胡廣隨文皇北征，有詩《度紫微岡》云：「成功在廟算，一一由聖皇。嗟我乏遠猷，謬忝侍從行。」是閣臣不能行權，且不能行謀的寫照。於是，在永樂時代，閣臣都自覺地意識到自己「忝在禁林，職在紀述」，詩則棄言志而頌瑞，文則棄載道而鳴盛。仁宗時代，閣臣雖不行權，但可以行謀，對於閣臣所議，仁宗多能依從。但無論如何，受朱元璋祖訓的限制，明代閣臣從來就不是真正的宰相，甚至像萬曆年間的張居正，剛毅敢為，還必須處處依靠中官轉一道手，才達到行權的目的。在「三楊」的時代，皇帝與閣臣關係和諧，中官只是純粹的二傳手，負責上下傳遞消息。正統之後，中官不僅是閣臣與皇帝之間傳遞消息的角色，而且是可以在情感上操控皇帝，直接行權的政治力量。臺閣文風的興衰與閣臣的政治命運相連，閣臣政治命運的飄搖又由廢止臣相所導致。

三、臺閣體的初始樣本《榮進集》

　　洪武時代的威權政治，為永樂之後的臺閣體準備了制度基礎。如果離開洪武帝創立的政治管理結構，沒有事先經過洪武時代的官員淘汰，留下給永樂朝的官員品質就不會那樣整齊，就不會有臺閣體的生存環境。臺閣體需要

〔註42〕朱元璋：《皇明祖訓》，四庫全書存目叢書本。

的人才條件，洪武朝已經具備，但臺閣體文學沒有出現在洪武朝。朱元璋推廣理學，偏重道德節操的修養和自律，對於儒家的文飾沒有興趣。經他親手處死的文學家有高啓、張孟兼。詩人楊基、袁凱都被放歸鄉里，危素被謫和州。這些是最著名的。其他知名文學家被殺被貶者，數量更多。洪武二十一年，解縉兄弟、妹婿三人同時中進士，解縉的才華更是傾動朝野。曾棨《內閣學士春雨解先生行狀》云：「明年春，試禮部，三人皆登進士第。太祖皇帝嘉其年少穎異，顧語廷臣曰：『解氏二子一婿，並爲進士，非有賢父，其能致是乎？』嗟賞久之。公遂與黃金華皆爲中書庶吉士。嘗應制《春雨詩》《養鶴賦》，操筆而成，造語奇崛。太祖益愛之。」〔註43〕但是，皇帝沒有留解縉在身邊發揮文學才能，而是遣歸鄉下，令其自修進德，奉養雙親。朱元璋不看重文章華國，而講求實用，偏向直接的道德教化，這是他將《大誥》遍行天下的緣故。

　　自儒家獨尊後，中國傳統的讀書人天生是政治動物。在儒家受尊寵的時代，哪怕皇帝不看重文學的治化功能，而由於儒生的政治本性使然，潤色鴻業，文章華國總是成爲知識界的自覺主張。明王朝一改元制，給了讀書人政治出路，文人們在感激之餘，普遍要求文章歌頌新朝的政治，擺脫元末纖弱的文風。

　　需要注意的是，元末文風更符合現代的文學標準。爲了說清此一點，可以將話題稍微拉遠。更早的六朝文學，曾被指責爲「興寄都絕」，毫無骨力，遭到陳子昂的激烈抨擊。陳子昂主張歌頌新時代的政治，他的《感遇》詩是標準的政治詩。但是，唐代的文學沒有按照陳子昂的設想走下去。甚至政治熱情高度亢奮的杜甫，也從六朝汲取營養，苦學陰鏗、何遜等人的技巧。唐詩以興象取勝，意在言外。唐文以詞藻華麗的駢文爲大宗，韓、柳古文只是當時的異數，而且韓、柳二人有以文爲戲的愛好，如《毛穎傳》《河間傳》《黔之驢》出於一時興趣，初無深意。唐代傳奇作者眾多，從更普遍的角度反映了當時讀書人的文學觀念，文學是偏於藝，而非近於道，文學當以詞章取勝，不宜憑說理定高下。唐代由於國力的強盛，其文學贏得了後人的認可，而六朝短命，其文學也備受後人責難。其實，唐文學與六朝文學無論在質感或是作家的創作傾向上，都是接近的。李白詩中再三歎詠「大小謝」，足以表明唐文學與六朝的親密關係。他也說陳子昂講過的建安風力，「蓬萊文章建安骨，

〔註43〕解縉：《文毅集》附錄，文淵閣《四庫全書》本。

中間小謝又清發」，這最讓後人誤會。「建安骨」的代表人物是曹操和曹植，「七子」多是他們的親密朋友。曹氏父子詩文直面現實，表現收拾山河成一統的志向，與一般文人的批評社會或讚揚統一安定根本不同。曹操挾天子以令諸侯，重整河山是曹氏的家事，「三曹」抒發的政治志向，是非常私人化的情感。如果位居下僚的文人，卻歌頌國家的統一，揭露社會的醜惡，盡寫些自己無力干涉的政治大事，那是謅政或謗政，絕不是什麼建安風骨。建安風骨在於「三曹」文風，其核心是「三曹」抒發的政治理想，都是曹家的家事，雖然言政，仍等於言私人之情。所以，建安風骨與六朝文風其實是旨趣相通，都以私人言說為尚。元朝的官方意識沒有覆蓋到民間，文化管制十分鬆散，元末的文學是作家在看不到朝廷前途的環境下，乾脆遠離政治，歌酒留連的產物，自我抒發最多。詩宗盛唐，是元末文壇的呼聲。這個呼聲，一入明朝，馬上消歇，要等到前七子崛起文壇時，才重新成為口號。可見，元末的文學，與唐文學的精神頗相通。只因為元朝的短命，並且元朝廷疏離儒家文化，元末文學又更疏離政治，遂被儒家學者貶為「纖穠」。如果按照今天的標準，元末文學是比明初文學精緻深刻的。

明朝一復漢唐舊制，評價標準回歸儒家傳統，元末文學差不多與六朝一樣是「綺麗不足珍」了。於是，轉變私人化的情感文學，趨向社會化的政治文學，就成為明初文壇的呼聲。宋濂為汪廣洋的詩集《鳳池吟稿》作序說：「昔人之論文者曰：有山林之文，有臺閣之文。山林之文，其氣枯以槁。臺閣之文，其氣麗以雄。豈惟天之降才爾殊也？亦以所居之地不同，故其發於言詞之或異耳。濂常以此而求諸家之詩，其見於山林者，無非風雲月露之形，花木蟲魚之玩，山川原隰之勝而已，然其情曲以暢，故其音也渺以幽。若夫處臺閣則不然，覽乎城闕宮觀之壯，典章文物之懿，甲兵卒乘之雄，華夷會同之盛，所以恢廓其心胸，踔屬其志氣者，無不厚也，無不碩也。故不發則已，發則其音淳龐而雍容，鏗鍧而鏜鞳。」〔註44〕宋濂在元末，隱居龍門山，著書立說，何嘗不是山林之文？一旦歸為朱元璋的文臣，便自覺地按照儒家方式來評價文學，抬高政治文學，明確主張文學為新朝廷唱頌歌，貶低疏離政治的山林文學。

朱元璋雖不重視文學，但對文學的政治性提出了要求。《翰林記》卷一一《正文體》云：

〔註44〕汪廣洋：《鳳池吟稿》卷首，文淵閣《四庫全書》本。

　　國初文體承元末之陋，皆務奇博，其弊遂浸叢穢。聖祖思有以
變之，凡擢用詞臣，務令以渾厚醇正爲宗。洪武二年三月戊申，上
謂侍讀學士詹同曰：「古人爲文章，或以明道德，或以通當世之務。
如典謨之言，皆明白易直，無深怪險僻之語。至如諸葛孔明《出師
表》，亦何嘗雕刻爲文，而誠意溢出，至今使人誦之，自然忠義感激。
近世文士不究道德之本，不達當世之務，其辭雖艱深，而意實淺近。
即使過於相如、揚雄，何裨實用？自今翰林爲文，但取通道理、明
世務者，毋事浮藻。」〔註45〕

朱元璋在軍中自學儒家典籍，當登基時，他不僅能自如地閱讀儒家典籍，以
得體的文言書寫碑文詔令，而且對典籍獨有領悟。他曾一度入佛門，佛法的
信仰終生未變。他與宋濂的君臣關係最親密，兩人都持誦佛經，慧力深湛。《尚
書》的典謨訓誥，是相當艱深的，韓愈就說過「周誥殷盤，佶屈聱牙」的話。
朱元璋對《尚書》領會很深，經常引用《尚書》條文來解釋政治。以他這樣
的文化造詣，反對當時文士的險僻之語，肯定不會是看奏章時發生了閱讀障
礙。細味朱元璋對詹同所說的話，目的是要反對詞章化情感化的文章，而主
張文章要政治化道德化。他的主張還是消極的，不是積極地促進文學爲政治
服務，而是在文學如果繼續存在的條件下，那就希望它們盡量政治化一些，
不要成爲詞章的文學。

　　文人自己這一方面，比皇帝要積極得多，從開國之初，就要擺脫元末詞
章化的綺縟風氣，做政治的文學。只要皇帝在文學上熱心鼓動一下，明代的
臺閣體必然會出現在洪武時代。但是，皇帝對文學的態度冷淡。儘管如此，
還是出現了準臺閣體作家，他是吳伯宗。

　　吳伯宗，名祐，以字行，金溪人。洪武辛亥初開科，太祖親擢第一，授
禮部員外郎，歷武英殿大學士，尋降檢討。有《榮進集》四卷，今存《四庫
全書》本。《殿閣詞林記》卷一《武英殿大學士吳伯宗》記述說：「伯宗生而
岐嶷，十歲通舉子業，識者奇之，歎曰：『此兒玉光劍氣，終不可掩。』洪武
庚戌鄉試，辛亥廷試，俱第一。是時初議開科取士，命國子祭酒魏觀、博士
孫吾與修撰王僎爲讀卷官。高皇帝親製策問，略曰：『古者敷奏以言，明試以
功，漢之賢良，宋之制舉，得人爲盛。今特延子大夫於廷，不知古帝王敬天
勤民，其道何由？』伯宗條對稱旨，上擢爲第一，賜袍笏冠服，授承直郎。」

〔註45〕黃佐：《翰林記》，文淵閣《四庫全書》本。

〔註46〕

　　吳氏創作與臺閣體關係甚大。其《榮進集》四庫提要云：「《榮進集》四卷，明吳伯宗撰。……所著有《南宮集》《使交集》《成均集》，共二十卷，又《玉堂集》四卷，今皆未見。此本中有《奉使安南》《國學釋奠》《玉堂燕坐》諸詩，疑原集散佚，後人掇拾殘剩，合爲此編也。一卷爲鄉、會試三場，四書經義各二篇，論策各一篇，殿試策一篇。二卷、三卷皆詩，而附以賦及詩補遺。四卷爲雜文。其詩文皆雍容典雅，有開國之規模，明一代臺閣之體，胚胎於此。」〔註47〕《榮進集》的內容，熟悉者不多。現將其目錄抄錄如下，以便考察：

卷一

　　　　鄉試三場、會試三場文

卷二

　　　　奉御題詠五言詩三首、鍾山詩十二韻應制、長江潦水詩十二韻應制、南畝耕農詩應制、奉御題詠七言詩二十六首、蘆汀洲隱浦應制、山滄溟隱谷應制、川原和居野應制、竹幹青樂釣應制、牧羊兒土鼓應制、巨網叟漁魚應制、滄浪翁泛海應制、荻蒼叟歌山應制、橫秋風吹笛應制、擒禽獸伏機應制、暑霽遙岑詩應制、臘日雪詩應制、雪山寺詩應制、望雨詩應制、喜雨詩應制、夏日鍾山詩應制、南京詩應制、七物詩應制、八疑詩應制、大駕春巡詩應制、玉蕊仙眞圖應制、夏日武英殿君臣聯句

卷三

　　　　五言詩：題御賜倭扇、上問安南事、送王繪赴廣東僉憲、題環溪書堂、送李將軍華山歸隱、題劉序班孝友堂、題鍾序班高山流水亭、題士衡天根堂、題秋江回驛、題盧陵曾氏耕耘軒、題山水、題金山寺、贈道士洞虛、題吳山小隱、挽王進士、松山小隱、贈醫僧完璧軒、蘭雪齋、挽詩、送項昌之耀州、文溪詩、贈張參政統之官雲南、贈藤州太守孫周伯原公詩、題畫三絕

　　　　七言詩：入京五首、北京偶成、詩謝御賜紫金牙魚袍一襲、送

〔註46〕廖道南：《殿閣詞林記》，湖北先正遺書本。
〔註47〕永瑢等：《四庫全書總目》卷一六九，第 1477 頁。

豐城友人張淑同、送趙僉憲廣東、送鄭時用赴山東僉憲、送道士傅
晚成歸金溪省親、送劉甥憲書寓居河南、送章允明赴山西僉憲、送
危學士赴京、送陸熙原之天河、送進士黃德安還鄉、早朝口號、奉
天殿早朝、謹身殿早朝、大明宮早朝、春夜宴、奉使安南國聞角、
美危太樸奉使南歸、奉使安南赴召還京、龍江登舟赴陝西、入金陵、
國學釋奠得珠字韻、御賜批點五經有感而作、題太乙真人圖、題走
馬圖、題長春堂、題忠臣廟、奉餞湘王殿下之國、蜀王殿下謁中都、
和伯寅弟菊花詩韻（九月九日）、寄郭子虛、寄奉左布政、寄奉按察
司廉訪使、挽上清張真人、伏睹中都龍興寺御書第一山三大字勒碑
有作、御試丹桂、詠大駕幸京

賦：四瀆潦水賦應制、海初子賦（為魏煉師作）

贊：唐君臣參禪圖應制、慈訓堂（為徐助用之作）

詩補遺：擬曹子建五遊篇、即事、上疏、遊仙巖二首、舟泊、
撫琴、閱道經、伐木、病中、貧樂堂、夏日幽齋即事、玉堂燕坐

卷四

序：送滁州守周伯器復任序、送李萬州之任、送聞伯阜赴湘潭
縣丞序、送歐陽原春致仕序、送傅彥成赴句容縣丞序、送汪子昭序、
送太學生胡章歸嘉興省親序、送何子源序、送張元略赴夷陵州學正
序、送翰材後序、送太學生何端歸省序、見南軒詩序、送王景學之
廣德學正序、太行樵者序、送鄧伯恭赴渭南令序、送芒文綱歸臨川
序、送大學生傅毅歸桂林省親序、送長山徐縣丞序、送徐大年序、
送梁伯興赴蒼梧太守序、贈滑伯仁序、題許氏臺萊集後、題杜士賢
上理宗書後、寄作善山徐氏交柯亭詩序、范氏族譜序

記：長洲義塾記、周氏會拜記、父親謚議、蕭氏名子來旬說、
務本堂記、歲寒堂記〔註48〕

《榮進集》卷二全是應製詩，內容歌頌大明王朝及皇帝聖德。卷三中歌
頌新朝的詩不少，略舉幾例：

聖主應乾運，龍飛肇神京。聲教四敷宏，萬方盡來庭。雲南際
西陲，其俗尚甲兵。九伐正天討，五旬悉芟平。威服德以懷，承宣

〔註48〕吳伯宗：《榮進集》，文淵閣《四庫全書》本。

在賢能。赤紱辭鳳闕，錦衣還邊城。爲政萬里外，願言竭忠誠。綏靜事不擾，公廉人自寧。(《贈張參政統之官雲南》)

聖主興鴻業，高賢際盛時。明良千載會，精白一心爲。昔者邦初造，超然識獨奇。飛章騰制聞，流譽靄京師。遂有公車召，俄蒙國士知。……(《贈藤州太守孫周伯原公詩》)

十載聯班鴛鷺行，朝衣嘗帶御爐香。橫經璧水春風暖，視草鑾坡晝日長。淺學尚慚司獻納，耆年深羨沐恩光。舟行江上應回首，五色雲中見帝鄉。(《送趙僉憲廣東》)

帝業鴻基重北京，居庸厚拱壯金城。山河平挹乾坤大，宮殿高居日月明。萬歲嵩呼山嶽動，九天韶奏鳳鸞鳴。今皇化育敷中外，四海朝元誦太平。(《北京偶成》)

虎踞龍蟠十二門，王侯第宅若雲屯。百蠻入貢天威重，四海朝元國勢尊。曉日旌旗明禁路，春風簫管沸名園。唐堯虞舜今皇是，未必江潭老屈原。(《入京五首》之一)

鳳凰城闕壓金湯，龍虎旌旗護未央。萬國衣冠朝玉陛，百蠻歌舞進瑤觴。花迎宮扇紅霞曉，日落天袍翠霧光。江海小臣無以報，空將詩句美成康。(《入京五首》之三)

卷四爲散文，一些文章寫在朋友送別之際，不忘歌頌新朝美政。略舉幾例：

國家仿虞周以建守令，三年一報政京師，九載則甄其能否而黜陟之，而治行尤最者不次擢用焉。綜其實而要於久，所以考績之法嚴也。……俾伯宗敘之，予既知君有素，又深喜朝廷考覈之詳其法，而吾儒者之大用未易量也，故不敢以荒陋辭。(《送滁州守周伯器復任序》)

海之中有洲方千里，爲府若州者四，曰瓊、崖、儋、萬，蓋古島夷駱越之地。……故前世視爲醜地，唐宋吏於其土者，率左遷之士。而元置吏別爲一選，赴是選者，增其秩，優其祿，不與常同，雖嶺表且然，矧越海數千里之外哉？皇上混一海宇，尤復兼濟，不問海宇內外，咸一視而同仁，擇守令與內地參用，不以左遷優升。由是遠人向化，禮讓興行，海波帖息，瘴疹不興，庶物蕃碩，駸駸

乎文明之地矣。(《送李萬州之任》)

　　昔唐陽城為國子司業，進諸生語之曰：諸生有久不省親者乎？
因其言而謁告歸省者甚眾。有三年不歸者斥之。當時文武恬嬉，人
爭務進取，輕去父母，重得祿仕，至有老死不念桑梓者。陽子云然，
矯其弊，歸之本，厚彝倫，抑奔競也。今天子肇造區夏，立太學，
育英才，汲汲然要其成，以需其用。自太學進者，或出任方面，入
居侍從，持風紀守專城者比比。蓋不待奔競而爵祿之來可坐而期矣，
時則學焉者一不以爵祿易其思親之念。皇上推廣孝治，詔天下州、
府、縣學弟子升入太學者，率三歲一歸省父母，期至靡不奮躍，翩
然遄邁，雖欲留之且不可得，矧待斥哉？古今習尚不同，理勢然也。
(《送何子源序》)

　　國家龍飛江左，奄有華夏，大統既定，人文畢興，以學校之設
為急務，乃洪武三年制詔府州縣立學，府設教授，州學正，縣教諭，
下各有訓導，選民之子弟俊秀者而教之。(《送王景學之廣德學正
序》)

《榮進集》與後來臺閣體旨趣的一致，從以上所舉諸例可以概見，其詩頗近
胡廣，文近於楊士奇。清人說明代臺閣體胚胎於此，是從時間上劃分，不含
有因果相續的意思。永樂末期開始的臺閣體，諸作家不必從吳伯宗受影響，
尤其是楊士奇，在武昌一帶坐館時，苦自力學，文章已經法度謹嚴。他的文
學才能得於《漢書》甚多。入史館後，可以讀到吳伯宗的文章。《明太祖高皇
帝實錄》卷一六一「洪武十七年夏四月乙未」云：「翰林院檢討吳伯宗卒。……
伯宗為人溫厚詳雅，博學能文章。所著有《南宮集》《使交集》《成均》《玉堂》
等集。」太祖實錄在永樂年重修兩次，臺閣體作家楊榮、夏原吉、金幼孜、
黃淮、楊士奇參加了修撰，有機會讀到吳伯宗的文集。但是，吳伯宗的文章
未必影響過他們。只要在永樂執政的環境下，產生臺閣體是必然的。永樂前
期，屬於政治清洗期，臺閣體跡象不明，後期政治穩定了，臺閣體應運而生。

　　洪武時代的文人命運多舛，他們有為新朝頌唱的誠意，卻沒有安寧的創
作環境。許多作家被流放服役，死於貶謫之地。臺閣體文學沒有在這一朝形
成。《榮進集》是洪武時代的一個準臺閣體樣本，作者為人剛毅，與後來的主
流臺閣作家不同。《明史》吳伯宗傳云：「胡惟庸用事，欲人附己，伯宗不為
屈。惟庸銜之，坐事謫居鳳陽。上書論時政，因言惟庸專恣不法，不宜獨任，

久之必爲國患。辭甚愷切。帝得奏召還，賜衣鈔。奉使安南，稱旨。除國子助教，命進講東宮，首陳正心誠意之說。……伯宗爲人溫厚，然內剛，不苟婣阿，故屢躓。」〔註 49〕伯宗氣度高宏，發爲文章，詞旨清剛，如《送豐城友人張淑同》：「三年遊宦客京師，長憶豐城送別時。牛斗夜輝龍劍化，江湖秋迴雁書遲。畫圖彷彿山中樹，杯酒殷勤月下詩。咫尺青雲生萬里，秋風何用歎分離！」〔註 50〕《送道士傅晚成歸金溪省親》：「十年供祀禮無違，一念思親志欲飛。錦服屢陪天上列，彩衣榮向日邊歸。潮生江浦迎春棹，草綠湖南炫曙暉。白髮倚門應有慰，霞觴稱壽思依依。」〔註 51〕甚至在這類送別詩中，私人友誼也與歌頌新政府的政治自覺連在一起。

《榮進集》是理解臺閣體的一道橋梁，它表明了這樣一點：臺閣體不是文學自然演進的結果，不是文體的嬗變，而是皇帝威權與儒生的政治追捧相結合的產物。趨附政治勢力是傳統讀書人的劣根習氣，一旦與皇帝威權相結合，表現在文學上必然是對今天的歌功頌德，對過去的無端指責。明代臺閣體是以歌頌大明王朝，貶低元朝及宋唐爲基本內容的。崇今抑古，以頌新朝，在《榮進集》已顯端倪，如《送長山徐縣丞序》云：「夫自國初以來，凡於士之仕者，或以賢良選，或以草萊進，拔茅彙，徵麛有遺焉者。用賢之廣，前古未之有也。」〔註 52〕《送梁伯興赴蒼梧太守序》云：「皇上建元洪武之四年，大興文治，念民者國之本，長吏實民命所繫，而承流宣化必得經術才能之士，知民疾苦而廉愼醇愨者，然後可居其位而稱其職，乃誕降德音，旁搜廣攬，甄別而用之，親諭而遣之。責任之重，前古未之有也。」〔註 53〕

要之，朱元璋執政的洪武時期，是爲後世創規矩的時代，洪武之後的文化政治在《皇明祖訓》和《大誥》《大明律》的框範下運作，繼位君王不同，持守祖法有寬嚴之別。永樂至正統初，朝廷恪守祖訓，文學之臣，一尊皇權，是爲臺閣體。洪武帝對臺閣體的影響，是制度生成式的，是根本性的影響。朱元璋處心積慮地要將自己的影響延續下去，洪武之後的明代生活，打上了太祖的精神烙印。

現在，我們以洪武帝的一段自白結束本章節。它出自明人婁性所撰《皇

〔註49〕張廷玉等：《明史》卷一三七，第 3946 頁。

〔註50〕吳伯宗：《榮進集》卷三，文淵閣《四庫全書》本。

〔註51〕吳伯宗：《榮進集》卷三，文淵閣《四庫全書》本。

〔註52〕吳伯宗：《榮進集》卷四，文淵閣《四庫全書》本。

〔註53〕吳伯宗：《榮進集》卷四，文淵閣《四庫全書》本。

明政要》卷五《遵成憲第九》，《明太祖高皇帝實錄》也有相同的記載：「洪武六年五月，《祖訓錄》成。太祖謂侍臣曰：「『朕著《祖訓錄》，所以垂訓子孫。朕更歷世故，創業艱難，常慮子孫不知所守，故爲此書，日夜以思，具悉周至，紬繹六年，始克成編。後世子孫，守之則永保天祿，苟作聰明，亂舊章，是違祖訓矣。』又曰：『日月之能久照，萬世不改其明。堯舜之道不息，萬世不改其行。三代因時損益者，其小過不及耳。若一代定法不可輕改。故荒墜厥緒，幾於亡夏；顛覆典刑，幾於亡商。後世子孫，當思敬守祖法。』」

第二章　方孝孺之死與臺閣體的形成

　　方孝孺是建文時代的第一文臣，在讀書人中享有崇高威望。他主持當時的文柄，《明史》本傳稱，「孝孺工文章，醇深雄邁。每一篇出，海內爭相傳誦」。他特立獨行，其人品學識在洪武時代已經為人稱道。入建文朝，孝孺受皇帝寵信，施行政治改革，因靖難兵起而失敗，族誅。方氏的失敗，改變了明初政治文學的方向，引出了後來的臺閣體文學。

一、作為洪武政治理想傳遞者的方孝孺

　　洪武三十一年五月，洪武帝駕崩，皇太孫朱允炆承遺詔為皇帝，是為建文君。朱元璋的遺詔說：「朕膺天命三十有一年，憂危積心，日勤不怠，務有益於民。奈起自寒微，無古人之博知，好善惡惡，不及遠矣。今得萬物自然之理，其奚哀念之有。皇太孫允炆仁明孝友，天下歸心，宜登大位。」〔註1〕遺詔交代了一件事實，由洪武到建文，不是前皇帝死亡引起的權力自然更替，而是洪武政治既然以民為本，必然會走向建文政治，由武而文。皇太孫的仁明孝友，正是洪武政治的發展方向。

　　洪武帝曾經設想，自己用霸力鎮伏帝國，猜忌功臣的惡名由自己承擔，文明之治則留待他的長子朱標繼位後施行。據《明史》興宗孝康皇帝本傳，為了培育太子的仁德，朱元璋很早就選勳德老成及新進賢者，輔導太子。

　　洪武帝用心淵深。他不單是要把天下託付給子孫就算完，而是對繼位者訓以儒家信念。根據明初的政治史實看，朱元璋的執政計劃分兩步走：第一步，糾正元末政治寬緩的弊病，施以猛政，兼用陰謀詐術，將桀驁不

〔註1〕張廷玉等：《明史》卷三，第55頁。

馴者一一剪除。這由他親自完成。第二步，按照儒家道德標準，施行仁愛政治，在全國推廣忠孝節義的倫理綱常，建立文明的和諧社會。這交由他的子孫實行。

鑒於元末法治廢弛，中央政府失權，洪武帝要重樹皇帝的威嚴，便利用重刑和東廠特務來統治他的帝國，不惜採用詐術，誅殺勳舊。這樣的執政方式，不光為了獨裁。更主要的，他想留給繼承者一個乾淨的政治環境，於是以開國之君的身分，把可能危害帝國的暗礁一一剷除。如果不這樣做，他一旦駕崩，而諸多功臣仍然活著，繼位的少年天子會遇到極大的阻礙，臣重君輕，皇帝被權臣操縱的局面將無可挽回。

洪武帝雖行猛政，推其本心，他是反對重刑的。從他登極之初直到晚年，他在態度上都是主張寬政的。茲舉數條：

> 上與廷臣論刑法，御史中丞陳寧曰：「法重則人不輕犯，吏察則下無遁情。」上曰：「不然。法重則刑濫，吏察則政苛。鉗制下民而犯者必眾，鉤索下情而巧偽必滋。夫疊石之岡，勢非不峻而草木不茂；金鐵之溪，水非不清而魚鱉不生。古人立法置刑，以防惡衛善。故唐虞畫衣冠，異章服以為戮，而民不犯。秦有鑿顛抽脅之刑，參夷之誅，而囹圄成市，天下怨叛。所謂法正則民慤，罪當則民從。今施重刑而又委之察吏，則民無所措其手足矣。朕聞帝王平刑緩獄而天下服，從未聞用申韓之法可致堯舜之治也。」寧慚而退。（《明太祖高皇帝實錄》卷六五，洪武四年五月辛巳）

> 刑部奏決重刑，上諭之曰：「朕常命汝等，凡有重刑，必三覆奏，以人命至重，恐不得其情，則刑罰濫及，而死者不可復生也。故必欲詳審。今汝等概以重刑來奏，其間固有瀆倫亂法罪不可原者，亦有一時過誤情有可矜者，必當分別。若一概言之，則輕重不分矣。自今凡十惡非常赦所原者則云重刑，其餘雜犯死罪許聽收贖者，毋概言也。」（《明太祖高皇帝實錄》卷一三七，洪武十四年夏四月丙申）

> 刑部署尚書夏恕、都察院署左僉都御史司中等奏，請加反逆法，以為漢法反者夷三族，宜改《大明律》，依漢法不分異姓、同居，三族應坐者，男子無長幼皆磔於市，婦人入官為婢，沒其貲。上曰：「古者父子兄弟罪不相及，漢用秦法，故謀反逆者皆夷三族，其法大重。

且夫明刑定律，務在公平，使加之於人，其人雖死不怨，傳之後世，雖有仁聖之君，必不能有所變更矣。」恕等曰：「不軌，大惡也。重刑以治之，所以使民不敢犯也。」上不允，但令如律。（《明太祖高皇帝實錄》卷二五一，洪武三十年三月甲戌）

我們根據洪武帝的主張，聯繫他的三部《大誥》所定治罪條例，可以認為：他想通過從嚴從重打擊犯罪，達到社會的安定和諧，為下一步實現寬和政治創造條件。如果人的壽命不是百歲之短，而是更長，洪武帝執政30年後，也一定會轉向建文年代那樣的仁厚政治。

洪武帝的政治目標是儒家的文明盛世，也就必然以此來苛求手握重兵的武臣，而武人豪莽輕法的習氣，自然動輒惹禍上身。與自己大殺功臣相對應的是，朱元璋明確反對子孫用重刑，並將這個觀念以祖規的第一條載入《皇明祖訓》，永為法式。明帝國初立，皇帝就首用重典，殺人無數。幾年下來，沒有取得明顯效果。他在洪武七年自撰的《道德經序》中說：「見本經云，『民不畏死，奈何以死而懼之』。當是時，天下初定，民頑吏弊，雖朝有十人而棄市，暮有百人而仍為之。如此者，豈不應經之所云！朕乃罷極刑而囚役之。」〔註2〕但是，極刑沒有廢除，皇帝一直在試驗哪種方式真正有效。他熱中於制定各種清規戒律，對宮廷婦女和功臣子弟的行為，有專門的規定。又令儒臣編撰《宗藩昭鑒錄》，發放諸王子，使各守職分。

洪武帝一面實行霜雪政治，一面對皇太子反覆訓以仁愛寬和。早在洪武四年時，劉基就提出變猛政為寬政。洪武八年，劉基臨死時，又交代次子劉璟，將來皇帝問起，就說：「夫為政，寬猛如循環。當今之務在修德省刑，祈天永命。」而洪武帝認為，寬政的時機遠未成熟。

洪武二十年後，方孝孺接連以事至京，皇帝的處理方式，可以表明政治的宏觀步驟。盧演《方正學先生年譜》云：「仇家與叔氏構難，詞連先生，有司錄其家，械送京師。上識先生名，特命開釋，令奉祖母及妻子還里。」〔註3〕洪武二十五年，方氏又來到京師，《明史》本傳只說：「二十五年，又以薦召至。太祖曰：『今非用孝孺時。』除漢中教授，日與諸生講學不倦。」這就啟人疑竇，至後世有人以此指認太祖英明，預知方氏迂腐不達時務，臨政必敗，故不用之。乾隆皇帝曾在《評鑒闡要》中批評此種觀點，「方孝孺以薦召

〔註2〕朱元璋：《明太祖文集》卷一五，文淵閣《四庫全書》本。
〔註3〕盧演：《方正學先生年譜》，北京圖書館藏珍本年譜叢刊本。

至，帝言今非用孝孺時，除漢中教授。《目》（按：《目》爲《資治通鑑綱目三編》簡稱）紀此者，蓋謂明祖有先見耳。若果有先見，立一棣而諸禍自消，何必留一迂儒，令輔庸孫，而成靖難誅夷之慘？是大不然矣。」〔註4〕其實，洪武帝留孝孺輔弼太孫，並非識人不足。他的治國方略是分兩步走的，第二步實現文明之治，留給兒孫來完成，自然會選擇儒行第一的方氏。這個想法，《殿閣詞林記》所記甚詳明：「二十五年，復辟至。上方重賞罰，以其志存教化，謂左右曰：『今非用孝孺時。』乃除漢中教授，詔許水陸給舟車。」〔註5〕從方氏所獲的恩遇看，皇帝有意爲下一代皇帝儲才。洪武帝的失誤，在於沒有料到日後燕王會造反。他爲皇太孫儲養的方孝孺，是專爲未來推行儒家政治的，不是用來平叛的。早在洪武六年，朱元璋撰寫的《祖訓錄序》中就說了，「且群雄之強盛詭詐，至難服也，而朕已服之。民經世亂，欲度兵荒，備習姦猾，至難齊也，朕已齊之。」〔註6〕等到方氏在洪武二十五年入京，帝國的形勢更是已服之齊之了20年，按照當時的情形推想，到了皇太孫當政時，天下早已太平無事，哪裏還用得上權謀詐巧？太平國度，宜重儒術，方氏恰是不可多得的人選。「今非用孝孺時」，表明洪武帝將猛政到底，仁政是兒孫的事。

當洪武二十五年四月，皇太子朱標病亡，皇帝在慟哭之餘，只得轉而撫育朱標的兒子朱允炆。當年九月，立允炆爲皇太孫，本當由朱標去實現的理想，也就轉而寄託在了朱允炆身上。此時，允炆才15歲。皇帝感到自己的時間不多了，必須抓緊機會教導自己的接班人，就讓允炆像他父親一樣練習處理國政。結果發現，這位太孫與原來的太子一樣，爲政寬厚愛人。

初成於洪武七年的《大明律》，一直在改訂中。皇太子和皇太孫在決獄時，又多有寬宥。《明史》恭閔帝本紀說，「初，太祖命太子省決章奏，太子性仁厚，於刑獄多所減省。至是以命太孫，太孫亦復佐以寬大。嘗請於太祖，遍考禮經，參之歷朝刑法，改定洪武《律》畸重者七十三條，天下莫不頌德焉。」〔註7〕對於皇太孫的改訂，皇帝是贊許的。《明史》刑法志說：皇太孫看了《大明律》，「太孫請更定五條以上，太祖覽而善之。太孫又請曰：『明刑所以弼教，

〔註4〕愛新覺羅・弘曆：《評鑑闡要》卷一〇，文淵閣《四庫全書》本。
〔註5〕廖道南：《殿閣詞林記》卷六，湖北先正遺書本。
〔註6〕朱元璋：《皇明祖訓》卷首，四庫全書存目叢書本。
〔註7〕張廷玉等：《明史》卷四，第59頁。

凡與五倫相涉者，宜皆屈法以伸情。』乃命改定七十三條，復諭之曰：『吾治亂世，刑不得不重。汝治平世，刑自當輕，所謂刑罰世輕世重也。』」〔註8〕皇太孫根於儒家仁愛的治理方式，正是洪武帝所期望的。

　　但是，洪武帝是將近70歲的老人，來日不多，而武將功臣如藍玉、馮勝，行武粗人，身體朗健，不能不讓皇帝為年少的皇太孫憂懼。如果讓這種形勢照舊下去，等到皇帝駕崩那一天，生長內宮的少主登基，由於沒有軍功可以壓制舊臣，難免受欺負，武臣甚至造反。洪武帝的這種遠慮，使他不能採取寬厚的統治方式。對儒家禮樂昇平的嚮往，更讓他執著地要在自己手裏削平一切荊棘，使兒孫輩接手一根平滑的權杖，起始就可以無阻礙地開展儒家的禮樂文明之治。

　　洪武二十六年二月，太子太傅涼國公藍玉被誣以謀反罪，族誅。《明史》藍玉傳說他多立軍功，而粗暴無禮，「浸驕蹇自恣，多蓄莊奴、假子，乘勢暴橫。嘗占東昌民田。御史按問，玉怒，逐御史。北征還，夜扣喜峰關。關吏不時納，縱兵毀關入。帝聞之不樂。又人言其私元主妃，妃慚自經死，帝切責玉。初，帝欲封玉梁國公，以過改為涼，仍鑴其過於券。玉猶不悛，侍宴語傲慢，在軍擅黜陟將校，進止自專，帝數譙讓。西征還，命為太子太傅。玉不樂居宋、潁兩公下，曰：『我不堪太師耶！』比奏事多不聽，益怏怏。」〔註9〕藍玉的驕暴是武人習氣，並非無人臣禮。清初史家談遷在《國榷》中有一段評價，「藍涼公非反也。虎將粗暴，不善為容，彼猶沾沾一太師，何有他望！……富貴驕溢，動結疑網，積疑不解，釁成鍾室。」〔註10〕此一冤案牽扯人物眾多，《明史》藍玉傳說：「列侯以下坐黨夷滅者不可勝數。手詔布告天下，條列爰書為《逆臣錄》。至九月，乃下詔曰：『藍賊為亂，謀泄，族誅者萬五千人。自今胡黨、藍黨概赦不問。』胡謂丞相惟庸也。於是元功宿將相繼盡矣。凡列名《逆臣錄》者，一公、十三侯、二伯。」〔註11〕族誅藍玉，表明了洪武帝這樣的認識：一個暴悍的武臣，輕視儒家禮法，大膽妄為，固然還能忠於舊主子，卻極可能在舊主子死後，反叛新主人。

　　洪武帝兩步走政治思想，在明初的各類史料中表現明顯，幾乎呼之欲出。

〔註8〕張廷玉等：《明史》卷九三，第2283頁。

〔註9〕張廷玉等：《明史》卷一三二，第3865～3866頁。

〔註10〕談遷：《國榷》，續修四庫全書本。

〔註11〕張廷玉等：《明史》卷一三二，第3866頁。

如果忽視這一點，將導致諸多錯誤認識。比如，建文時代的政治，是洪武帝設想的第二步政治，本文稱爲「建文新政」，以區別於永樂政治，突出建文政治夾在前後兩代政治中的特別現象。永樂政治，破壞了洪武政治的連續性。史學界稱「建文新政」，意在與洪武政治相區別，將洪武政治作爲暴政，而建文政治是要扭轉洪武暴政。其實，洪武政治與建文政治，是同一個框架中的兩個構成部分。史學界所稱的「建文新政」，將一個框架中的兩個步驟拆開了，有違明初政治建設的事實。又如，不少史學家認爲，由於洪武帝剷除功臣殆盡，至靖亂兵起時，朝中無可用的將軍，致使建文帝失國。而事實是，有能力擊敗燕軍的盛庸、鐵鉉，都是建文中新起用的將軍，而且能爲新政府盡忠。耿炳文、李景隆等出身勳舊的將軍，或者年老無能，或者開門投降。靖亂兵初起時，諸多洪武中的武將，竟然與燕王暗通款曲。勳舊不爲新主所用，在靖亂中表現得十分明顯。即使洪武帝不剪除功臣，到建文帝時候，那些功臣年紀老大，也不能軍前對陣。像涼國公藍玉，據《逆臣錄》所錄招供，藍玉兄長藍榮，洪武二十六年時，已經 63 歲，推測起來，藍玉年紀當在 60 歲。藍玉即使能效忠建文帝，到靖亂時已經 66 歲了，與 65 歲的長興侯耿炳文會有多少區別呢？耿炳文的軍事才能，明顯在藍玉之上，尚且不能與燕軍一戰，又何論藍玉！明正統間力挽社稷於傾危的是文臣于謙，萬曆末年守遼東的是文臣熊廷弼。建文間的盛庸與鐵鉉，同樣以書生統軍，屢挫燕兵。如果不是建文君身邊的內官多被燕王買通，朝議大計，每被燕王先知，朱棣不可能取得最後勝利。史學界對建文政治的一些糊塗觀點，流傳甚廣，以至成爲了人們思考那段歷史的理論預設，影響到明初文學史的分期。人們往往把建文新政當作是洪武政治的反轉，其實不然。建文新政是洪武政治的順接，兩者是承遞關係。

二、作爲洪武文化精神繼承人的方孝孺

朱元璋要以猛政扭轉元末寬鬆之失，洪武時代尚不具備實現文明之治的條件。他把對儒家王道的嚮往，寄託在兒孫身上，所以在自己執政期間，著意爲兒孫儲備治世人才，以便將來可以興起儒家道統。方孝孺是洪武帝看中的一位。《殿閣詞林記》卷六《直文淵閣侍讀學士改文學博士方孝孺》云：「洪武壬戌，上用學士吳沈、揭樞薦，詔徵至京入見。陳說多稱旨。上問樞曰：『孝孺孰與汝？』對曰：『十倍於臣。』賜之宴，几稍欹，必正而後坐。上使人覘

之，喜其舉動端整，謂皇太子曰：『此莊士也。當老其才，以輔汝。』試《靈芝甘露論》。上每面試舉子，輒親定高下，注選至孝孺，獨不注，曰：『異人也，吾不能用，留爲子孫光輔太平足矣。』」〔註12〕

　　朱元璋對方氏加以青睞，當還受過宋濂等人的影響。宋濂與皇帝關係親密，方氏作爲宋濂最看重的門生，必然會引起皇帝的注意。不僅如此，宋濂作爲洪武時期的第一文臣，曾預言方氏將來會成爲文化領袖。洪武十三年，宋濂《送門生方孝孺還鄉詩》前有一序，隱然以方氏爲自己的學術繼承人：

　　　　洪武丙辰，予官禁林。寧海方生希直，以文爲贄，一覽輒奇之，
　　館置左右，與其談經，歷三時乃去。明年丁巳，予蒙恩謝事，還浦
　　陽，生復執經來侍，喜動於中。凡理學淵源之統，人文絕續之寄，
　　盛衰幾微之載，名物度數之變，無不肆言之，離析於一絲，而會歸
　　於大通。生精敏絕倫，每粗發其端，即能逆推而底於極，本末兼舉，
　　細大弗遺。見於論著，文義森蔚，千變萬態，不主故常，而辭意濯
　　然常新，袞袞滔滔，未始有竭也。細占其進修之功，日有異而月不
　　同。僅越四春秋而已英發光著如斯，使後四春秋，則其所至又不知
　　爲何如。以近代言之，歐陽少師、蘇長公輩，姑置未論，自餘諸子
　　與之角逐於文藝之場，不識孰爲後而孰爲先也？予今爲此說，人必
　　疑予之過情。後二十餘年，當信其爲知言，而稱許生者非過也。雖
　　然，予之所許於生者，寧獨文哉？〔註13〕

此次方孝孺由浦陽回鄉省親，宋濂的摯友蘇伯衡寫了《染說》，贈送方氏，說：「天台方希直從太史宋公學爲文章，其年甚少，而其文甚工，不惟同門之士未有及之者，自朝之搢紳以至四方之老成凡與宋公友者，無不推許之，以爲不可及。余每過宋公，退即希直讀其所爲文，未嘗不擊節而歎其有得於文之妙也。」〔註14〕蘇伯衡，字平仲，金華人。在方氏尚未成長起來時，被人們認爲是明王朝的文化旗手。先是洪武十年，宋濂舉薦蘇伯衡爲自己的接班人。宋濂《蘇平仲文集序》說：「仕皇朝，由國子學錄爲學正，上親擢國史院編修官，以瞻辭歸。濂以翰林承旨致政將還，天子命舉可以自代者，即以平仲應詔。既至，復固辭，上亦憫其誠，特賜文綺楮幣遣之。天下學士高平仲之文，

〔註12〕廖道南：《殿閣詞林記》，湖北先正遺書本。
〔註13〕宋濂：《文憲集》卷三一，文淵閣《四庫全書》本。
〔註14〕蘇伯衡：《蘇平仲文集》卷三，文淵閣《四庫全書》本。

而莫不惜其以疾困也。」〔註15〕早在洪武四年，身爲誠意伯的劉基，認爲蘇氏文章少有能匹。他爲蘇氏寫的《蘇平仲文集序》說：「見於著作者，語粹而辭達，識不凡而意不詭，亦由其明於理而昌於氣也。余與之同朝，每得而讀之，未嘗不爲之擊節焉。聖天子龍興江左，文學之士彬彬然爲朝廷出者，金華之君子居多。典冊之施，文檄之行，故實之講，燁然足以華國，所謂如圭如璋，令聞令望，而顯顯印印者，則莫能或過於平仲，有由然哉。他日徵我朝文章言語之工，有以鳴國家之盛而追配漢唐諸作者，其必於平仲有取也夫。」〔註16〕劉基作此序文時，宋濂爲翰林學士，張孟兼爲國子監學錄。「太祖與劉基論一時文人，基稱宋濂第一，而己居其次，又其次即孟兼。」寫序言時，由於宋、張和劉氏本人仍在文壇上，劉基對蘇氏的評價必然有所保留。到了洪武十年，劉基已經離世兩年，張孟兼又不爲皇帝所喜。宋濂將致仕，就舉薦了蘇伯衡。最後，蘇氏因爲耳病，聽力不好，辭不就職。

宋濂、蘇伯衡等人一致認爲，方孝孺會成爲未來的文化領袖。於是，社會上的人，不管識與不識，必然唯方氏馬首是瞻。盧演《方正學先生年譜》記曰：「（十年）六月，宋太史謝事還浦陽，先生即往承學，同門多天下名士，一旦盡出其下，先輩如胡翰、蘇伯衡皆自謂弗如。先生顧末視文藝，以明王道、闢異端爲己任。於理學淵源之統，人品絕續之紀，盛衰幾微之故，名物度數之繁，靡不會通底極，見於論著。太史時欲甥之，及歸，告祖母，不允。先生留浦陽，越四寒暑，嘗以周孔自處，海內之人亦咸謂程朱復出矣。」〔註17〕

方氏在程朱理學上的造詣，勝過宋濂很多，他後來入了《明儒學案》，而宋濂未被收入。明代許多人甚至認爲，方氏的文章才氣也超過宋濂。有名的例子，當數《野記》講述的一次奉旨做詩。《野記》卷二載：「高帝令宋學士濂作《靈芝甘露頌》，賜酒，大醉歸，爲方孝孺言之。須與酣寢。方候之夜深，殊未醒。方料先生不寤，明當誤事，即爲製文書完。比曉，宋起趨朝，愕然謂方曰：『我今日死矣。』方問何故，宋曰：『昨上命作頌，醉甚，誤不爲，今無及矣。上怒，必賜死。』方曰：『正恐先生覺遲，已具一草，或裁定以進，可乎？』即以文呈，宋閱之，曰：『何改爲？』亟懷之入朝。上迎謂濂：『頌安在？』宋出進之。上讀之，曰：『此非學士筆也。』宋又愕然。上曰：『此

〔註15〕宋濂：《文憲集》卷七，文淵閣《四庫全書》本。
〔註16〕劉基：《誠意伯文集》卷一五，文淵閣《四庫全書》本。
〔註17〕盧演：《方正學先生年譜》，北京圖書館藏珍本年譜叢刊本。

當勝先生。』宋叩首謝：『臣實以賜酒過醉，未能成章。門生方某代爲之。』
上曰：『此生良勝汝。』立召見，即試以一論五策。方立成。上覽訖，復顧宋
曰：『渠實過汝。』即命面賜緋袍，腰帶，猶平巾。令往禮部宴，命宗伯陪之。
復遣覘焉，方據上席岸然。上曰：『欺人何傲？』因不留，俾爲蜀王府教授。
語懿文曰：『有一佳士齎汝，今寄在蜀。其人剛傲，吾抑之，汝用之，當得其
大氣力。』」〔註18〕這個故事不可靠，王世貞作了辯誣：「枝山《野記》，『高
帝令宋學士濂作《靈芝甘露頌》。賜酒大醉歸，爲孝孺言之，頃酣寢。方候夜
深，殊未醒，即爲代製文……』按宋公以洪武十三年卒，方君年二十餘。其
上書試補漢中教授，在公卒十餘年後。此非實也。且宋公之愛方甚，凡所贈
送文，皆極歷履之詳，而乃遺其見上事耶？」〔註19〕故事雖然失實，但它的
廣泛流傳，反映了方氏文章在讀書人心中的位置。

　　終洪武朝，方氏一直沒有顯赫的官職。洪武二十五年，才當上了漢中教授。
不久，「蜀獻王聞其賢，聘爲世子師。每見，陳說道德。王尊以殊禮，名其讀
書之廬曰『正學』。《明史》蜀王椿傳說，「蜀獻王椿，太祖第十一子，洪武十
一年封。十八年命駐鳳陽。二十三年就藩成都。性孝友慈祥，博綜典籍，容止
都雅，帝嘗呼爲『蜀秀才』。在鳳陽時，闢西堂，延李叔荊、蘇伯衡商榷文史。
既至蜀，聘方孝孺爲世子傅，表其居曰『正學』，以風蜀人。詣講郡學，知諸
博士貧，分祿餼之，月一石，後爲定制。造安車賜長史陳南賓。聞義烏王紳賢，
聘至，待以客禮。紳父褘死雲南，往求遺骼，資給之。」〔註20〕可知蜀獻王選
中方氏，除了道德人品的考慮外，方氏的學問必是一時無雙。後來聘請的義烏
王紳，與方氏同門，小方氏三歲，有《繼志齋集》傳世。《繼志齋集》中的《送
鄭叔貞序》說：「洪武丁巳，先師太史宋公致政家居於蘿山。紳始弱冠，以契
家子獲執汎掃役於公門。公不鄙，汲引而誨之。每賓客散後，列弟子坐松濤室
下，歷數古今作者，必曰：『吾於交友所見，惟爾父一人，而門人輩獨希直而
已。』希直，即今侍講正學方先生也。紳時駿稚，未知所云。」〔註21〕其《送
戚文鳴歸省序》略云：「遊於太史公潛溪宋先生之門，而獲師友乎今侍講希直
方公。」〔註22〕王紳的父親褘，是著名文人，又是宋濂的摯友，他洪武六年奉

〔註18〕祝允明：《野記》，四庫全書存目叢書本。
〔註19〕王世貞：《弇山堂別集》卷二一，文淵閣《四庫全書》本。
〔註20〕張廷玉等：《明史》卷一一七《諸王傳》，第3579頁。
〔註21〕王紳：《繼志齋集》卷五，文淵閣《四庫全書》本。
〔註22〕王紳：《繼志齋集》卷六，文淵閣《四庫全書》本。

使雲南，被梁王所害。王紳以名父和名師而知名天下。方氏與王氏同在宋濂門下，互爲師友。方氏先入蜀獻王府，王氏之來，可能是方氏推薦的結果。

洪武二十六年，四川省聘他主持秋闈，同時，南京下詔，讓他分考應天府鄉試。作爲同考官，方氏就可以按照自己的政治主張，參與衡文標準的確定。其《應天府鄉試小錄序》說：「然某聞之，朝廷取士以文，而所望於士者不徒在乎文也；士之升以科目，而所以成其身者不可恃乎科目也。蓋皆階此而進焉爾。夫君子之所學者聖人之道，聖人之道莫大乎仁義忠孝。士秉仁義忠孝猶農夫之於耒耜，不可一朝去也，達焉與俱，窮焉與階，故立於朝，以之事君，則成豐功，著大節，以爲社稷鎮；行乎藩屏，處乎民上，以之治民，則使黎庶舉得所願，以無貽國家之憂。如是則庶幾不負聖天子之恩，而可以稱爲學之士矣。苟或貿貿焉而食，營營焉而趨，而以進士自居，嗚呼！其尚深思養士之初意也哉？」〔註23〕表示了他對僅僅以文取士的憂慮。《遜志齋集》卷九《上蜀府啓》其一，說：「四月九日，忽天府移文，以同考試見徵，且謂『已嘗啓聞儲王，不許厭遠就近』，辭旨迫切。」〔註24〕這未必不是朝廷預爲將來的文明執政做準備。政事得人則舉，失人則廢。僅有方氏一人，不可能造成儒家文明。他主持科舉選士，就可以拔識同道者，最終改變政府組織的人員結構。

洪武二十九年六月，方氏再次由蜀王府入京，主持秋闈。

建文君一上臺，就急忙傳詔，將方孝孺召回京城，日侍左右備顧問。兩人的君臣關係至爲和諧。方氏《二月十四日書事》有記，其一：「斧扆臨軒几硯閒，春風和氣滿龍顏。細聽天語揮毫久，攜得香煙兩袖還。」其二：「風軟彤庭尙薄寒，御爐香繞玉闌干。黃門忽報文淵閣，天子看書召講官。」《姜氏秘史》卷一說：「上好讀書，每有疑即召使講解。臨朝奏事，臣僚面議可否，必命孝孺就扆前批答。言聽諫行，不愧昭烈。」方氏以漢中教授的微職，首擢大用，即被信任不已，與洪武皇帝有莫大關係。《遜國正氣紀》卷一說：「七月，驛召漢中府學教授方孝孺爲翰林博士，尋升侍講，直文淵閣，——從太祖命也。」〔註25〕

洪武文臣第一人是宋濂。方孝孺是宋濂的學生，是洪武皇帝指定的文化

〔註23〕方孝孺：《遜志齋集》卷一二，文淵閣《四庫全書》本。

〔註24〕方孝孺：《遜志齋集》，文淵閣《四庫全書》本。

〔註25〕曹參芳輯：《遜國正氣紀》，四庫全書存目叢書本。

接班人。洪武帝只以漢中教授來處置方氏，爲的是預給皇太孫留地步。建文君首先重用方氏，寵信無疑，正是洪武帝生前的交代。這個步驟，造成了建文君與方氏之間的親密無間。

洪武帝想辦而未辦成的那些大事，方氏就繼承遺志，以圖報恩。由於永樂時期嚴禁傳播方氏文章，今所存《遜志齋集》只是劫餘，方氏的許多主張，已經無法知曉。今可考見的有兩事，一是推行井田法，二是以《周禮》改定官制，都是繼承洪武遺志的著名事件。

對於方氏推行井田和更定官制，史學家批評頗多。《明史》王叔英傳，記載了王氏反對方氏改制，也間接表達了清人的看法：

> 叔英與孝孺友善，以道義相切劘。建文初，孝孺欲行井田。叔英貽書曰：「凡人有才固難，能用其才尤難。子房於漢高，能用其才者也；賈誼於漢文，不能用其才者也。子房察高帝可行而言，故高帝用之，一時受其利，雖親如樊、酈，信如平、勃，任如蕭、曹，莫得間焉。賈生不察而易言，且言之太過，故絳、灌之屬得以短之。方今明良相值，千載一時。但事有行於古，亦可行於今者，夏時周冕之類是也。有行於古，不可行於今者，井田封建之類是也。可行者行，則人之從之也易，而民樂其利。難行而行，則從之也難，而民受其患。」時井田雖不行，然孝孺卒用《周官》更易制度，無濟實事，爲燕王藉口。論者服叔英之識，而惜孝孺不能用其言也。〔註26〕

由於建文失國，改制的效果，無法看到。《明史》對方氏的上述評價，幾成定論。方氏給後人留下了迂腐的印象。這種印象，扭曲了方氏的面目。

先說井田法。徐光啓《農政全書》卷三《國朝重農考》，有一段講方孝孺欲行井田的原因：

> 且也計口授田，俾有恒產，庶人人樂本業而安爲黔首，即有豪傑，難以率亂。故三代盛時，人必里居，地必井畫。帝王治天下之大經大法，率不外此。方正學有言，流俗謂井田不可行者，以吳越言之，山溪險絕而人民稠也。夫山溪之地，雖成周之世，亦用貢法，而豈強欲埋卑夷高，以盡井哉？但使人人有田，田各有公田，通力趨事，相救相恤，不失先王之道，則可矣。而江漢以北，平壤千里，盡而井之，甚易爲力也。嗟乎！自限田名田之議，先漢不即行，而

─────────

〔註26〕張廷玉等：《明史》卷一四三，第4053～4054頁。

貧富益遠。唐李翱、宋林勳倣古井田意，分劈講畫，作《平賦》《政本》二書甚具，而宋儒張子厚有買田一方，畫爲數井之思，且講求法制，以爲不刑一人而可復，時皆不售。淳熙中，朱文公熹知漳州，欲行經界，獨丈量隱稅，令貧富得以實自占，非復若限田均田之難，而亦竟爲豪家猾吏所排沮，所以深致慨於井田之未易復也。生民之計，將無已遂窮乎？亦惟是我高皇帝宸慮精詳，時時體田遺意，即召人墾荒，亦必驗丁撥給，限定田畝，不許抛荒流移。而御製《大誥續編》且惓惓以田不井授爲憾，諸所爲農田計久遠者，酌古準今，足爲萬世法程至明也。〔註27〕

今查《大誥續編》，有第二條《松江逸民爲害》，云：

自開國以來，惟兩浙、江西、兩廣、福建所設有司官，未嘗任滿一人，往往未及終考，自不免乎贓貪。官固非人，實由所在吏卒，並在閒不務生理之徒、安保茶食之輩，浸潤說誘，陷害者多。間有執法爲政以仁，超然而出，其甚不多。今洪武十九年，松江府吏卒有犯，都察院詢問害民之由。其所供也，止松江一府。其不務生理者，專於衙門阿附役吏、皁隸，夤緣害民。……朕聞之，愈加宵衣不遑寧處，於是復誥，再與吾民約：從吾命者，五福備於身家，不從吾命者，五刑備坐於家身。所以約者，里甲要明，戶丁要盡。戶丁既盡，雖無井田之拘，約束在於鄰里。除充官用外，務要驗丁報業，毋得一夫不務生理。是農是工，各守本業，毋許閒情。巨賈微商，供報入官，改古之制，常年守業。消乏不堪，復入官報，更名某業，不許在閒。〔註28〕

大誥中只說，驗丁報業，與井田的防閒作用略同。徐光啟是一位嚴謹的學者，對明代的農業研究深透，提出太祖「惓惓以田不井授爲憾」，應當還有別的依據，可能是當時人熟知的東西。

查看《明實錄》，朱元璋曾兩次提及井田制的好處，一次爲洪武四年，另一次在洪武二十七年：

上以兵革之後中原民多流亡，臨濠地多閒棄，有力者遂得兼併焉，乃諭中書省臣曰：「古者井田之法，計口而授，故民無不授田之

〔註27〕 徐光啓：《農政全書》，文淵閣《四庫全書》本。
〔註28〕 朱元璋：《御製大誥續編》，續修四庫全書本。

家。今臨濠之田連疆接壤，耕者亦宜驗其丁力，計畝給之，使貧者
有所資，富者不得兼併。若兼併之徒多占田以爲己業而轉令貧民佃
種者，罪之。」（《明太祖高皇帝實錄》卷六二，洪武四年三月壬寅）

　　遣國子監生及人材分詣天下郡縣，督吏民修治水利。上諭之曰：
「耕稼，衣食之原，民生之所資，而時有旱澇，故不可已無備。成
周之時，井田之制行，有瀦防溝遂之法，雖遇旱澇，民不爲病。秦
廢井田，溝洫之制盡壞，議者遂因川澤之勢，引水以溉田，而水利
之說興焉。朕嘗令天下修治水利，有司不以時奉行，至令民受其患。
今遣爾等往各郡縣，集吏民，乘農隙，相度其宜，凡陂塘湖堰可瀦
蓄以備旱暵、宣泄以防霖潦者，皆宜因其地勢修治之。毋妄興工役，
掊克吾民。」眾皆頓首受命。給道里費而行。（《明太祖高皇帝實錄》
卷二三四，洪武二十七年八月乙亥）

可見，朱元璋一直是讚歎井田法的。

　　元代中葉後，大量田土荒蕪，游民日多。如何興農，成爲朝廷必須面對
的難題。元朝廷科舉取士，甚至以井田法爲題目，要求考生對策。元人黃溍
《文獻集》中收有此問策，其《國學蒙古色目人策問》云：「問：古之爲國者，
必務訓農，其民富而俗醇，良有以也。方今朝廷重臣，既專領司農之官，郡
縣長吏又兼任勸農之職，而田裏之間，地有遺力，人多遊心，談者率以爲田
不井，則背本而趨末者眾，是固然矣。夫井地之法，既未易卒復，若何而能
使守本業者有以盡其力，逐末作者有以易其心？幸試陳之。」〔註29〕元末世
亂，農業荒廢，欲求治理，亟須興農。

　　明初，元代遺下的世風未改，太祖不惜重懲。李光地《榕村語錄》卷二二
云：「元時人多恒舞酣歌，不事生產。明太祖於中街立高樓，令卒偵望其上，
聞有絃管飲博者，即縛至，倒懸樓上，飲水三日而死。雖立法太嚴，然所以激
厲頹靡處，志氣規模，果不尋常，竟有『一人橫行，武王恥之』之意。不然，
天下已定，習俗已久，何苦使偷惰者反有故元寬大之思？但使聖人處之，必當
有道，不至如此過於苛急耳。」〔註30〕《客座贅語》卷十《國初榜文》云：「洪
武二十二年三月二十五日，奉聖旨：『在京但有軍官軍人學唱的，割了舌頭；
下棋打雙陸的，斷手；蹴圓的，卸腳；做買賣的，發邊遠充軍。』府軍衛千戶

〔註29〕黃溍：《文獻集》，文淵閣《四庫全書》本。
〔註30〕李光地：《榕村語錄》，文淵閣《四庫全書》本。

虞讓男虞端故違吹簫唱曲，將上唇連鼻尖割了。又龍江衛指揮伏顥與本衛小旗姚晏保蹴圓，卸了右腳，全家發赴雲南。」〔註31〕則太祖想改變風俗，使百姓各安本業的決心，至晚未變。他讚賞周代的井田法，也在情理中。

方孝孺用事不久，馬上推行井田制度。他對井田制研究有素，寫的《雜問》《雜誡》議及井田，說「定天下之爭者，其惟井田乎」，「曷以成俗，復井田乎？井田奚先，民平均乎」，顯然經過長時間的思考。據其《先府君行狀》：「先君自是道益明，志益堅。知元之將亂，彌自韜晦，窮理致知以盡其變。至於陰陽消長之度、禮樂名物之數、井田封建之制、酈次疆理之說，咸求折中，授業者日益多。」〔註32〕方氏對井田的研究，繼承過家學，有父子兩代人的心血。

洪武帝執政的大眼目，是保證底層百姓的生存權。方氏行井田法，政治精神與洪武皇帝一脈相承。即使受盡責難，他不爲所動，《與友人論井田》表明了他的看法：

> 見今國家法立令行，寔足以乘勢有爲，舉而措之無所難者，故著井田之事可復不疑。僕雖不才，亦嘗三思之而熟究之，非偶爲是誇談也。然每患有志者寡，無與論講明之者。始見吾子行淳貌古，心獨慕焉，以爲可語斯事，故出而示之，意吾子異於流俗人。今吾子乃不察其道而橫爲異辭以非之，謂不可行於今，此流俗人之常言，僕耳聽之而幾聵者也，吾子安取而陳之哉？且人之言曰：「古法有不可行於今者，若井田是也。」斯言甚惑也。……流俗之謂不可行之者，以吳越言之，山溪險絕而人民稠也。夫山溪之地，雖成周之世亦用貢法，而豈強欲堙卑夷高以盡井哉？但使人人有田，田各有公田，通力趨事，相救相恤，不失先王之意，則可矣。而江漢以北，平壤千里，畫而井之，甚易爲力也。……且僕鄙固之意，以爲不行井田不足以行仁義者，非虛語也。仁義之行，貴人得其所。今富貴不同，富者之威，上足以持公府之柄，下足以鉗小民之財。公家有散於小民，小民未必得也，有取於富家者，則小民已代之輸矣。富者益富，貧者益貧，二者皆亂之本也。〔註33〕

〔註31〕顧起元：《客座贅語》，四庫全書存目叢書本。
〔註32〕方孝孺：《遜志齋集》卷二一，文淵閣《四庫全書》本。
〔註33〕方孝孺：《遜志齋集》卷一一，文淵閣《四庫全書》本。

　　將朱元璋對井田的態度，與方孝孺膺命效職的人生軌迹聯繫起來看，方氏一意推行井田的根本動力，是要實現先皇遺志。《農政全書》另有一段，可以參看：

> 高皇帝之爲烈也，體天地養萬物之心，師帝王經井牧之意，仁義既效，樂利無窮，而猶蠲租之詔無歲不下，遣賑之使有玩必誅，恒若飢寒之迫吾民，注望子臣之繼厥志。至今讀《嘉瓜》一贊，雖千萬世休忘勸農之句，而情見乎詞矣，則豈非世世率繇之盛軌哉？建文帝嗣極之元年，即下養老、墾田、賑貧、減租之詔，而方孝孺志恢王道，謂井田爲必可行。雖當羽檄旁午，一時君若臣，猶不忘保民之思焉。〔註34〕

方氏與朱元璋兩人，讀書多寡不論，而在識見上驚人的一致，精神相通。由井田入手，以復王道，正是洪武帝政治思想的合理引申。

　　倡復井田，當時就給方氏帶來了惡名。方氏《贈郭士淵序》說：「吾嘗以爲井田不行，民不得康；正統不定，四夷恣橫而道無由施；竊欲排群言而反之，闡孔孟之道於今世，而聞者交誚。」〔註35〕朋友王叔英，也是堅決反對井田的人。由於反對者眾，井田不能行，方氏感到莫可奈何，在《樓氏宗譜序》說：「先王之世，井田之法行，百姓知相拯恤，一國猶一族，一里猶一家，況其同姓之人乎？然猶恐其未至也，復立大宗小宗之法以維持其心，是以上下親睦，風俗和厚，歷世長久，六七百年而不壞，豈非治之得其道故耶？自井田隳廢，人各顧其家，家各務其私，至於兄弟且相攘奪，況他人乎？井田，王制之大者，吾末如之何！」〔註36〕

　　方氏遭人詬病的另一事，是仿《周禮》改定官制，如四庫總目《遜志齋集》提要云：「然聖人之道與時偕行，周去唐虞僅千年，《周禮》一書已不全用唐虞之法。明去周幾三千年，勢移事變不知凡幾，而乃與惠帝講求六官，改制定禮，即使燕兵不起，其所設施亦未見能致太平。」〔註37〕清人這種評價，有合理的地方，然而，將過失全部推到建文君臣身上，是不符明代政治實踐過程的。

〔註34〕徐光啓：《農政全書》卷三《國朝重農考》，文淵閣《四庫全書》本。
〔註35〕方孝孺：《遜志齋集》卷一四，文淵閣《四庫全書》本。
〔註36〕方孝孺：《遜志齋集》卷一三，文淵閣《四庫全書》本。
〔註37〕永瑢等：《四庫全書總目》卷一七〇，第1480頁。

　　建文君臣改定官制，不是什麼擅改祖制，恰恰是在祖制基礎上的進一步嘗試。從洪武帝開始的《周禮》實踐，一步接一步，到了建文時代，終於實行官制改定。改制失敗，證明《周禮》的一些東西，在明代行不通了。這是兩代皇帝共同實踐的結果。

　　洪武帝執政時，試行了部分《周禮》的內容。茲略舉例。

　　如恢復鄉飲酒禮。《明太祖高皇帝實錄》卷七三「洪武五年四月戊戌」：「詔天下舉行鄉飲酒禮。上以海內晏安，思化民俗，以復於古，乃詔有司舉行鄉飲。」明人陳謨《鄉飲酒讀法詩序》云：

> 國朝奄有方夏，即詳定法書，名曰《大明律令》，又命刑部取凡麗於法者，類編其書，名曰《申明誡諭》。尤慮中外遠邇，弗加警懼，輕犯憲條，申命文武百司，歲取春冬孟月，行鄉飲酒禮而讀法焉。民間率百戶爲一集，位以齒，董以里長。郡縣則蕭士大夫之老者爲正賓，餘爲次賓，而郡守縣令主其席。其儀酌取唐宋而務從其簡，物貴儉素而務適其中。凡飲，皆先讀法，然後行酒，所以使人人知畏而重犯法，人人知秩卑尊而隆齒德也。〔註38〕

如考覈官員之法。明初宋訥《送知縣金子肅朝京序》云：

> 考績黜陟之典，始於唐虞，而備載於《周官》。此所以庶績咸熙，而阜成兆民者也。至漢有考功課吏之法，歷隋有考功侍郎，迨唐有司績大夫，則考績黜陟，古今不易之良法也。雖時有疏數，制有繁簡，或損或益，莫非帝王因時之治焉。皇明有天下之九年，爲洪武丙辰，天子若曰：凡內外庶官，不可不重其任，尤不可不久其職。任重職久，則安官樂業，孰敢有苟且之心？至治可期也。制以每三年備述行事，朝京以考其績。蓋本唐虞三考，黜陟幽明之意也。嗚呼盛哉！〔註39〕

如內侍官制。《明太祖高皇帝實錄》卷四四「洪武二年八月己巳」云：

> 上命吏部定內侍諸司官制，諭之曰：「朕觀《周禮》所記，未及百人，後世至逾數千，卒爲大患。今雖未能復古，亦當爲防微之計。古時此輩所治，止於酒漿、醯醢、司服、守祧數事，今朕亦不過以備使令，非別有委任。可斟酌其宜，毋令過多。」又故謂侍臣曰：「此

〔註38〕陳謨：《海桑集》卷五，文淵閣《四庫全書》本。
〔註39〕宋訥：《西隱集》卷六，文淵閣《四庫全書》本。

輩自古以來，求其善良，千百中不一二見。若用以爲耳目，即耳目

蔽矣，以爲腹心，即腹心病矣。馭之道，但常戒敕，使之畏法，

不可使之有功。有功則驕恣，畏法則檢束。檢束則自不敢爲非也。」

　　方孝孺早慧，在元末度過童年時光。到他少年時，明朝建立了，他便隨
父宦遊。20 歲後，跟隨宋濂，識得天下名公大人，並且入京見過洪武皇帝。
他與朝廷政治中心人物交往深入，著重思考的是當代政治。洪武帝的《周禮》
實踐，必然會引起他的注意。

　　方氏對《周禮》的研究，是從當代政治著眼，沿著洪武帝的路子走。方
氏承襲了明初制定鄉飲酒禮的政治觀點，其《周官一》云：

　　　余始讀詩《大雅》《豳風》，見其積累之盛，而知周之所由興，

　　然猶異之曰，何其久也？及讀《周禮》，至於大司徒、鄉大夫、州長、

　　黨正之法，然後慨然歎其慮民之詳。……武王周公，豈好爲煩細不

　　急之務哉？宮室衣服，欲其美且固；墳墓欲其旌；兄弟師儒朋友，

　　欲其聯；比閭族黨，欲其相保愛葬救；州與鄉，欲其相賙相賓。或

　　歲一讀法，或月一讀法。善有可稱者，書之惟恐不及；過有稍著者，

　　戒之惟恐不改。其日夜提撕督勵斯民而訓之者，雖父兄之教子弟，

　　不若是密也。〔註40〕

　　太祖依《周禮》設內官，怪「古時此輩所治，止於酒漿、醯醢、司服、
守祧數事」，方氏深考歷史，找出了《周禮》多設此類官的原因，其《周禮考
次目錄序》云：

　　　周室既衰，聖人之經皆見棄於諸侯，而《周禮》獨爲諸侯之所

　　惡，故《周禮》未歷秦火而先亡。吏將舞法而爲奸，必藏其法，俾

　　民不得見。使家有其法而人通其意，吏安得而舞之？周之制度詳矣。

　　嚴上下之分，謹朝聘之禮，而定其誅賞，教民以道，使民以義，恤

　　鄰而尊上，此尤戰國諸侯之所深惡而不忍聞者也，故去其籍爲尤甚。

　　今之所傳者，蓋出於諸侯毀黜之餘，而成於漢儒之所補，非周之全

　　書也。是以略於大而詳於細，煩碎不急之職多，而經世淑民之政少。

　　周公之意，不若是疏也。其章明切要者，以不合於諸侯見削，而不

　　關政治之得失者，僅之獲存。然亦紛亂失序，錯雜而不可省。書之

　　《周官》，言六卿之職美矣。冢宰者，治之所從出也。宗伯典禮，司

〔註40〕方孝孺：《遜志齋集》卷四，文淵閣《四庫全書》本。

馬主兵，司寇掌禁，司空掌土，皆聽於冢宰者也。冢宰，治之本。
天下之大政，宜見於冢宰。今《周禮》列於冢宰之下者，預政之臣，
不過數人，而六十屬皆庖廚之賤事，攻醫制服之淺技。夫王之膳服，
固冢宰之所宜知，然以是實冢宰之職，則陋且褻矣。此必非周公之
意。〔註41〕

洪武帝對《周禮》雖多方嘗試，但未試驗的東西尚多，只能留待後人。
方氏飽學，全面研讀《周禮》，得出的結論是，只要按照《周禮》治國，天下
就可坐致太平。他說：「治天下易也，莫難於一天下之民心。民心可一也，莫
難於使民心咸出於正道。無加於堯舜，求其治之法，以為必有異常絕特之事，
而其書之所載，止於正德、利用、厚生。斯三者何足為異哉？然而越數千載，
卒未有棄三事而行之者，則聖人之治天下，固不以求異也，盡其道而已。」
〔註42〕對古法不可行於今的觀點，方氏在《周官二》裏進行了駁斥：

以一事之失，而疑先王之政皆不可行，以一人之謬，而疑天下
之士皆不可信，此為治者之大患。車戰，古法也，房琯陳濤之戰，
以車而敗，戰者遂謂車不可用。自秦以來，不以車戰而喪師殺將者，
亦多矣，豈皆車之過哉？管以迂疏妄肆，不知人而敗，非車致然也。
由管之所為，使不以車戰，其能不敗乎？故議管者，罪管可也，罪
車戰不可也。先王之政，其詳不可悉知也。《周官》之所載，詭於聖
人之道者雖有之，然遺典大法所以經世淑民者，秩乎明且備，豈後
世所能及乎？人見有用之而致亂者，因以為《周官》罪，此鄙陋無
稽之甚者也。盜竊孔子之履，納之而踰人之牆，履寧有過乎？竊履
者可誅耳。〔註43〕

方氏的上述議論，從邏輯上是難於駁倒的，除非實踐本身做出否定答案。

惠帝自少年起，由祖父耳提面命，思考致治之道。洪武晚年，惠帝試著
處理國事，皆能穩當，深得太祖歡心。惠帝秉承太祖風格，講求實效，不是
一個迂闊的人。他終於採用《周官》改定現行官制，與方氏的理論能夠說服
人是分不開的。

建文朝的周官改制失敗了。這是由洪武帝實踐《周禮》制度以來，必然

〔註41〕方孝孺：《遜志齋集》卷一二，文淵閣《四庫全書》本。
〔註42〕方孝孺：《遜志齋集》卷四，文淵閣《四庫全書》本。
〔註43〕方孝孺：《遜志齋集》卷四，文淵閣《四庫全書》本。

會行到這一步的。《周禮》那一套東西，放在明朝的環境下，能行多遠？行到什麼樣的深度？洪武朝時，還不知道，政治實踐沒有走到那一步。建文君執政，繼續洪武帝的路子，進一步實踐，算是得出了答案。

洪武和建文兩朝，一直在探索最有效的治理之道。洪武帝執政，光一部《皇明祖訓》，從建國初到洪武末年，就一直在修訂，反映了探索的艱苦歷程。建文朝君臣，在洪武預定的第二步政治道路上，開始新嘗試。井田法和改定官制，都是欲復三代之治的政治探索，與洪武政治一脈相承。

單獨看建文新政，惠帝及方孝孺，是一對迂腐怪異的君臣，其政治行為十分乖謬，讓人無法理解，而許多人正是這樣看待建文君臣的。這樣看問題是錯誤的，是把建文新政作為洪武政治的一個反轉，把兩者割離了，怎麼會有正確的結論？

建文一朝的政治文化，是嚴格遵循洪武朝的既定方向的。作為帝王師的方孝孺是如此，建文君本人也是。茲引《明史・刑法志》論《大明律》的兩段，以明兩朝精神上的相通：

> 始，太祖懲元縱弛之後，刑用重典，然特取決一時，非以為則。後屢詔釐正，至三十年始申畫一之制，所以斟酌損益之者，至纖至悉，令子孫守之。群臣有稍議更改，即坐以變亂祖制之罪。

> 建文帝即位，諭刑官曰：「《大明律》，皇祖所親定，命朕細閱，較前代往往加重。蓋刑亂國之典，非百世通行之道也。朕前所改定，皇祖已命施行。然罪可矜疑者，尚不止此。夫律設大法，禮順人情，齊民以刑，不若以禮。其諭天下有司，務崇禮教，赦疑獄，稱朕嘉與萬方之意。」〔註44〕

靖亂兵興，燕王指責惠帝君臣不守祖制，那是政治誣衊。實情是，建文君臣完整地繼承了洪武帝的政治文化精神，沿著洪武帝的方向，深化實踐。方孝孺是這場政治實踐的指導者，其《深慮論三》云：「繼世而有天下者，必視前政之得失而損益之，知其得而不知其失，懲其失而盡革其舊，此皆亂之始也。夫有天下，遠者至於數十世，近者百餘年而後亡，其先之政，必有善者。及其子孫一旦而敗之，亦必有不善者。苟去其不善而復其善，增益其所未足而變更其所難，循求其宜於民情，則可矣，奚必使其一出於己而後為政哉？」

〔註44〕見張廷玉等《明史》卷九三，第 2279、2285～2286 頁。

〔註45〕可知，文皇靖亂以「擅更祖制」爲口實，乃深誣方氏。

三、方孝孺的文學觀念不合臺閣體式

中國傳統的文學觀念，是與政治聯爲一體的。主流作家，無論寫詩作文，都不苟做。文要載道，詩要言志。載文武周公孔孟之道，言修齊治平之志。像清初的曹雪芹、吳敬梓、蒲松齡，今天被我們稱爲偉大的文學家，在當時則根本不是，只是潦倒的讀書人。政治文學才是中國傳統文學的正宗。

方孝孺是明初很著名的作家，當時公認他文章第一。他的文學是高度政治化的。我們談方氏的文學觀念，就是談他的政治文學觀念，甚至主要是政治觀念。方氏的文學觀念，有什麼值得我們注意呢？那就是守成居多，創新爲少。這是古代讀書人的共性，不足爲方氏病。

劉勰提出的宗經徵聖，歷代文人世守不移，方氏莫能外。他談文學的修養，見於《學辨》：

> 夫人之有生也，則有是心，有心則有仁義禮智之性。是性也，惟聖人不假乎學，能生而盡之，非聖人之資也，苟不學，安能盡其理而無過哉？……故凡學者所以學，盡其性而已，不能盡其性，而人之倫紊矣，此人之所以不可無學也。而學必有要焉，何謂要？五經者，天地之心也，三才之紀也，道德之本也。〔註46〕

又見於《答俞子嚴》：

> 蓋聖人之大者，上莫過於堯舜禹湯文武，下莫加於周公孔子，而此八聖人之言行文章，具在六經，故後之學聖人者，捨六經無以爲也。〔註47〕

又見於《答王仲縉五首》之二：

> 足下爲文者乎？則當求之於《易》之大傳，《書》之典謨訓誓，《詩》之三百篇，孔子之《春秋》，周之三禮及秦漢賢士之所著，乃足以爲法矣。欲求其道乎？則凡足下終日之語默起居、奉上馭下，道未始不在也，第知之有誠有不誠，行之有至有不至耳。能參以孔子、子思、孟子之所言，七十二子之所問，而反質之於六經，則自

〔註45〕方孝孺：《遜志齋集》卷二，文淵閣《四庫全書》本。
〔註46〕方孝孺：《遜志齋集》卷六，文淵閣《四庫全書》本。
〔註47〕方孝孺：《遜志齋集》卷一一，文淵閣《四庫全書》本。

識之矣，何取於僕之文乎？〔註48〕

爲了尊崇儒家，對於與儒家競爭的其它宗派，方氏持嚴厲的批評態度。他在《斥妄》中說：

> 孔子曰：窮理盡性，以至於命。斯聖賢所以爲教，而人所當爲者也。窮天下之理而見之於躬行，盡乎三綱六紀而達之於天道，堯舜禹湯周公孔子之所傳，人之爲人不過學此而已。生者知此而後可生，死者明此而後可死，入乎此則爲人，出乎此則爲鳥獸，不可毫髮去也。異端者果足以知此乎？其所云性命者，果不異於聖賢之所云乎？其去禽獸果遠乎？皆不能然，而惟緩死之求，審如其言，能閱千載而不死，與木石何異？〔註49〕

懷抱入世精神的儒家讀書人，往往以排佛自任。儒家學說是實用主義的世俗之學，而理法精密的佛法主張出世，可以顛覆儒家的傳統。韓愈曾在《與孟簡尚書書》中，談到佛法對儒家的摧毀力：

> 且愈不助釋氏而排之者，其亦有說。孟子有云，今天下不之楊則之墨，楊墨交亂，而聖賢之道不明。聖賢之道不明，則三綱淪而九法斁，禮樂崩而邪說橫，幾何其不爲禽獸也？故曰：能言距楊墨者，皆聖人之徒也。揚子雲曰：古者楊墨塞路，孟子辭而辟之，廓如也。夫楊墨行，正道廢，且將數百年以至於秦，卒滅先王之法，燒除經書，坑殺學士，天下遂大亂。及秦滅，漢興且百年，尚未知修明先王之道。其後始除挾書之律，稍求亡書，招學士，經雖少得尚，皆殘缺，十亡二三。故學士多老死，新者不見全經，不能盡知先王之事，各以所見爲守，分離乖隔，不合不公。二帝三王群聖人之道，於是大壞。後之學者，無所尋逐，以至於今泯泯也。其禍出於楊墨肆行而莫之禁故也。孟子雖賢聖，不得位，空言無施，雖切何補？然賴其言，而今學者尚知宗孔氏，崇仁義，貴王賤霸而已。其大經大法，皆亡滅而不救，壞爛而不收，所謂存十一於千百，安在其能廓如也？然向無孟氏，則皆服左衽而言侏離矣。故愈嘗推尊孟氏，以爲功不在禹下，爲此也。漢氏以來，群儒區區修補，百孔千瘡，隨亂隨失，其危如一髮引千鈞，綿綿延延，寖以微滅。於是

〔註48〕方孝孺：《遜志齋集》卷一〇，文淵閣《四庫全書》本。
〔註49〕方孝孺：《遜志齋集》卷六，文淵閣《四庫全書》本。

時也，而唱釋老於其間，鼓天下之眾而從之，嗚呼，其不仁甚矣！
〔註50〕

方氏排佛，仍是韓愈的那一套，並且不掩示這種繼承。其《答劉子傳》說：

> 僕有志於古人之道久矣。今之叛道者莫過於二氏，而釋氏尤甚。
> 僕私竊憤之，以為儒者未能如孟韓放言驅斥，使不敢橫，亦當如古
> 之善守國者，嚴於疆域斥候，使敵不能攻劫可也。稍有所論述，愚
> 僧見之，輒大恨，若詈其父母，毀訕萬端。要之，不足恤也。昔見
> 皇甫湜言韓子論佛骨者，群僧切齒罵之矣。韓子名隆位顯，猶且如
> 此，況僕何能免哉？士之行事，當上鑒千載之得失，下視來世之是
> 非，苟可以利天下、裨教化，堅持而不撓，必達而後止，安可顧一
> 時之毀譽耶？狗一時之毀譽者眾，此道之所由衰也。〔註51〕

無論宗經徵聖或者排佛，方氏不過是步前人之迹。方氏也說過，「韓子之
酷排異教、尊孔孟，竊有志焉」。這些同於前人的地方，是方氏思想的大端。
方氏的文學作品，就是表現這些思想的。

方氏是末視文藝的。他對文學的上述看法，必須聯繫到元末明初的社會
環境，才能理解。否則，他只重複了古人說過的東西而已。

元末，朝廷不重儒術，社會上以業儒為諱。明人王紳《送戚文鳴歸省序》
云：

> ……太史公潛溪宋先生之門而獲師友乎今侍講希直方公。當是
> 時，鄉里子弟以讀書業儒為諱。吏胥一見人被章逢談文藝，則拘執
> 繫緤，強委以案牘焉。少麗於法，立致身家之虞。余乃被短褐，袖
> 小冊，晝入深密中讀誦，或閉戶夜就續燈以披閱。途遇權貴人，屏
> 縮不敢近，即近不敢吐一辭。間以所得發為文若詩，非神交心契者，
> 不敢使之知。及佐教蜀郡，始慨然與人論辨講說，以詞翰相倡復。
> 〔註52〕

王紳所說的士不甘為吏，深自藏晦，是元末的普遍現象。元人余闕《楊
君顯民詩集序》云：「我國初有金、宋，天下之人，惟才是用之，無所專主，
然用儒者為居多也。自至元以下，始浸用吏，雖執政大臣，亦以吏為之。由

〔註50〕魏仲舉編：《五百家注昌黎文集》卷一八，文淵閣《四庫全書》本。

〔註51〕方孝孺：《遜志齋集》卷一一，文淵閣《四庫全書》本。

〔註52〕王紳：《繼志齋集》卷六，文淵閣《四庫全書》本。

是中州小民，粗識字、能治文書者，得入臺閣，共筆箚，累日積月，皆可以致通顯，而中州之士見用者遂浸寡。況南方之地遠，士多不能自至於京師，其抱材蘊者，又往往不屑為吏，故其見用者尤寡也。」〔註53〕可見那時的一般情形。

明初，百廢待興，首重儒學。詔令洪武三年開科，由王禕草擬了詔書，《王忠文集》卷一二《開科舉詔》云：「至於前元，依古設科，待士甚優，而權要之官，每納奔競之人，辛勤歲月，輒竊仕祿，所得資品，或居舉人之上，其懷才抱道之賢，恥於並進，甘隱山林而不起。風俗之弊，一至於此。今朕統一中國，外撫四夷，方與斯民共享昇平之治，所慮官非其人，有傷吾民，願得賢能君子而用之。自洪武三年為始，特設科舉，以起懷才抱道之士，務在經明行修，博古通今，文質得中，名實相稱。其中選者，朕將親策於廷，觀其學識，品其高下，而任之以官。果有才學出眾者，待以顯擢，使中外文臣皆由科舉而選，非科舉者毋得與官。敢有遊食奔競之徒，坐以重罪，以稱朕責實求賢之意。」〔註54〕然而，元代末年的遊惰風習，已經使士林深受染污。元末楊維楨《張先生南歸序》云：「浙士多無恒經，治亦往往不專。有一年輒更，或半年才更，而竊中科。以故士之經愈不專，且又視經師之利不利為向坫。意學經將已明道也，豈計利不利哉？以科利而學經，則科一利而經復棄矣，終亦必亡而已矣。」〔註55〕風氣影響，明初的士子，一如元末讀書人，視科舉為獲利的捷徑。過了三年，洪武帝不得不改變主意，暫停科舉。《明通鑒》卷五云：「（六年）二月乙未（二十三日），詔暫罷科舉。諭中書省臣曰：科舉之設，務得經明行修，文實相稱之士，以資任用。今有司所取，多後生少年，觀其文辭，亦若可用，及試用之，不能措諸行事。朕以實心求賢，而天下以虛文應之，非朕責實求賢之意也。今各行省宜暫停科舉，別令有司察舉賢才，必以德行為本，而文藝次之。」〔註56〕

如何使讀書人潛心儒學，不巧飾文辭，以涵養真才，從元末到明初，一直未有良法解決。以至洪武初年的科舉，舉而復罷。《御製大誥》第三條《胡元製法》，對元代風俗薄惡，有精確的評論，云：

〔註53〕余闕：《青陽集》卷二，文淵閣《四庫全書》本。
〔註54〕王禕：《王忠文集》卷一二，文淵閣《四庫全書》本。
〔註55〕楊維楨：《東維子集》卷八，文淵閣《四庫全書》本。
〔註56〕夏燮：《明通鑒》，續修四庫全書本。

胡元入主中國，非我族類，風俗且異，語意不通。遍任九域之中，盡皆掌判。人事不通，文墨不解，凡諸事務，以吏爲源。文書到案，以刊印代押，於諸事務，忽略而已。此胡元初治焉。三十年後，風俗雖異，語言文墨且通，爲官任事者，略不究心，施行事務，仍由吏謀，比前歷代賢臣，視吏卒如奴僕，待首領官若參謀，遠矣哉。朕今所任之人，不才者衆，往往蹈襲胡元之弊。臨政之時，袖手高坐，謀由吏出，並不周知，縱是文章之士，不異胡人。……胡元之治天下，風移俗變九十三年矣。無志之徒，竊效而爲之，雖朕竭語言，盡心力，終歲不能化矣。嗚呼艱哉！〔註57〕

方孝孺《遜志齋集》裏的許多文章，大力倡導儒家五經之學，念念在茲，正是欲矯扭元末明初的惡劣風氣。其《與鄭叔度八首》其一云：「夫世道之敝已甚，老者已死，少而壯者，不復知有經術。汩汩鶩利，胥誇世以爲能，聞有好學者，則嗤笑，排謗，謂之迂惑人。家鮮有蓄書者。五經四書猶破闕不全，加之郡縣漁獵，朝伺暮窺，蓄牧樹藝之所入，先以賂吏，自享乃其餘耳，尚慮不得安息，以是愈無完書。僕雖有志事學，亦不可遂，非特風俗使然也。」〔註58〕又云：「僕聞古之人，未嘗以文爲學也。唐虞夏商，遠不可徵，然觀於《詩》《書》數十篇中，紀四代之功德，固若耳聞而目見。至周製作大備，孔子稱其文，特言其禮樂憲章之盛耳。故《雅》《頌》之所陳，誥命之所述，《易》《禮》之所論著，崒然而崇，淵然而深，炳然而章明，肆然而易直端大，斯謂之文矣，而豈有意而爲之哉！」〔註59〕方氏《與趙伯欽》云：

僕嘗怪近代道術不明，士居位則以法律爲治，爲學則以文辭爲業。聖賢宏經要典，擯棄而不講。百餘年間，風俗污壞，上隳下乖，至於顛危而不救者，豈無自也哉？私誠恨之，不自知其不肖，亦欲有所發明損益，以表著於世。而習俗卑下，學者梏於舊聞，不復知有學術，竊竊詡詡，苟且自恕。或有志而才不足有爲，或才高而沉溺不返，可與言斯事者，惟公輔耳。〔註60〕

都是從社會現實出發，從大處著眼，要以儒家文化救世。

〔註57〕朱元璋：《御製大誥》，續修四庫全書本。
〔註58〕方孝孺：《遜志齋集》卷一〇，文淵閣《四庫全書》本。
〔註59〕方孝孺：《與鄭叔度八首》其二，《遜志齋集》卷一〇，文淵閣《四庫全書》本。
〔註60〕方孝孺：《遜志齋集》卷一一，文淵閣《四庫全書》本。

方氏排佛，堅決的態度與韓愈、歐陽修相同，而針對的社會環境不同。

元代尊崇佛法，奉喇嘛教爲國教，像僧人八思巴、必蘭納識里等，都居官顯要。《元史》釋老傳序說：「元興，崇尙釋氏，而帝師之盛，尤不可與古昔同語。維道家方士之流，假禱祠之說，乘時以起，曾不及其什一焉。」佛教在元代爲第一教，而治理不嚴，流弊滋生，產生了惡劣的社會影響，《元史》必蘭納識里傳云：

> 元起朔方，固已崇尚釋教。及得西域，世祖以其地廣而險遠，民獷而好鬥，思有以因其俗而柔其人，乃郡縣土番之地，設官分職，而領之於帝師。乃立宣政院，其爲使位居第二者，必以僧爲之，出帝師所辟舉，而總其政於内外者，帥臣以下，亦必僧俗並用，而軍民通攝。於是帝師之命，與詔敕並行於西土。百年之間，朝廷所以敬禮而尊信之者，無所不用其至。雖帝后妃主，皆因受戒而爲之膜拜。……爲其徒者，怙勢恣睢，日新月盛，氣焰薰灼，延於四方，爲害不可勝言。……又至大元年，上都開元寺西僧強市民薪，民訴諸留守李璧。璧方詢問其由，僧已率其黨持白梃突入公府，隔案引璧發，捽諸地，捶撲交下，拽之以歸，閉諸空室，久乃得脫，奔訴於朝，遇赦以免。二年，復有僧龔柯等十八人，與諸王合兒八剌妃忽禿赤的斤爭道，拉妃墮車毆之，且有犯上等語，事聞，詔釋不問。而宣政院臣方奏取旨：「凡民毆西僧者，截其手。罵之者，斷其舌。」時仁宗居東宮，聞之，亟奏寢其令。〔註61〕

僧人甚至淫亂宮廷及大臣妻室，而元人粗闊，不能識別。元末葉子奇《草木子》卷四《雜俎篇》云：「都下受戒，自妃子以下至大臣妻室，時時延帝師堂下。戒師於帳中受戒，誦咒做法。凡受戒時，其夫自外歸，聞娘子受戒，則至房不入。妃主之寡者，間數日則親自赴堂受戒，恣其淫泆，名曰大布施，又曰以身布施。其流風之行中原、河北，僧皆有妻，公然居佛殿兩廡，赴齋稱師娘，病則於佛前首謝，許披袈裟三日。殆與常人無異，特無髮耳。」〔註62〕

洪武帝一上臺，首先就要革除元僧的種種弊害。如他對宮中的治理方式，就有鑒於元僧的惡劣。《明太祖高皇帝實錄》卷五二「洪武三年五月乙未」云：

〔註61〕宋濂等：《元史》卷二〇二《釋老傳》，北京：中華書局 1976 年版，第 4520～4522 頁。

〔註62〕葉子奇：《草木子》，文淵閣《四庫全書》本。

「上以元末之君不能嚴宮閫之政,至宮嬪女謁私通外臣,而納其賄賂,或施金帛於僧道,或番僧入宮中攝持受戒,而大臣命婦,亦往來禁掖,淫瀆褻亂,禮法蕩然,以至於亡。遂深戒前代之失,著為令典,俾世守之。皇后之尊,止得治宮中嬪婦之事,即宮門之外,毫髮事不預焉。」

為了加強對僧道的管理,洪武政府對僧道活動作了種種規定。如《明太祖高皇帝實錄》卷七三「洪武五年五月」云:「朕本布衣,失習聖書。況摧強撫順,二十有一年,常無寧居。紀綱粗立,故道未臻,民不見化。市鄉里閭,尚循元俗。天下大定,禮義風俗,可不正乎?茲有所示諭……僧道之教,以清淨無為為本。往往齋薦之際,男女溷雜,飲酒食肉自恣。已令有司嚴加禁約。」又如卷七七「洪武五年十二月己亥」:「給僧道度牒。時天下僧尼、道士、女冠,凡五萬七千二百餘人,皆給度牒,以防偽濫。禮部言,前代度牒之給,皆計名鬻錢,以資國用,號免丁錢。詔罷之,著為令。」

元末僧人為害,風氣所遺,洪武政府一時難以掃除。社會渣滓往往混迹僧侶,逃避監管。二十五年,再度嚴格度牒制度。《明太祖高皇帝實錄》卷二二三「洪武二十五年閏十二月甲午(十八日)」:「命僧錄司造《知周冊》,頒於天下僧寺。時京師百福寺隱囚徒逋卒,往往易名姓為僧,遊食四方,無以驗其真偽。於是命造《周知》文冊,自在京及在外府州縣寺院、僧名,以次編之。其年甲、姓名、字行及始為僧年月與所授度牒字號,俱載於僧名之下。既成,頒示天下僧寺。凡遊方行腳至者,以冊驗之。其不同者,許獲送有司,械至京治重罪。容隱者罪如之。」

元末社會,舉國皆僧,舉國皆佛法。影響所及,明初著名文人,如危素、烏斯道、宋濂等,不僅讀佛經,而且信奉佛教。洪武帝本人早年出家皇覺寺,信仰了佛教。為帝後,他為諸王子分派主錄僧,除了主持祭祀外,還教諸王佛法道理。著名的如僧道衍輔燕王,僧溥洽輔皇太孫允炆。洪武五年,明太祖敕令點校刊刻大藏經,在南京蔣山寺進行。這就是著名的《洪武南藏》,在洪武三十一年完工,一共花了27年,質量比南宋的《磧砂藏》好。饒是在這樣的信仰下,洪武帝對全國僧人進行了嚴格管理,大力打擊不法僧徒。這就說明,元末以來的惡劣僧風,污染社會,已經到了何等的嚴重程度。

方孝孺排佛,與洪武帝嚴格僧徒管理的思路相通,是要清理文化環境,整頓社會風俗。他沒有佛教信仰,篤信孔孟學說,於是,乾脆排佛。他寫了《梁武帝》《啓惑》《種學齋記》等文章,反對佛法。《種學齋記》有一段,很

可以表明方氏的立場：

> 周公孔子之道，五穀之種也。賢智之資，學之而易入，固非愚
> 者所及。或恃焉而不加修，則歸於愚矣。愚昧之人，質固下也，苟
> 能兼攻而勇致之，其有弗至於道者乎？斯道也，近之化一家，遠之
> 濟天下，不可一日忘也。或者病其難，而事乎老佛名法之教，其始
> 非不足觀也，而不可以用。用之修身則德隳，用之治家則倫亂，用
> 之於國於天下則毒乎生民，是猶稊稗之農也，學之蠹者也，用力雖
> 勞，而不可入乎道也。〔註63〕

方氏反佛，是從治理天下的角度思考的。在元末明初那樣的風氣下，提倡佛
法，只會讓遊食之徒日滋，不肖之徒混迹佛門。況且，佛法風行全國，無人
不受薰，又何用提倡。方氏的朋友鄭仲辯，就是生動的一例。方氏有《答鄭
仲辯》兩封書信，其中一封寫道：「去年王仲縉至蜀，承手帖，喻以近讀佛書
自遣，心竊疑之，以為特戲言耳。及朝京師，於一初處見所往還書，援佛氏
之說甚詳，嚮慕於彼者甚至，然後知足下之果入於佛也。」〔註64〕顯然，鄭
仲辯是新入佛法者。

　　持守儒家經術，排斥佛法，是方孝孺最突出的思想。這種思想，古已有
之，但方氏不是簡單地守古。元末明初的社會風氣，是理解方氏思想的鑰匙。
一些文學史脫離當時的社會現實，將方氏與宋濂相聯，認為他直接繼承宋濂
的文統，上承金、元的儒學傳統。如此一來，方氏的思想，只是儒家學說流
脈中的一段，他的種種現實思考，都成了一種學術推演。這樣看待方孝孺，
是不真切的。《遜志齋集》中，研究治亂之道的，如《深慮論》有十篇之多，
《君學》有上下篇，又有《君量》《君識》《治要》《官政》，有《民政》《明教》，
有《正俗》《正服》等，無不深深體貼元末明初的社會形勢，提出問題，找出
辦法，為參與國家政治作了充分的理論準備。他的這些文章，如果不聯繫當
時的社會來思考，很容易被當成是書齋理論。更容易使今人誤解的是，方氏
作為傳統文人，其運思必然在儒家經典的框架內展開，與前代文人的論述相
比，會給我們似曾相識的感覺。這種似曾相識，不是把方氏簡單地歸於儒學
中的一個浪花，就是讓方氏的慧心獨造打眼前滑溜掉了。

〔註63〕方孝孺：《遜志齋集》卷一七，文淵閣《四庫全書》本。
〔註64〕方孝孺：《答鄭仲辯二首》其二，《遜志齋集》卷一○，文淵閣《四庫全書》
　　　　本。

四、方孝孺之死與士人精神的喪失

建文四年六月十三日，燕王兵入金川門，建文君焚死火中（按：根據諸種史料推測，建文君當被燕王買通身邊太監，推入火中焚死。燕王不願背負弒君的惡名，當兵至龍江驛時，故意駐軍不入城，待城中火起後才肯入城，以此洗脫殺君的干係。又派胡濙訪行天下，以示建文君尚未死，迷惑眾人。建文君出逃一事，絕不可靠。他的大臣方孝孺、練子寧、卓敬都沒有隨行，反而是幾位平素不太信任的臣子出行。真有出逃，孝孺、卓敬豈能不跟隨而去），建文政權結束了。

建文時代的第一文人方孝孺該何去何從呢？他沒有自殺！著名文人練子寧，沒有自殺！樓璉沒有自殺！

推測方氏等人不自殺的原因，無非燕王奪政是叔侄互換皇位，仍是朱家天下。如果燕王不問方氏等人的罪，可以兩下相安。方氏等人活著，也不反抗永樂政權。建文君時，能夠以君命號召天下勤王。善於用兵的將軍盛庸、鐵鉉已經潰敗，建文君既死，永樂登極，建文臣子如果集兵稱亂，則師反無名，以方孝孺等人的品格，斷然不會興兵，也無興兵的能力。至多是不合作而已。

靖亂兵起時，朱棣發佈《靖亂兵興令旨》，以黃子澄、齊泰為姦臣，絲毫未涉及方孝孺、練子寧等人，儘管當時討燕檄文多出方氏手筆，而練子寧多所建白。這似乎開了一個好頭，將來可以不追究建文諸臣的罪行，放他們歸山。當天下既定時，假如留給方氏諸人一個空間，一者可以維持風教，二者永樂政治不必蹈入信仰危機。

按照儒家的經典教義，政府對持不同政見者，應當給予生存空間，只要不作亂興兵，就可以任其自為，而不是剿滅。正是執政者的這種容讓，使得《采薇》之歌流傳千古，使得富春江的子陵釣臺，成為崇高品格的象徵。儒家教義對於持不同政見者，也有約束，就是可以議政，不認可政府時，能像古代的蘧伯玉把本領藏起來，隱伏而已，卻絕不能作亂。這是雙方的傳統約定。但是，明朝的創立者破壞了這種傳統，永樂皇帝由於靖亂的原因，又加重了破壞。

洪武帝上臺後，對於不願合作的文人，開始尚能容忍。明顯的一例是楊維楨。《明史》楊維楨傳云：

> 洪武二年，太祖召諸儒纂禮樂書，以維楨前朝老文學，遣翰林

詹同奉幣詣門，維楨謝曰：「豈有老婦將就木，而再理嫁者邪？」明年，復遣有司敦促，賦《老客婦謠》一章進御，曰：「皇帝竭吾之能，不強吾所不能則可，否則有蹈海死耳。」帝許之，賜安車詣闕廷，留百有一十日，所纂敘例略定，即乞骸骨。帝成其志，仍給安車還山。〔註65〕

楊維楨所作《老客婦謠》，《元詩選初集》卷五六有載：

　　　　老客婦，老客婦，行年七十又一九。少年嫁夫甚分明，夫死猶存舊箕帚。南山阿妹北山姨，勸我再嫁我力辭。涉江採蓮，上山採蘼，採蓮採蘼可以療饑。夜來道過娼門首，娼門蕭然驚老醜。老醜自有能養身，萬兩黃金在纖手。上天織得雲錦章，繡成願補舜衣裳。

　　　　舜衣裳，爲妾佩古意，揚清光，辨妾不是邯鄲娼。〔註66〕

詩下注云：「明太祖初即位，遣翰林詹同奉幣徵維楨。維楨賦此詩，同爲作《老客婦傳》。維楨又有詩曰：『皇帝書徵老秀才，秀才懶下讀書臺。商山本爲儲君出，黃石終期孺子來。太守枉於堂下拜，使臣空向日邊回。老夫一管春秋筆，留向胸中取次裁。』」

由於國家初立，諸事未穩，洪武帝對楊氏的操守志向表示了尊重。當楊維楨決意離去，與朝廷擺脫關係時，文臣第一的宋濂寫了贈別詩《送楊維楨還吳淞》，對楊氏的歸隱表示了充分的禮敬。詩云：「皓仙八十起商山，喜動天顏咫尺間。一代遼金歸宋史，百年禮樂上春官。歸心只憶鱸魚膾，野性懶隨鵷鷺班。不受君王五色詔，白衣宣至白衣還。」〔註67〕

楊維楨爲元泰定年間的進士，任過官。在元末，他是江浙一帶的文化領袖。由於這種身分，他進入明朝，便選擇了遺民生活方式。遺民現象的存在，可以砥礪世教，尊存綱常，是儒家文化的一部分。

統治日久，政治穩定，洪武帝就不再容忍讀書人自放於朝廷之外。《明史‧刑法志二》云：「及十八年《大誥》成，序之曰：『諸司敢不急公而務私者，必窮搜其原而罪之。』凡三《誥》所列淩遲、梟示、種誅者，無慮千百，棄市以下萬數。貴溪儒士夏伯啓叔侄斷指不仕，蘇州人才姚潤、王謨被徵不至，皆誅而籍其家，『寰中士夫不爲君用』之科所由設也。」在「寰中士夫不爲君

〔註65〕張廷玉等：《明史》卷二八五《文苑傳》，第7309頁。

〔註66〕顧嗣立：《元詩選初集》，文淵閣《四庫全書》本。

〔註67〕朱存理編：《珊瑚木難》卷八，文淵閣《四庫全書》本。

用」的罪名下，讀書人的私人精神空間遭到侵佔。

　　但是，朱元璋的執政方式粗放，用苛刻的管理制度鉗制士人的自由思想，引發了讀書人的激烈反抗，以至人們不惜斷指抗命。洪武帝是首任皇帝，無故事可依，一切全得自己探索，他以戰爭中獲得的經驗治理帝國，在文化上沒有取得什麼效果。他下令編撰的《洪武正韻》，是除《元史》外唯一可以稱說的項目，也曾用心於該書，卻失敗了。《四庫提要》評價《洪武正韻》說：「李東陽《懷麓堂詩話》曰：『國初顧祿爲《宮詞》，有以爲言者，朝廷欲治之，及觀其詩集乃用《洪武正韻》，遂釋之。此書初出，亟欲行之故也。』然終明之世，竟不能行於天下，則是非之心，終有所不可奪也。又周賓所《識小編》曰：『洪武二十三年，《正韻》頒行已久，上以字義音切尙多未當，命辭臣再校之。學士劉三吾言，前後韻書，惟元國子監生孫吾與所纂《韻會》定正音韻歸一，應可流傳，遂以其書進。上鑒而善之，更名《洪武通韻》，命刊行焉。今其書不傳』云云。是太祖亦心知其未善矣。其書本不足錄，以其爲有明一代同文之治，削而不載，則韻學之沿革不備，猶之記前代典制者，雖其法極爲不善，亦必錄諸史冊，固不能泯滅其迹，使後世無考耳。」〔註68〕洪武政治的弊病，正如解縉上封事萬言書所云：「國初至今，將二十載，無幾時不變之法，無一日無過之人。嘗聞陛下震怒，鋤根剪蔓，誅其奸逆矣。未聞褒一大善，賞延於世，復及其鄉，終始如一者也。」〔註69〕問題在於，朱元璋沒有想到採用文化的辦法，改造讀書人的思想，只是粗暴地控制人們的行爲，以殺戮爲手段，而民不畏死，文化治理收效甚微。

　　永樂帝繼承了洪武的信念，試圖控制讀書人的一切，不允許讀書人在思想上外化。方法比洪武帝有了明顯的更進。永樂帝有父親的經驗作爲參考，又有奪位的蓄謀，在做燕王時，已經對帝國的政治軍事深思熟慮。建文四年，他登上寶座，就已經是一位思想成熟的皇帝，不需要摸索前行。他決定推行自己的官方文化，在社會上造成普遍的官方文化信仰，使私人精神失去生存環境。

　　建文君的那一批文臣，要麼反正，要麼殺掉，絕不放歸山林。永樂帝擬定了一份姦臣名單，方孝孺、卓敬、練子寧等著名文人，榜上有名。《明史紀事本末》卷一六《燕王起兵》云：

〔註68〕永瑢等：《四庫全書總目》卷四二，第363頁。
〔註69〕解縉：《大庖西封事》，《文毅集》卷一，文淵閣《四庫全書》本。

> 揭榜左班文臣二十九人：太常寺卿黃子澄，兵部尚書齊泰，禮
> 部尚書陳迪，文學博士方孝孺，副都御史練子寧，禮部侍郎黃觀，
> 大理少卿胡閏……前御史尹昌隆，宗人府經歷宋徵、卓敬，修撰王
> 叔英，戶部主事巨敬。燕王指以上諸人為姦臣，別其首從。先是，
> 出賞格，凡文武官員軍民人等，綁縛姦臣，為首者陞官三級，為從
> 者升二級。綁縛官吏，為首者升二級，為從者升一級。有司奉旨出
> 示。自是擒獲得官者甚眾，乘機報私仇，劫掠財物者紛紛，雖禁不
> 能止也。既而鄭賜、王鈍、黃福、尹昌隆皆迎駕歸附，自陳為姦臣
> 所累，乞宥罪；令復其官。〔註70〕

　　上了姦臣榜而能及時反正的，都獲得寬看，如黃福，後為永樂名臣。《明史》
黃福傳，稱他「當官不為赫赫名，事微細無不謹。憂國忘家，老而彌篤」。

　　姦臣榜上的人，被綁縛見面時，永樂帝多半親自勸降。勸降不果，就滅
族。方孝孺不肯反正，死得最慘。儘管方氏之死為人們熟知，我們仍需要詳
細回顧。過去，人們總是將方氏的死，當作成祖殘暴的例子。現在，我們將
糾正這個傳統的看法。

　　碰上革朝，前一朝的上層文人如果不想自殺，便只有歸隱一條路可走。
這是儒家教義做出的規定，而且在歷史上反覆演出過的。永樂帝不能容忍境
內有精神上的化外之民，故爾，他不允許建文朝的文人歸隱。如此一來，建
文君留下的文臣，除了反正，就只能死。建文死難者，多不是死於軍陣殺戮，
而是死於文化清洗。那場慘禍，起因於儒家教義與永樂的文化理想發生了衝
突。

　　方孝孺作為建文時代的第一文人，不能自殺，便只有被殺了。《明通鑒》
卷一三記載其死：

> 殺兵部尚書齊泰、太常寺卿黃子澄、文學博士方孝孺，皆夷其
> 族。……上之發北平也，道衍以孝孺為託，曰：「城下之日，彼必不
> 降，幸勿殺。殺孝孺，天下讀書種子絕矣。」上頷之。然素重孝孺
> 名，召至，使草詔。孝孺衰絰入，悲慟聲徹殿陛，上降榻勞曰：「先
> 生毋自苦！予欲法周公輔成王耳。」孝孺曰：「成王安在？」上曰：
> 「彼自焚死。」孝孺曰：「何不立成王之子？」上曰：「國賴長君。」
> 曰：「何不立成王之弟？」上語塞，曰：「此朕家事。」顧左右授筆

箚,曰:「詔天下,非先生草不可。」孝孺投筆,哭且罵曰:「死即死耳,詔不可草!」上曰:「獨不畏九族乎?」孝孺曰:「便十族,奈我何!」上猶欲強之,孝孺乃索筆大書「燕賊篡位」四字,上大怒,命磔諸市。孝孺慨然就死,作《絕命辭》曰:「天降亂離兮,孰知其由?姦臣得計兮,謀國用猶。忠臣報國兮,血淚交流。以此殉君兮,抑又何求!嗚呼哀哉兮,庶不我尤!」時年四十有六。……是獄也,泰與子澄皆坐族。而孝孺以十族故,並及其朋友、弟子。於是廖鏞與其弟銘,皆德慶侯永忠孫也,以曾受業孝孺,爲拾遺骸,瘞聚寶門外山上,遂被逮死。太常少卿盧原質,以中表故,與其弟原樸皆坐死。御史鄭公智,陝西僉事林嘉猷,皆同里弟子,孝孺嘗曰「匡我者,二子也」;刑部侍郎胡子昭,以孝孺薦,預修《太祖實錄》;河南參政鄭居貞,孝孺友也;諸人皆坐黨被逮死。又,孝孺主應天試所得士有長洲劉政、桐城方法。政曾草《平燕策》未上,聞孝孺死,遂嘔血卒。法官四川斷事,以諸司表賀登極,不肯署名,及被逮,行次望江,瞻望先人廬舍,再拜,自沉江死。凡先後坐孝孺黨而死者八百餘人。……而孝孺既誅,上欲以草詔屬侍讀樓璉。璉,金華人,嘗從宋濂學,承命不敢辭。歸,語妻子曰:「我固甘死,正恐累汝輩耳。」其夕,遂自經死。〔註71〕

需要注意的是,樓璉不肯草詔,自經而亡,妻子不受連累。又據《明史》鐵鉉傳,靖亂中,鐵鉉抗擊燕兵,朱棣險些喪命。「鉉伏壯士城上,候王入,下鐵板擊之,別設伏斷橋。既而失約,王未入城,板驟下,王驚走。伏發,橋倉卒不可斷,王鞭馬馳去。憤甚,百計進攻。凡三閱月,卒固守不能下。」鐵鉉被執,沒有遭到滅族之禍。「燕王即皇帝位,執之至,反背坐廷中謾罵。令其一回顧,終不可,遂磔於市,年三十七。子福安,戍河池。父仲名,年八十三,母薛,並安置海南。」〔註72〕武臣輕罰,文臣自經死,妻子不受牽連,這表明永樂帝只是在發動一場文化清洗。又如《明史》周是修傳,記周氏自殺事,云:「入應天府學,拜先師畢,自經於尊經閣,年四十九。燕王即帝位,陳瑛言是修不順天命,請追戮。帝曰:『彼食其祿,自盡其心,勿問。』」〔註73〕

〔註71〕 夏燮:《明通鑒》,續修四庫全書本。
〔註72〕 張廷玉等:《明史》卷一四二,第4032~4033頁。
〔註73〕 張廷玉等:《明史》卷一四三,第4050頁。

文皇不是嗜殺成性的人，殺讀書人只爲了文化集權，不得不殺。史載誅孝孺十族，並其它慘禍，朱彝尊曾辨之，以爲文皇不當那樣殘暴。當清政府修《明史》時，朱彝尊《史館上總裁第四書》云：

> 建文帝既自焚，方先生孝孺衰杖哭闕下，語文皇曰「成王安在」，此事之所有也。至文皇謂曰：「獨不顧九族邪？」答曰：「使十族奈何？」因並其弟子友朋爲一族，戮之，此則三家村夫子之說矣。歐陽夏侯《尚書》雖云九族者，父族四、母族三、妻族二，而馬、鄭俱云，九族上自高祖，下至玄孫，九峰蔡氏從之。故世之言九族者，名爲九，其實本宗一族爾。迨秦漢，誅及三族，則兼逮母妻之黨。村夫子不知九族尚輕，三族爲最酷，而造爲是說。使文皇果用是刑，無捨母妻之族，而遽株及於弟子友朋者，且正學之友最莫逆者，無如宋仲珩、王孟縕仲緝、鄭叔度、林公輔諸人，故叔度之弟叔美、叔端，仲緝之子叔豐，皆爲及門高弟，諸君惟仲緝先卒，其餘當日咸不及於難，緝其遺文以傳，足以破野史之謬。不足信六也。《實錄》文皇既入，即收孝孺，旋執泰、子澄至闕，同磔於市，所榜奸黨二十五人，鄭賜、黃福、尹昌隆在其列，不聞伏法。又靖難師起，北平所司州縣官棄職遠避，朱寧等二百一十九人，亦未嘗悉誅，獨大理少卿胡閏，野史謂抄提男女二百一十七人俱死，外遣戍者又一百一十四人，而《奉天刑賞錄》載，茅大芳妻死，上命飼狗。不應若是之酷。不足信七也。〔註74〕

朱彝尊的說法是可信的。

從政權穩定角度說，方孝孺、練子寧不是非死不可，留下他們，對於永樂帝國絕不產生威脅。樓璉的自殺是被逼的，如果沒有草詔事，他會繼續觀望，找到合適的機會，離開永樂朝廷。練子寧、方孝孺不自殺，顯然都存了歸隱的心思。如果早知道朱棣會斷絕歸隱之路，練、方都會自殺，不會等到滅族之禍的降臨。方孝孺等人不是天生不怕死，而是除了反正，無路可走。以他們的信仰，反正是可恥的，不得已才選擇死。永樂帝之所以採取滅族的手段，無非想逼他們就範。如果方孝孺反正，永樂帝整齊文化的理想可以在一夜間完成大半，明代的臺閣體，無論文章場面還是作家隊伍，都會氣勢飛揚，比今天看到的勝出一籌。

〔註74〕朱彝尊：《曝書亭集》卷三二，文淵閣《四庫全書》本。

　　方孝孺死後，文禁甚嚴。《明史》方孝孺傳云：「孝孺工文章，醇深雄邁。每一篇出，海內爭相傳誦。永樂中，藏孝孺文者罪至死。門人王稌潛錄爲《侯城集》，故後得行於世。」〔註75〕其他建文殉節文臣，文章無明令禁止，獨於方氏文章，下令嚴禁。主要原因是，靖亂之際，討燕檄文多出方氏手筆，如果不嚴禁，隨著方氏檄文的流傳，永樂篡位的政治秘密將大白於天下。

　　殺掉方孝孺一批有骨氣的文人，國家的文化精神受到重創，永樂帝採取了多方的文化補救措施。最有名的，是從新進士中挑選優秀者，培訓他們。這就是甲申年29名庶吉士入文淵閣進學。《翰林記》卷四《文淵閣進學》云：

　　　　永樂三年正月壬子。先是太宗命學士兼右春坊大學士解縉等，新進士中選材質美敏者，俾就文淵閣進學，至是，縉等選修撰曾棨，編修周述、周孟簡，庶吉士楊相、王訓、王直、吾紳、彭汝器、劉子欽、余學夔、章樸、盧翰、熊直、王道、羅汝敬、沈升、柴廣敬、王英、余鼎、楊流、洪順、段民、楊勉、章敞、李時勉、倪維哲、陳敬宗、袁添祿二十八人。入見，上諭勉之曰：「人須立志。志立則功就。天下古今之人，未有無志而能建功成事者。汝等簡拔於千百人中爲進士，又簡拔於進士中至此，固皆今之英俊。然當立志遠大，不可安於小成。爲學必造道德之微，必具體用之全。爲文必並驅班、馬、韓、歐之間，如此立心，日進不已，未有不成者。古之文學之士豈皆天成？亦積功所至也。汝等勉之。朕不任爾以事。文淵閣，古今載籍所萃，爾各食祿，日就閣中，恣爾玩賞，務實得於己，庶國家將來皆得爾用。不可自怠以辜朕期待之意。」時庶吉士周忱，自陳年少，願進學。上喜曰：「有志之士也。」命增忱爲二十九人。遂命司禮監月給筆墨紙，光祿寺給朝暮膳，禮部月給膏燭鈔（人三錠），工部擇近第宅居之。且命縉領其事。數召至便殿，問以經史諸子。故實，或至抵暮方退，五日一休沐。使內臣道之，校尉備騶，從人莫不歆其榮豔。上時搜奇書僻事以驗所學，棨等多對誦如流。上甚喜之，多所獎賚，恒顧群臣曰：「秀才輩性子，直可親近。」縉嘗以《鍾山蟠龍》詩試諸人，甚稱彭汝器所作。一日上問《捕蛇者說》，汝器即朗誦於前，上奇其才。王訓以《大江繞金陵賦》進，上最稱之。且程試課業，大嚴賞罰之典，而王英、王直尤爲儕輩所推

───────────

〔註75〕張廷玉等：《明史》卷一四一，第4020頁。

讓云。蓋是時庶吉士隸本院者尚多，如孫子良、洽順、李昌祺、蕭
省身、江鐵、張宗璉、田忠等，無慮數十人，皆不得與。其與者，
皆被選者也。後上嘗親征巡狩，雖有庶吉士之選詔，如甲申例，車
駕不及親蒞焉。〔註76〕

永樂甲申年的庶吉士進學，是明代文人津津樂道的盛事。清人徐乾學《翰林院教習堂題名碑記》論及古今人才培育時，就舉了甲申庶吉士的例子，云：「初明洪武時，選天下舉人年少質美者張唯等十人，擢翰林院編修，入文華堂肄業，詔宋濂、桂彥良為其師。帝政暇，輒臨幸，考業，親第高下。光祿給饌，太子、諸王疊為之主。賜白金、鞍馬、冬夏衣裘。及永樂三年，遂選進士二十八人，復益以周忱一人，就文淵閣進學。給筆箚分鈔，賜第，隆禮過之。時榮其選，謂之二十八宿。其中如王文端直、李忠文時勉、陳文定敬宗、周文襄忱，後皆為名臣。德業文辭，照耀一代，稱極盛已。」〔註77〕

永樂三年的庶吉士進學，今天來解讀，稍不注意，就誤會成一種文學能力的培訓。楊士奇《詹事府少詹事兼翰林侍讀學士贈嘉議大夫禮部左侍郎曾公墓碑銘》云：「太宗皇帝御天下，慨然欲作新人才，興起斯文。而龍飛第一科進士中，簡明秀通敏者二十八人就文淵閣，盡出中秘書，俾進所業。朝暮大官供膳，月給內帑鈔為膏火費，蓋期之於古人。」〔註78〕似乎是綜合素質的人才培育了。庶吉士可以閱讀皇家圖書，廣覽博收，又有教官指導。這是庶吉士集體培養的條件。可是，當時的自學者，很多手不釋卷，每天必讀數千字。一些朝廷文職官員，無論年紀大小，朝夕磨練文章，與朋友講論切磋。比起那些勤奮的自學者，在文淵閣讀書的庶吉士恐怕不占學習優勢。從增進學業水平來考慮，庶吉士的集體進學方式，甚至比自學者效率更低。所以，庶吉士的進學方式，不應視為才能素質培訓。當時，永樂新政府對方孝孺等人剛剛實行了文化清剿，使得整個讀書界精神抑鬱。朝廷立刻採取彌補措施，這就是甲申年的庶吉士進學。這次進學，根本不是什麼才能培訓，而是純粹的情感培育。明太宗以此法作新人才，只是要培養讀書人對新政府的感情。種種生活優遇，皇帝時時駕臨，搜奇書僻事考驗諸生，給了這批讀書人莫大的榮耀，使讀書人與皇帝的關係變得密切。為保證讀書人效忠新政府，永樂

〔註76〕黃佐：《翰林記》，文淵閣《四庫全書》本。
〔註77〕張廷玉等：《皇清文穎》卷一九，文淵閣《四庫全書》本。
〔註78〕楊士奇：《東里文集》卷一四，北京：中華書局1998年版，第199頁。

帝恩威並重。《明通鑒》卷一四，記永樂三年十一月，庶吉士章樸因藏方氏文，被殺，云：「樸坐事與序班楊善同註誤。家藏有方孝孺詩文，善借觀之，遂密以聞。上怒，逮樸，戮於市，而復善官。是時詔天下有收藏孝孺詩文者，罪皆至死，故樸及之。」〔註79〕

　　洪武時代，對文人的管束是外在的，以刑法實現，文人的內在精神朝廷無法影響。建文時代，以方孝孺爲代表的一批文臣，不僅精神上相當獨立，而且外在的管束也撤出了。君臣之間，可以爲政治問題而博弈。自方孝孺死後，永樂朝廷對讀書人實行情感收買，而且恩威並施，使讀書人不得不阿依皇帝的私人意志。這些讀書人寫起文章來，不再敢有私人的想法，只能歌頌朝廷，美化皇帝。

五、小　結

　　方孝孺是洪武帝和宋濂共同認定的文化接班人，是有賢王之稱的蜀王最尊敬的文士，是舉國敬仰的儒學大師。建文時期，方氏輔導惠帝，採取的諸多更定措施，都是深體洪武帝本意，是洪武政治的必然延伸。建文君是洪武帝生前親自培育的嗣君，並且奉遺詔登位。建文君臣主政，獲得天下百姓認可，得到全國讀書人的支持。

　　永樂帝指方氏爲姦臣，方氏一案，被殺者 800 餘人，天下驚恐。又嚴禁民間傳播方氏文章，私藏者問死罪。

　　永樂時期，敕修《五經四書大全》《性理大全書》，以著名臺閣文人胡廣領撰。兩書頒行天下，作爲士子科考的必讀書，爲科舉文章的理論準則。朝廷以此二書的思想精神，指導讀書人修煉品格，忠君愛國。

　　方孝孺號稱方正學，按照儒家評人的標準，他是不世出的君子。永樂時代，一方面鼓勵讀書人培養高潔的品格，一方面堅持方氏爲姦臣，思想主張不能自圓其說。朝廷不得不以謊言掩蓋眞相，左支右絀，在自己挖掘的陷阱中掙扎。當時，天下皆知方氏之冤，人皆搖手相戒，以談方氏爲忌諱。

　　方氏文章，大約在宣德末年，才又開始流傳。《列朝詩集小傳》甲集《方正學先生孝孺》云：「正學歿後，文字之禁甚嚴，門人王稌叔豐收其遺文藏之，宣德後稍傳於世。」〔註80〕到天順末，才又有刊刻。徐階《重刊遜志齋集序》

〔註79〕夏燮：《明通鑒》，續修四庫全書本。
〔註80〕錢謙益：《列朝詩集小傳》，上海：上海古籍出版社 1983 年版，第 148～149 頁。

云：「遜志先生集，其初刻於蜀，有臨海林公右、金華王公紳所爲序，然林序稱洪武三十年，而不書輯者之姓名，亦不著卷數，王序則直題爲文稿。今以傳考之，洪武之末，先生時猶教授蜀藩，則殆先生所自輯且未成之書也。厥後先生樹奇節，罹慘禍，集因諱不傳。天順癸未，臨海教諭趙君洪始購遺文二百六十首，以屬梓人，而集乃行於世。」〔註81〕到成化十六年，謝鐸等人花費很大精力，重刻方氏文集。謝鐸《遜志齋集後序》云：

> 於乎！先生之文不見於世也久矣！天順中，趙教諭洪實始鋟梓以傳，既而鐸與文選黃君孔昭頗加搜輯，於是葉文莊公盛、秋卿林公鶚、王忠文公之孫汝，諸所傳錄者，皆粹焉。既又從柳別駕演盡得常人之所藏者，視昔蓋不啻倍蓰，而先生之文乃始稍稍以完。今年春，寧海令郭君紳聞之，以書來曰：「先邑人也，是不可廢，願益得以傳諸梓。」鐸與文選君亟喜而授之。……令尹又嘗即先生故居，求所嗣祠堂者而新之。蓋洪熙初，先生之遺族得從寬法而爲之者也。常本舊稱《遜志齋集》者，訛缺爲甚，謹具存之，不敢別有所更益。教諭之編，有的知其非出於先生者，乃不敢取。其曰「正學」者，蓋蜀獻王所賜，「遜志」則先生所自號，今併入之，以復其舊。而其續得者當更爲別錄云。成化己亥冬十月朔。〔註82〕

黃孔昭《新刊遜志齋集後序》云：

> 惜其遺文散佚，天下僅見趙教諭刻本，孔昭乃與謝侍講鐸，日加訪採，而其邑之秀彥猶能各以所藏來告，遂合葉、林二亞卿，王、李二中書，與柳常州之所得者彙次之，而是編成焉，於是先生之文亦庶幾其全矣。然先生之學已不愧存歿，文之全不全亦奚損益哉？……方經畫召工，而金義士明、陳訓導熙、鄭學究公詢、秀才楊顯、金遠輩，咸奮義助相校書，董治各有司任，不日月板將告成。嗚呼！於此又可見先生德澤之在鄉邑者，愈久而愈不忘也。雖然，是集也，抑豈吾臺人所得而私之哉？庸書諸末簡，以告天下後世之欲知先生者。成化十六年庚子夏五月朔日。〔註83〕

〔註81〕臺灣「國立中央圖書館」編：《「國立中央圖書館」善本序跋集錄》集部第二冊，臺北：「國立中央圖書館」1994年版，第339頁。

〔註82〕臺灣「國立中央圖書館」編：《「國立中央圖書館」善本序跋集錄》集部第二冊，第334頁。

〔註83〕臺灣「國立中央圖書館」編：《「國立中央圖書館」善本序跋集錄》集部第二

　　方孝孺文章的禁與解，與臺閣體興衰的時間段相諧。清人陳田《明詩紀事》，將方孝孺等建文死難文臣，與解縉、楊士奇等分開列卷。《明詩紀事》乙簽序云：「時至建文，龍戰玄黃。禁遭革除，幾同閏位。……高皇雄猜，誅戮勳臣，波及文士；再經靖難之阨，海內英流，僅有存者。文皇右文，頓改初政，刀碪之餘，從事樽俎。永、宣以還，沐浴膏澤，和平嘽緩之音作，而三楊臺閣之體興。」〔註84〕臺閣體文風，是方氏精神的一個反轉。方氏《與鄭叔度》第三書，云：

> 獨唐之韓愈，稍知其大者，而不能究其本，故其文亦未能皆出乎正，是以僕竊少之，而願學孔子，亦不爲過也。使漢以下之文，皆能不背乎道，僕何敢譽之？有今文之所載，非諛死人而徹其略，則媚權貴有氣勢之人以致其身，求其有益於世者，十無一二焉。文與道判裂不相屬如此，何以謂文？〔註85〕

可知，方氏對於文的要求，不媚於世，不媚於權貴。引而申之，後來的臺閣體，一味地鳴國家之盛，頌君上之德，又何嘗不是媚文？方氏的品格取向，治學旨趣，顯然與臺閣體相異。

　　四庫總目評《遜志齋集》云：「燕王篡立之初，齊、黃諸人爲所切齒，即委蛇求活，亦勢不能生。若孝孺，則深欲藉其聲名，俾草詔以欺天下。使稍稍遷就，未必不接迹『三楊』，而致命成仁，遂湛十族而不悔。語其氣節，可謂貫金石動天地矣。文以人重，則斯集固懸諸日月不可磨滅之書也。」〔註86〕然而，「稍稍遷就」在方氏也不可能。方氏之死，給士林文林一大重創，讀書人精神一夜間坍塌，臺閣體文風由是以興。姚廣孝所說的「殺孝孺，天下讀書種子絕矣」，預見的正是士林精神的崩潰。

　　　　冊，第334頁。
〔註84〕陳田：《明詩紀事》，續修四庫全書本。
〔註85〕方孝孺：《遜志齋集》卷一〇，文淵閣《四庫全書》本。
〔註86〕永瑢等：《四庫全書總目》卷一七〇，第1480頁。

第三章　臺閣體文論

中國皇權社會的諸多文化現象，作為總體來看時，是由儒家思想決定的，具有一種必然性。這些現象在儒家思想圈子裏，又互相區別。各自的成因，就不再適於用儒家思想本身來解釋，而不能不歸於偶然現象了。儒家思想從孔子開始，就堅決主張權威話語，以堯舜禹湯文武周公為聖，為人們樹立了膜拜的偶像，已經植下了事隨人遷、因人成事的根子。這種不因契約而由人治的政治文化模式，恰恰會偶然地引發各類歷史事件。明初的臺閣體，正是由永樂皇帝引發的偶然現象。

一、永樂皇帝的文化壟斷

沒有文化的壟斷，便不會有臺閣體！文化壟斷是明成祖想出的法子，也是永樂區別於洪武的地方。

洪武三年，詔設科舉取士，首重德行，而末視文藝。課試內容，以程朱理學為主，兼用古注疏。永樂開始，則專主朱子。明人顧起元《客座贅語》卷一《經義兼古注疏》云：

> 洪武三年五月初一日，《初設科舉條格詔》內開：第一場五經義，各試本經一道，限五百字以上。《易》，程、朱氏注；《書》，蔡氏傳；《詩》，朱氏傳。俱兼用古注疏。《春秋》，左氏、公羊、穀梁、張洽傳；《禮記》，專用古注疏。《四書》義一道，限三百字以上。至十七年三月初一日，命禮部頒行科舉成式，始定子、午、卯、酉年鄉試，辰、戌、丑、未年會試。制：第一場試《四書》義三道，二百字以上；經義四道，三百字以上。未能者許各減一道。《四書》主朱子《集

注》，《易》主程、朱傳義，《書》主蔡氏傳及古注疏，《詩》主朱子
《集傳》，《春秋》主左氏、公羊、穀梁、胡氏、張洽傳，《禮記》主
古注疏。案，此兼用古注疏及諸家傳，聖製彰明。後不知何緣，遂
斥古注疏不用。《春秋》止用胡傳爲主，《左氏》《公》《穀》，第以備
考。張洽傳，經生家不復知其書與其人矣。《禮記》專用陳灝〔澔〕
《集說》，古注疏盡斥不講。〔註1〕

洪武科舉雖然指定了課業專書，而國家沒有整齊諸家學說。而且，到洪武十
七年，科考才有定例，此前多用薦舉。《明史》選舉志云：「太祖雖間行科舉，
而監生與薦舉人才參用者居多，故其時布列中外者，太學生最盛。」這樣，
士子的閱讀相當自由，不至於舉業書之外，一切不顧。太祖自己傾心眞德秀
的《大學衍義》。實錄記載，吳王元年時，他定都金陵，宮殿落成，「命侍臣
書《大學衍義》於兩廡壁間。上曰：前代宮室多施繪畫，予用此，以備朝夕
觀覽，豈不愈于丹青乎？」《明太祖高皇帝實錄》卷一六一「洪武十七年夏四
月庚午」云：「上謂侍臣曰：朕觀《大學衍義》一書，有益於治道者多矣。每
披閱，便有警省，故令儒臣日與太子、諸王講說，使鑒古驗今，窮其得失。
大抵其書先經後史，要領分明，使人觀之容易而悟，眞有國之龜鑒也。」

天下府、州、縣學，各舉當地名宿，爲學生授課。當時選擇教師，凡能
通經術，即可授職，不專主某家某說。僅文學史上知名的，就有瞿祐（宜陽
訓導）、張美和（清江教諭）、梁本之（瑞州府學訓導）、殷奎（咸陽儒學教諭）、
孫作（長樂縣儒學教諭）、胡儼（松江華亭教諭）等。諸人各本所學，開示生
徒。如殷奎，王彝《送殷教諭赴咸陽縣序》云：「國制，凡府、州、縣必皆有
學，學必有官，官必以府、州、縣所薦士，然猶必考驗於吏部，乃歸而就職
焉。殷君孝伯，崑山人也。以古學倡其鄉邦，爲士人所推服，大夫聞之，因
薦以爲縣學教諭，君以母老辭。強起之，既上吏部，試《春秋義》及《道統
論》各一通，執政者見之，嘉其學，欲薦以爲守令，君辭曰：『某迂儒，職教
可也。民社之寄重矣，然非才不可也。』既而朝廷以學官準常選，例亦南北
互調，遂調君咸陽縣學教諭。」〔註2〕又如瞿祐，他撰有《剪燈新話》，洪武
十一年，自序其書云：「余既編輯古今怪奇之事，以爲《剪燈錄》，凡四十卷
矣。……既成，又自以爲涉於語怪，近於誨淫，藏之書笥，不欲傳出。客聞

〔註1〕顧起元：《客座贅語》，四庫全書存目叢書本。
〔註2〕王彝：《王常宗集·補遺》，文淵閣《四庫全書》本。

而求觀者眾，不能盡卻之，則又自解曰：《詩》《書》《易》《春秋》皆聖筆之所述作，以為萬世大經大法者也；然而《易》言龍戰於野，《書》載雉雊於鼎，《國風》取淫奔之詩，《春秋》紀亂賊之事，是又不可執一論也。」〔註3〕觀念與正統的儒家有出入。

對儒家諸學派，朱元璋兼收並蓄。《明詩紀事》甲籤卷一四《張美和》，有陳田按：「美和在成均有師法，與聶鉉、貝瓊號為『三助』。洪武二十七年，帝觀《蔡氏書傳》論象緯運行，與《朱子詩傳》不合，其他注與鄱陽鄒季友所論有未安者，徵天下名儒訂正之。兵部尚書唐鐸等舉美和等二十七人。帝遣行人馳傳徵至，特命學士劉三吾總其事。」〔註4〕從一個側面反映了洪武時期儒門中諸家學派並行的狀況。

建文時期，方孝孺以學術醇粹，負天下重望。他是公認的儒家學說闡釋權威。當時，方氏在朝廷，則是非公論在朝廷；方氏處山林，則是非公論在山林。他說：「古之仕者及物，今之仕者適己。及物而仕，樂也；適己而棄民，恥也。與其貴而恥，孰若賤而樂。故君子難仕。」又說：「三代之化民也，周而神。後世之禁民也，嚴而拙。不知其拙也，而以古為迂，孰迂也哉？」〔註5〕這樣的議論，以他的身分講出來，無疑會對朝廷形成輿論威壓。儒家傳統的以德抗位，在方氏身上表現了出來。他能夠以個人的學術力量，撼動整個社會。《明儒學案》卷四三《文正方正學先生孝孺》云：「先生之學雖出自景濂氏，然得之家庭者居多。其父克勤嘗尋討鄉先達，授受源委，寢食為之幾廢者也。故景濂氏出入於二氏，先生以叛道者莫過於二氏，而釋氏尤甚，不憚放言驅斥，一時僧徒俱恨之。」由於方氏握有儒家真理的解說權，使得朱棣奪位後，首先想借方氏草詔，以塞天下人之口。

永樂的親信道衍和尚，即姚廣孝，是靖亂的一手策畫人，曾作《道餘錄》，詆毀程朱之學。他通常達變，講究事功，不太相信儒家那一套。但在對待方孝孺一事上，他勸燕王說：「孝孺必不降。不可殺之。殺之，天下讀書種子絕矣。」朱棣還是殺了孝孺，「坐死者八百四十七人」。此案對朱棣的心理打擊，十分沉重，以至於他後來銳意遷都北京，回到燕王府舊地，不願在南京生活。他一生中都厭惡聽到方氏的名字。

〔註3〕瞿祐：《剪燈新話》卷首，上海：上海古籍出版社1981年版。
〔註4〕陳田：《明詩紀事》，續修四庫全書本。
〔註5〕黃宗羲：《明儒學案》卷四三，文淵閣《四庫全書》本。

　　永樂二年，發生了一起民間上書案，也刺激了朱棣。楊士奇《聖諭錄》詳載此事：

　　　　永樂二年，饒州府士人朱季友獻所著書，專斥濂洛關閩之說，
　　　　肆其醜詆。上覽之怒甚，曰：「此儒之賊也！」時禮部尚書李至剛、
　　　　翰林學士解縉、侍讀胡廣、侍講楊士奇侍側，上以其書示之。觀
　　　　畢，縉對曰：「惑世誣民，莫甚於此。」至剛曰：「不罪之，無以
　　　　示徵。宜杖之，擯之遠裔。」士奇曰：「當毀其所著書，庶幾不誤
　　　　後人。」廣曰：「聞其人已七十，毀書示徵足矣。」上曰：「謗先
　　　　賢，毀正道，非常之罪。治之可拘常例耶？」即敕行人押季友還
　　　　饒州，會布政司府縣官及鄉之士人，明諭其罪，笞以示罰。而搜
　　　　檢其家所著書，會眾焚之。又諭諸臣曰：「除惡不可不盡，悉毀所
　　　　著書，最是。」〔註6〕

朱季友的觀點，點著了朱棣的死穴。既然本朝理學代表人物方孝孺被視爲奸
逆，那麼，濂洛關閩之說，當然可以批評。這是其推測朝廷意志，敢於主動
上書的原因。

　　朱棣以政治家的手段，聰明地處理了這件事。從後來的影響看，是很好
地控制了社會輿論。以後的儒家學者，多舉此案爲說。嘉靖年間，袁袠力抵
陽明心學末流，作《距僞》云：「昔孔子誅少正卯，子產誅鄧析，惡其亂政也。
然亦未有詆毀先儒，蔑棄明詔，亂王制，蠹人心，似是實非，如今之僞者也。
距之如何？火其書，迸其人，不與同中國。舉文皇之所以罪朱季友者以罪之，
庶乎正學明而異端息，邪說不至於誣民矣。」〔註7〕四川僉事張世則撰《大學
初義》，上報朝廷，欲對程朱之說有所更訂，高攀龍反對世則，又舉出朱季友
案爲例，其《崇正學闢異說疏》云：

　　　　臣見四川僉事張世則一本，大略自謂讀《大學》古本而有悟，
　　　　知程朱誤人之甚，謂朱熹之學專務尚博，不能誠意，成宋一代之風
　　　　俗，議論多而成功少，天下卒於委靡而不振。於是以所著《大學初
　　　　義》上獻，欲施行天下，一改章句之舊。……永樂二年，饒州儒士
　　　　朱友季詣闕獻所著書，專詆毀周程張朱之說，上覽而怒曰：「此儒之
　　　　賊也。」特遣行人押友季還饒州，令有司聲罪杖遣，悉焚其所著書。

〔註6〕楊士奇：《東里別集》卷一，《東里文集》，第387頁。
〔註7〕袁袠：《世緯》卷下，文淵閣《四庫全書》本。

曰：「毋誤後人。」於是邪說屏息，吾道中天矣。〔註8〕

　　方孝孺和朱季友對待理學的態度，雖然一者堅守奉行，一者專斥醜詆，行爲方式卻完全一樣。都是憑私人之學，干涉國家意志。之所以發生這類事件，是因爲明王朝在經典的解說上，不具備權威力量，學術散在百家。讀書人可以各憑己意，通過在現實條件下闡釋經典，生成輿論，以壓迫朝廷。爲了說明這一點，我們可以回顧程朱理學的一段命運變遷。

　　程朱之學，在朱熹活著時不受重視。朱熹本人在朝廷立腳不住，便在書院講學，傳播理學，當時稱爲道學。《宋史》朱熹傳說，「熹登第五十年，仕於外者僅九考，立朝才四十日」。當他正汲汲聚徒講學時，朝廷還視其爲逆黨，其道學被當作僞學。《宋史》朱熹傳云：「未幾，熹有奪職之命。劉三傑以前御史論熹、汝愚、劉光祖、徐誼之徒，前日之僞黨，至此又變而爲逆黨。即日除三傑右正言。右諫議大夫姚愈論道學權臣結爲死黨，窺伺神器。乃命直學士院高文虎草詔諭天下，於是攻僞日急，選人余嘉至上書乞斬熹。方是時，士之繩趨尺步、稍以儒名者，無所容其身。從遊之士，特立不顧者，屏伏丘壑。依阿巽儒者，更名他師，過門不入，甚至變易衣冠，狎遊市肆，以自別其非黨。」雖然有政治打壓，終究沒能禁止住。「熹沒，朝廷以其《大學》《語》《孟》《中庸》訓說立於學官。」〔註9〕由朱熹傳播的程朱理學，最終浸入朝廷，成爲正統，顯示了民間學者對朝廷的重大政治影響。

　　鑒於朝廷意志受制於儒生，永樂帝決意霸佔經典的最終解釋權。這通過朝廷主持修訂四書五經來實現。《明太宗文皇帝實錄》卷一五八「永樂十二年十一月甲寅」云：

> 　　上諭行在翰林院學士胡廣、侍講楊榮、金幼孜，曰：「五經四書，皆聖賢精義要道，其傳注之外，諸儒議論有發明餘蘊者，爾等采其切當之言，增附於下。其周程張朱諸君子性理之言，如《太極通書》《西銘》《正蒙》之類，皆六經之羽翼。然各自爲書，未有統會，爾等亦別類聚成編。二書務極精備，庶幾以垂後世。」命廣等總其事。仍命舉朝臣及在外教官有文學者同纂修，開館東華門外，命光祿寺給朝夕饌。

　　永樂十三年九月，修訂完畢，上呈御覽，皇帝閱後很滿意，自撰序言，

〔註8〕高攀龍：《高子遺書》卷七，文淵閣《四庫全書》本。
〔註9〕脫脫等：《宋史》卷四二九，文淵閣《四庫全書》本。

爲這部書取名定調。此序是解讀明代文化精神的鑰匙，今據朱彝尊《經義考》所錄御製文，全錄如下（按：《明太宗文皇帝實錄》卷一六八載此序文，訛誤不可通有數處）：

> 朕惟昔者聖王繼天立極，以道治天下。自伏羲、神農、黃帝、堯舜禹湯文武相傳授受，上以是命之，下以是承之，率能致雍熙悠久之盛者，不越乎道以爲治也。下及秦漢以來，或治或否，或久或近，率不能如古昔之盛者，或忽之而不行，或行之而不純，所以天下卒無善治，人不得以蒙至治之澤，可勝歎哉！夫道之在天下，無古今之殊，人之稟受於天者，亦無古今之異，何後世治亂得失與古昔相距之遼絕歟？此無他，道之不明不行故也。道之不明不行，夫豈道之病哉？其爲世道之責，孰得而辭焉？夫知世道之責在己，則必能任斯道之重而不敢忽，如此則道豈有不明不行，而世豈有不治也哉？朕纘承皇考太祖高皇帝鴻基，即位以來，孳孳圖治，恒慮任君師治教之重，惟恐弗逮。竊思帝王之治，一本於道。所謂道者，人倫日用之理，初非有待於外也。厥初聖人未生，道在天地；聖人既生，道在聖人；聖人已往，道在六經。六經者聖人爲治之迹也，六經之道明，則天地聖人之心可見，而至治之功可成。六經之道不明，則人之心術不正，而邪說暴行，侵尋蠹害，欲求善治，烏可得乎？朕爲此懼，乃者命儒臣編修五經四書，集諸家傳注而爲大全，凡有發明經義者取之，悖於經旨者去之。又輯先儒成書及其論議格言，輔翼五經四書有裨於斯道者，類編爲帙，名曰《性理大全書》。編成來進，總二百二十九卷。朕間閱之，廣大悉備如江河之有源委，山川之有條理，於是聖賢之道粲然而復明，所謂考諸三王而不謬，建諸天地而不悖，質諸鬼神而無疑，百世以俟聖人而不惑。大哉！聖人之道乎！豈得而私之，遂命工悉以鋟梓，頒佈天下，使天下之人獲睹經書之全，探見聖賢之蘊，由是窮理以明道，立誠以達本，修之於身，行之於家，用之於國，而達之天下，使國不異政，家不殊俗，大回淳古之風，以紹先王之統，以成熙皞之治，將必有賴於斯焉。遂書以爲序。永樂十三年十月初一日。〔註10〕

根據御製序文的觀點，聖人之道從秦漢以來就雜駁不純了，帝王治道從秦漢

〔註10〕 朱彝尊：《經義考》卷二五六，文淵閣《四庫全書》本。

以來都不能如三代之盛，只有到了他父親太祖皇帝治世後，聖道才復明於天下。洪武而後，他自然當仁不讓地負起治理教化的重擔，推行純粹的聖道。「凡有發明經義者取之，悖於經旨者去之」，似乎很公允，但是，據該書主要編纂官楊榮寫的一篇後序，我們知道，注疏去取的標準不是根究文本，體貼古義，而是全由皇帝一個人說了算。楊榮《恭題四書性理大全後》云：

> 欽惟太宗文皇帝臨御之日，宵旰孜孜，誕興文教，以斯道爲己任。萬機之暇，嘗與儒臣論議，以爲四書雖有宋儒朱熹爲之集注，以便學者，然而群儒之說頗有異同，純駁不一。至今幾三百餘年，紛紜糅雜，莫知適從。茲欲會而通之，去其駁而錄其純，庶幾聖賢之道，昭然大明。臣榮忝居侍從，恭奉德音，於是敬承，謹率四方學者彙以成編。上親商榷，以定去取。書成，賜名曰《四書性理大全》，即以刊佈天下學校。〔註11〕

自此書刊行後，洪武年間所定課業兼用的古注疏，一切廢除。《明史‧選舉志二》云：「永樂間，頒《四書五經大全》，廢注疏不用。其後，《春秋》亦不用張洽傳，《禮記》止用陳澔《集說》。」《四書大全》四庫總目提要云：「於是明代士子爲制義以應科目者，無不誦習《大全》，而諸家之說盡廢。」〔註12〕如此，朝廷成爲儒學的權威闡釋人，徹底改變了過去眞理散在百家的狀況。

　　《五經四書大全》對經典原文及朱子等人的注，有不利於皇帝的，就採錄他家之說，必要修繕穩當方罷。如《孟子‧離婁章句下》的一段：「孟子告齊宣王曰：君之視臣如手足，則臣視君如腹心；君之視臣如犬馬，則臣視君如國人；君之視臣如土芥，則臣視君如寇讎。」朱子《孟子集注》釋此一段如下：

> 孔氏曰：宣王之遇臣下，恩禮衰薄，至於昔者所進，今日不知其亡；則其於群臣，可謂邈然無敬矣。故孟子告之以此。手足腹心，相待一體，恩義之至也。如犬馬則輕賤之，然猶有豢養之恩焉。國人，猶言路人，言無怨無德也。土芥，則踐踏之而已矣，斬艾之而已矣，其賤惡之又甚矣。寇讎之報，不亦宜乎？〔註13〕

〔註11〕楊榮：《文敏集》卷一五，文淵閣《四庫全書》本。

〔註12〕胡廣等：《四書大全》卷首，文淵閣《四庫全書》本。後引《四書大全》文字均據此本，不另出注。

〔註13〕胡廣等：《四書大全‧孟子集注大全》卷八，文淵閣《四庫全書》本。

大全本加了兩個注，進行糾正：

> 輔氏曰：此說特爲宣王發，所謂有爲之言也。然臣之報君，視
> 君之所施，常加厚一等。○潛室陳氏曰：孟子此語，是說大都報應
> 如此。若忠臣孝子，不當以此自處。當知天下無不是底君父！

所加兩注，將朱子的集注並《孟子》原文的本意全部推倒，由原來的責備君
上變成批評臣下。

《盡心章句下》有：「孟子曰：民爲貴，社稷次之，君爲輕。」朱子集注
原文爲：

> 社，土神。稷，谷神。建國則立壇壝以祀之。蓋國以民爲本，
> 社稷亦爲民而立，而君之尊，又繫於二者之存亡，故其輕重如此。

大全本添兩注，消除原來觀點可能產生以下抗上的負面影響：

> 問：民貴君輕之說，得不啓後世篡奪之端乎？朱子曰：以理言
> 之，則民貴；以分言之，則君貴。此固兼行而不悖也。各於其時，
> 視其輕重之所在而已爾。若不惟其是，而姑借聖賢之說，則亦何詞
> 之不可借，而所以啓後人之禍者，又豈止於斯乎？○新安陳氏曰：
> 此以理言，非以分言也。

四書五經作爲儒家經典，像草芥寇讎之類的話，百不一見。原文原注理
有未安，需要撫摩平順的地方，是不多的。大全本集諸家本子，東抄西湊，
主要提供了工具書性質的一個讀本，參考價值是有的，而永樂欽定其爲「質
諸鬼神而無疑，百世以俟聖人而不惑」的聖典，使得後人不敢輕議，成爲朝
廷霸佔話語權的寶物。

對於永樂帝的文化壟斷伎倆，顧炎武《日知錄》卷一八《五經四書大全》
有深刻揭示，云：

> 當日儒臣奉旨修《四書五經大全》，頒餐錢，給筆箚。書成之日，
> 賜金，遷秩，所費於國家者，不知凡幾。將謂此書既成，可以章一
> 代教學之功，啓百世儒林之緒，而僅取已成之書抄謄一過，上欺朝
> 廷，下誑士子。唐宋之時，有是事乎？豈非骨鯁之臣已空於建文之
> 代，而制義初行，一時人士，盡棄宋元以來所傳之實學，上下相蒙，
> 以饕祿利而莫之問也？嗚呼！經學之廢，實自此始。後之君子，欲
> 掃而更之，亦難乎其爲力矣。〔註14〕

〔註14〕 顧炎武：《日知錄》，文淵閣《四庫全書》本。

　　出於對儒學解釋權的壟斷，只要碰上適當的場合，永樂帝就著意強調，只有到了他皇考的時候，孔子之道才大明於世。如孔廟峻工時，他親撰碑文宣揚這一看法。《明太宗文皇帝實錄》卷一九二「永樂十五年九月丁卯（十五日）」云：

> 修孔子廟訖工。上親製碑文刻石，其詞曰：……自孔子沒，於今千八百餘年，其間道之隆替，與時陟降。遇大有爲之君，克表章之，則其政治有足稱者。若漢唐宋，致治之君可見已。朕皇考太祖高皇帝，天命聖智，爲天下君，武功告成，即興文教，大明孔子之道。自京師以達天下，並建廟學，遍賜經籍，作養士類。儀文之備，超乎往昔。封孔子氏孫世襲衍聖公，秩視二品，世擇一人爲曲阜令，立學官教孔、顏、孟三氏子孫。嘗幸太學釋奠孔子，竭其嚴敬，尊崇孔子之道，未有如斯之盛者也。朕纘承大統，丕法成憲，尚惟孔子之道，皇考之所以表章之者若此，其可忽乎？

唐代韓愈以孔孟之道自任，可以抗顏爲人師；宋代程朱復明孔孟之學，爲天下師表。到了朱棣這篇碑文裏，由於皇考大明孔子之道「超乎往昔」，他「丕法成憲」，理所當然的，孔孟之道的代表，不歸於別人，只能歸於皇帝本人了。也正是爲了搶奪儒家經典的終極解釋權，朱棣不僅殺掉方孝孺，而且嚴禁方氏文章流傳，有私藏方氏文章者論死罪，對於其他建文死難者的文章則不禁。

　　洪武時代，朱元璋曾作《設大官畢職館閣山林辯》，導引人們心歸朝廷。該文風格奇特，夾雜口語，帶寓言性質，顯見朱元璋花費了心思構撰，其文云：

> 唐參政蒙恩，字名耐久道人。其耐久，昔本山野之士。太宗聞名召至，授以武昌參知政事。爲年逾六十，令致仕。其人居京師，官民知其人平昔以儒業立身，遂得高位，今又善始而善終，是謂難得，所以求文者盈門。本官德不擇貧貴，概從所求，日不停筆。凡文必以「耐久道人」爲美。俗者不知，亦以爲奇。識者將以爲非。所以求文者，求人之名以爲貴。今乃忘高爵而書山野，不如求俗者之志歟？因有此說，人皆罷求本官之文，已得者甚有毀之。同年內黃縣令沈仁，亦年邁而致仕，家京師，平日所授之職不過七品而已，學通孔孟，人從求文，亦如耐久不擇貴賤，凡與人之文，務以「內黃縣令書」書於首，故欲文者如流之趨下，其戶門之限，每三日而

一換更之，猶爲踏碎。傍曰：「何欲文者如是？」曰：「美也。」曰：
「前耐久道人文，安不實耶？何今日之門徑，人絕行蹤？」曰：「未
知。」又傍一人，頗能視聽，特以耐久、沈仁二文爲一目嗅，乃辯
其人矣。何以知之？曰：「耐久之文雖好，乃有黃精、蕨薇之氣盈章。
其沈仁之文，嗅之則御爐煙靄，尚有御饌之氣芬芳，山林、館閣曉
然矣。」正評論間，俄而耐久偶過其門，見欲文者如是，乃曰：」
奪從吾者在斯。」特臨門而問仁曰：「君子不奪人之所好。此欲文者
即吾之生，爾獨有之，可乎？」仁曰：「此何人，行非禮之言？」傍
曰：「此即耐久也。」仁曰：「我雖卑職，終曾受官。彼山人敢臨門
而侮？」仁遂呼僕以叱之。其耐久昂昂然愈剛，遂被仁辱。傍謂曰：
「所辱者，致仕之參將，必上聞。」仁曰：「若如此，則加辱之。」
曰：「何故？」曰：「彼輕君爵而美山野，文書『耐久』，誠可辱。」
良久，遇解紛。耐久果欲聞上，家人曰：「不可。公平日不變，若欲
聞上爲必然，恐招重辱以及身。」「何故有此？」曰：「公忘君爵而
書『耐久』，所以不敢聞也。」時耐久自駭而自覺非。家人曰：「公
今既省，豈仁辱教歟！何止辱而覺之！今後凡文列爵於前，人既得
之而久藏，將垂貴名於不朽。若以『耐久』奇之，則『耐久道人』
四字是謂自矜之辭。古君子德不自彰，今公自言耐而又久，且擅稱
道人，是謂自上也。其道之說，居《老子》中四大者內，道大居第
三。古聖賢尚未盡其道，今擅稱之，可謂不度，公將信乎？」曰：「然。」
朕觀耐久之錯將永矣，不期家人有善者能相之，其人信服之，則可
謂善矣〔註15〕。

這篇奇文，非常清楚地告訴我們，洪武年間的文壇狀況，是山林文章對臺閣
文章（不是臺閣體）形成巨大壓力。聯繫到宋濂爲汪廣洋《鳳池詠稿》作序，
大談臺閣、山林之別，則洪武君臣心有默契，都在將文化引歸朝廷。只是成
效甚微。

　　到了永樂之後，情形反了過來。人們求文，都湧向朝廷大員。楊士奇《詹
事府少詹事兼翰林侍讀學士贈嘉議大夫禮部左侍郎曾公墓碑銘》云：「子啓爲
文章，如源泉混混，沛然奔放，一瀉千里。又如園林得春，群芳奮發，組繡

〔註15〕 張德信、毛佩琦主編：《洪武御製全書》之《御製文集補》，合肥：黃山書社
　　　　 1995 年版，第 310〜311 頁。

爛然，可玩可悅。賦詠之體，必律唐人。興之所至，筆不停揮，狀寫之工，極其天趣。他人不足，己嘗有餘。四方求者，無間貴賤，日集庭下，靡不酬應。一時文人所作碑碣記序、表贊傳銘、詩賦，流佈遠邇，蓋未有如子啓之富者。」〔註16〕《東里文集》卷一二《少保戶部尚書贈特進光祿大夫太師諡忠靖夏公神道碑銘》云：「喜爲詩，四方士重公名，得其一篇一詠，藏以爲榮。」〔註17〕如李時勉，「有得其片言隻字者，寶重之如拱璧，故平生文稿多爲好事者持去，所存於家者殆十一二耳」〔註18〕。對此種現象，明人羅玘《圭峰集》卷一《館閣壽詩序》，有一段總概括的話：

> 今言館，合翰林、詹事、二春坊、司經局，皆館也，非必謂史館也；今言閣，東閣也。凡館之官，晨必會於斯，故亦曰閣也，非必謂內閣也。然內閣之官，亦必由館閣入，故人亦蒙冒，概目之曰館閣云。有大製作，曰此館閣筆也。有欲記其亭臺，銘其器物者，必之館閣；有欲薦道其先功德者，必之館閣；有欲爲其親壽者，必之館閣。由是之館閣之門者，始恐其弗納焉，幸既納矣，乃恐其弗得焉。故有積一二歲而弗得者，有積十餘歲而弗得者，有終歲而弗得者。噫！其豈故自珍哉，爲之之不敢輕，而不勝其求之之眾也。
> 〔註19〕

爲什麼求文必之館閣？回答是，朝廷壟斷了眞理的解釋權，人們不重山林，唯尊廟堂。

　　李東陽之後，朝廷百無禁忌，眞理的闡釋權漸歸民間，人們求文就不是去館閣了，甚至出現了郎署對臺閣的擠壓。

二、臺閣作家的政治品格

　　臺閣體作家身居廟堂之高，是國家政策的制定者和高層指導人，與山林作家不同。社會出現問題，山林作家可以傷時罵世，從旁觀者的角度批評政治，而臺閣體作家責無旁貸，必須自己承當。他們的文章，重在提供建設性的意見，促成問題的解決，不能像山林作家那樣，一味消極地批評。周敘《文

〔註16〕楊士奇：《東里文集》卷一四，第200頁。

〔註17〕楊士奇：《東里文集》，第181頁。

〔註18〕彭琉：《朝列大夫翰林學士國子祭酒兼修國史知經筵官致仕諡忠文安成李懋時勉行狀》，載《古廉文集》卷一二，文淵閣《四庫全書》本。

〔註19〕羅玘：《圭峰集》，文淵閣《四庫全書》本。

敏集序》評楊榮:「居則參掌機密,出則謀謨惟幄,籠眷優厚,群臣鮮儷。逮事仁宗、宣宗、今上皇帝,付託愈隆,爵位益尊,聲望彌著,縉紳士夫瞻仰其休光,四夷八蠻想聞其風采,豐功偉烈,鏗鍧炳耀,天下誦之,猗歟盛哉!復以其宏博之學、敏贍之才,發爲文章,與古之作者頡頏後先,高文大冊施諸朝廷,雄詞直筆著於國史,嘉猷讜論達於經筵。」﹝註 20﹞這才是臺閣作家的風範。

我們不能指望臺閣作家寫《捕蛇者說》那樣的文章,做出「哀哀寡婦誅求盡」那樣的詩句。民間疾苦,責在臺閣,臺閣作家會從政策制度的層面,給出解決辦法。政有闕失,人們可以咒罵臺閣作家輔導失職,而臺閣作家能去指責誰呢?

人們對臺閣體作家有很深的誤會,以爲他們不關心百姓生活,生活圈子又狹小,臺閣體文學只是無病呻吟。而實際情況是,能夠像臺閣體作家那樣關心體貼百姓的,在其他類型作家中很難找到。關心百姓,其他作家只是言說,而臺閣體作家是付諸行動,他們有這個身分,也有這個能力。臺閣體作家的第一身分不是作家,而是政治家,他們在《明史》中,入的是諸臣列傳,而非文苑傳。

考察臺閣作家的政治品格,有助於理解臺閣文風的形成因素。

明前期臺閣體作家,由兩部分人構成:一部分是前朝官員而歸順永樂政府的,如夏原吉、楊士奇、楊榮、金幼孜、胡廣、楊溥,他們在前朝或中了進士,或被薦舉,主要受洪武文化的洗禮,並在建文朝度過短暫的四年。另一部分是永樂政府自己培育的,主要以甲申年所選 28 人(包括周忱,實爲 29 人)爲庶吉士,進學文淵閣而產生,其中著名者如李時勉、陳敬宗、王英、王直、余學夔、周述等。

洪武帝上臺後,求治心切,曾將三部大誥頒行全國。《明通鑒》卷八云:「初,上既定《律令》,有司遵守,而犯法者日多。上曰:『本欲除貪,奈何朝殺而夕犯?』乃令采輯官民過犯,條爲《大誥》。其目有十:曰《攬納戶》,曰《安保過付》,曰《詭寄田糧》,曰《民人經該不解物》,曰《灑派拋荒田土》,曰《倚法爲奸》,曰《空引偷軍》,曰《鯨刺在逃》,曰《官吏長解賣囚》,曰《寰中士夫不爲君用罪至抄箚》。書成,頒之學宮以課士,里置塾師教之。獄囚有能讀《大誥》者,罪減等。一時天下有講讀《大誥》師生來朝者十九萬

﹝註20﹞楊榮:《文敏集》卷首,文淵閣《四庫全書》本。

餘人，皆賜鈔幣遣還。未幾，復爲《續編》《三編》。」〔註21〕直到洪武三十年，陶宗儀還率諸生赴禮部，讀誦《大誥》，朝廷賜鈔鼓勵。

　　經過洪武文化淘洗過的臺閣作家，普遍品行高尚。夏原吉（1366～1430）可以爲代表。他既是在洪武文化環境下受教育長大，又是洪武帝親自擇出的人才。楊士奇《少保兼太子少傅戶部尙書贈特進光祿大夫諡忠靖夏公神道碑銘》云：「公自幼端厚好學，年十三，教諭公歿，益知自勵。母夫人廖守節教子。公終父喪即出，教里塾，取束脩以資養。而率其二弟恭侍婉愉，得母夫人歡心。出入鄉閭，其老長皆忘年賓禮之。時已負巨人度，喜怒不形。里少年嘗被酒侮慢公，里人共擊之，詈之曰：『汝小人不知鄉有君子耶！』」〔註22〕李東陽《懷麓堂集》卷三五《夏忠靖公傳》云：「以《詩》領鄉薦，升國子生，例入禁廱書誥敕。太祖幸書所，見公字格方正，特賜緋衣一襲。復遣人察諸生所爲，獨公端坐正書，竟日色不惰。上心念之。二十五年，書滿，有司奏當署部職，上曰：『夏原吉端厚，特實授戶部主事。』同官有疑事，多就質。獨劉郎中者恥其不能，因事譖公，云『專尙書郁新柄』。上察其誣，劉坐死。自是數遭危譖，竟得無他。」〔註23〕他入永樂朝後，長期居官戶部尙書。永樂三年六月，蘇、松、嘉、湖數府水患嚴重，朝廷派原吉前往視察。《明史》夏原吉傳云：

　　　　其夏，浙西大饑，命原吉率俞士吉、袁復及左通政趙居任往振，發粟三十萬石，給牛種。有請召民佃水退淤田益賦者，原吉馳疏止之。姚廣孝還自浙西，稱原吉曰：「古之遺愛也。」〔註24〕

　　原吉在日常生活中，端謹自持，寬以待人。王鏊《震澤集》卷二四《夏忠靖公傳》云：

　　　　公識量寬弘，人莫能測。僚屬有善，採納不遺；有小失，必掩護，每曰：「人才難得，一加譴責，則自沮矣。」有郎污精微批，懼甚，公入奏曰：「臣之罪也。」詔與易之。過淮陰，馬逸，從者逐之。公寄聲過客，客不應而詈之。從者執以詣公，笑而釋之。隸有盜銀盃者，獲，不治，仍與一杯以去。有進士戲坐公交車，或以告公，

〔註21〕夏燮：《明通鑑》，續修四庫全書本。
〔註22〕楊士奇：《東里文集》卷一二，第178～179頁。
〔註23〕李東陽：《懷麓堂集》，文淵閣《四庫全書》本。
〔註24〕張廷玉等：《明史》卷一四九，第4151頁。

曰：「有志。」呂震爲子乞官，上問公，公曰：「震有守城功，可與。」

震，嘗詆公柔奸者也。〔註25〕

由甲申年庶吉士出身的臺閣作家，是在清洗建文諸臣的過程中，永樂帝要補救文化信仰危機，銳意右文，培育出的一批人。李時勉（1374～1450）是其中的代表。李時勉做了大半輩子的北監祭酒，品行高尚，深受學生仰戴。廖道南《殿閣詞林記》卷六《學士拜祭酒李時勉》云：

> 正統戊午，升學士。已而遷國子祭酒。既蒞任，崇廉恥，抑奔競，別賢否，示勸懲，士習丕變。諸生有疾，躬爲醫療。至於貧不能娶，死不能殯者，皆爲營辦，恩義兼盡，不啻父子。疏請修太學，王振怒，坐以擅伐官樹，枷號監前。監生石大用上章救之，獲免。嗣是，屢乞休，諸生伏闕輒留之。歲丁卯，懇疏致仕，允之，命給驛舟，賜寶鏹爲道里費。去之日，諸生涕泗送者數千人，觀者如堵。
> 〔註26〕

品格高尚，是前期臺閣體作家的共性。如楊榮、楊溥，何良俊《四友齋叢說》卷七云：

> 宣德中，魯穆爲福建僉事，持憲甚嚴，不避強禦。楊文敏公家，有一家人犯罪，魯置之於法，略不少貸。文敏知，即薦爲僉都御史。正統初，范理爲江陵知縣，楊文定公之子上京師，沿途官司供奉甚至，范獨不爲禮。文定即薦爲德安太守。范，台州人。以二事而律之近事，則二公者雖欲不謂之賢宰相，得乎？〔註27〕

前期臺閣體作家，哪怕年紀再輕，至少從能夠記事起，經歷了洪武時期。更多的是在洪武年代完成了學業，建文時期或永樂初中進士。他們普遍經歷了政治的張馳。首先是洪武時代的高壓政治，接著是建文新政的寬鬆，接下去是永樂的鐵血政治，再是仁、宣的寬鬆時代。

建文君臣是和平年代產生的領導集團，不具備朱元璋那樣的鐵腕力量，絕不可能繼續保持洪武年代那樣一個高壓力的社會。由洪武朝積累的政治壓力，按照朱元璋的兩步走設想，這時候必須得到釋放。首先是提升文人地位，由方孝孺主持了更訂官制。明人史仲彬《致身錄》云：

〔註25〕王鏊《震澤集》，文淵閣《四庫全書》本。

〔註26〕廖道南：《殿閣詞林記》，湖北先正遺書本。

〔註27〕何良俊：《四友齋叢說》，北京：中華書局1959年版，第59～60頁。

　　（建文元年）夏四月，更定官制，疏諫不報。用壽州訓導劉亨
言，乃與方孝孺等議，大加更定。彬具疏，大略以安靜法祖爲言，
會金華樓璉亦上疏，稱引孟莊子之孝。上於樓疏批：「此與昨史仲彬
疏同意，此正所謂知其一未知其二者。六卿果可卑於五府耶？祭酒
果可在於太僕下耶？假令皇祖而在，當必以更定爲是。群臣勿復言。」
〔註28〕

　　對於更訂官制，清人談遷《國榷》卷一一，引朱鷺評議曰：「撫世馭民，代有
機局。紹洪武后，而不知安靜以需至治，是失局也。建文帝志切養民，而所
爲多戾。四年之間，今日省州，明日省縣，今日並衛，明日並所。今日更官
制，明日更動階。宮門殿門，名題日新。雖以干戈倥傯，日不暇給，而曾不
少休，一何擾也！」〔註29〕但是，朱鷺沒有看到，官制更定是明代政治的一
個轉向，符合太祖的設想，所以，惠帝的態度才那樣堅決。《明會典》卷二《官
制》云：

　　洪武元年，始置吏戶禮兵刑工六部，俱正三品衙門，設尚書、
　　侍郎等官，仍屬中書省。十三年，中書省革，升六部爲正二品衙門，
　　如《周官》六卿，各任其職。建置大意，具見《祖訓》條章。自是
　　中書之政分於六部。〔註30〕

方氏將六部尚書更定爲正一品，而中書省仍闕，並不突破祖宗不設丞相制度
的禁限。洪武所置武官資格，五軍都督府的左右都督，均爲正一品。方氏將
六部尚書從正二品升爲正一品，是對整個文官層的升格，體現了右文之意，
表示將由洪武的軍人政治轉爲文人政治。

　　由洪武政治長期積累的社會高壓，在建文新政中得到全力釋放。釋放壓
力的根本方式是君權下移，皇帝身邊的大臣得到施政的權力，地方文官能夠
行權體民。明人鄧元錫《皇明書》卷二《大遜記》云：

　　時天子嘉意稽古禮文之事，而學士方孝孺學行重一時，於是君
　　臣相得甚歡。大政議輒咨，臨朝奏事，召臣條議可否，而批答章疏，
　　必孝孺詣宸前造膝書。祀先師於太學，盥獻拜跪禮，如廟社儀。御
　　彝倫堂講經，賞師生鈔幣有差。遣戶侍郎夏原吉、給事中徐思勉等

〔註28〕史仲彬：《致身錄》，《學海類編》本。
〔註29〕談遷：《國榷》，續修四庫全書本。
〔註30〕李東陽等：《明會典》，文淵閣《四庫全書》本。

二十四人充採訪使，行天下，問民所疾苦。建省躬殿，爲退朝宴息之所，置古經聖訓其中，以尚父《丹書》、《夏訓》「聲色宮室」之戒，命孝孺作銘。而歲論囚，視往年減十之三。制御史府專糾貪殘，舉循良，以匡政宣化，毋理庶獄。當是時，天下翕然望治。〔註31〕

《國史唯疑》卷一云：

> 方正學《郊祀頌》美建文帝云：「寧屈國法而不忍以法病民，寧闕儲積而不忍以斂妨農。」嗟乎！此其所以爲建文帝與？〔註32〕

惠帝對臣下的倚重和信任，在明代諸帝中，無人能比，即使仁、宣二帝與三楊、蹇義諸臣的關係和諧，而忌諱仍在，即使後來的代宗對于謙言聽計從，卻是形勢所迫。靖亂之時，燕王的口號是清君側，以誅齊泰、黃子澄誓師。據明人撰《皇明詔令》，朱棣入京奪政後，建文四年八月所頒《慰諭臣民敕》云：「我父皇太祖高皇帝龍飛淮甸，掃除禍亂，救民水火之中，措之衽席之上。立綱陳紀，政令維新。官安其職，民樂其生，天下太平三十餘年。不幸太祖賓天，建文嗣位，荒迷酒色，不近忠良。作奇技淫巧，以悅婦人，肆爲禽獸之行。信任姦臣黃子澄、齊泰等，改更祖宗成法。……我今主宰天下，謹遵父皇太祖高皇帝成法，纖毫不敢改違。今後爾天下文武官員軍民人等，共守太祖高皇帝成法，爲官者保守祿位，軍民士庶百工技藝安分樂生。若不守太祖高皇帝成法，是爾等自取其禍，但有違犯，必難輕饒。省諭之後，各依吾語，永爲遵守，共享太平之福。故諭。」〔註33〕這份誹謗惠帝的告示，卻透露了惠帝君臣和諧，君權下委大臣的實情，還暗示永樂將回到洪武的猛政。

建文君的大得民心，在明代其他諸君中，少有人及。當他將敗之時，民心仍然在他的一邊。明徐昌浩《昭代芳摹》卷一一《建文皇帝》載，燕王兵逼近京闕，惠帝下勤王詔，「詔曰：燕兵勢將犯闕，中外臣民坐視予之困苦而不予救乎？凡文武吏士，宜即日勤王，共除大難。詔下，京城內外臣民慟哭。」〔註34〕

建文的寬柔政治，在靖亂的戰火中，以燕王兵入金川門而宣告結束。社

〔註31〕鄧元錫：《皇明書》，四庫全書存目叢書本。
〔註32〕黃景昉：《國史唯疑》，續修四庫全書本。
〔註33〕佚名：《皇明詔令》，四庫全書存目叢書本。
〔註34〕徐昌浩：《昭代芳摹》，四庫禁燬書叢刊本。

會重新回到高壓狀態。由建文到永樂的換代，不僅是政治巨變，也是文人隊伍的一次大清洗。建文臣子楊士奇、胡廣、楊榮、金幼孜、夏原吉等人，在經歷了建文新政後，歸順了永樂朝廷。在儒家文化環境裏，這種屈服，對他們的精神是一種嚴重的折磨。

永樂皇帝起兵藩邸，依靠手下武人如張玉、朱能等，不四年間，遂擁有天下。身邊文臣只有姚廣孝。當永樂篡位主持國家時，亟須的大批文臣就只能從前朝官員中選錄。《明太宗文皇帝實錄》卷九下「〔建文〕四年六月丁丑（二十五日）」條云：「上得群臣建文時所上謀策，悉命焚之。有請上觀者，上曰：『當時受其職，食其祿，亦所當言，何必觀！』復有言建文所用之人宜屛斥者，上曰：『今之人才，皆皇考數十年所作養者，豈建文二三年間便能成就？』又曰雖仍其官，不宜置之要地。上曰：『致治必資賢才。天生才以爲世用，隨器任使，共理天工，何必致疑？』」由於大量人才只能從建文時期的官員中拔取，就有一個去取標準。從永樂皇帝來說，他要找出肯向他效忠的官員。從建文朝留下的高級官員這方面講，他們願意屈服或是反抗，也面臨選擇。如此一來，永樂初期的官員任用，可謂一種雙向選擇。

自金川門破，靖亂兵入，建文諸文臣中骨氣硬者如王叔英、周是修、程本立、高魏，都自殺而死。許多有氣節的建文官員，隱居不仕。或遇相逼，則以死明志。如黃鉞，《明史》本傳云：「黃鉞，字叔揚，常熟人。少好學。……建文元年舉湖廣鄉試。明年賜進士，授刑科給事中。……鉞聞國變，杜門不出。明年以戶科左給事中召，半途自投於水。以溺死聞，故其家得不坐。」〔註35〕如曾鳳韶，《明史》稱：「曾鳳韶，廬陵人。洪武末年進士。建文初，嘗爲監察御史。燕王稱帝，以原官召，不赴。又以侍郎召，知不可免，乃刺血書衣襟曰：『予生廬陵忠節之邦，素負剛鯁之腸。讀書登進士第，仕宦至繡衣郎。慨一死之得宜，可以含笑於地下，而不愧吾文天祥。』囑妻李氏、子公望：『勿易我衣，即以此殮。』遂自殺，年二十九。李亦守節死。」〔註36〕

在建文朝曾經食祿而入永樂朝爲官者，骨氣先自軟了。《明史》王艮傳，記王艮死事，附論迎附諸臣，最能對比骨氣硬軟。

> 王艮，字敬止，吉水人。建文二年進士。對策第一。貌寢，易以胡靖，即胡廣也。艮次之，又次李貫。三人皆同里，並授修撰，

〔註35〕張廷玉等：《明史》卷一四三，第 4054〜4055 頁。

〔註36〕張廷玉等：《明史》卷一四三《黃鉞傳》附，第 4055 頁。

如洪武中故事，設文史館居之。預修《太祖實錄》及《類要》、《時政記》諸書。一時大著作皆綜理之。數上書言時務。

　　燕兵薄京城，艮與妻子訣曰：「食人之祿者，死人之事。吾不可復生矣。」解縉、吳溥與艮、靖比舍居。城陷前一夕，皆集溥舍。縉陳說大義，靖亦奮激慷慨，艮獨流涕不言。三人去，溥子與弼尚幼，歎曰：「胡叔能死，是大佳事。」溥曰：「不然，獨王叔死耳。」語未畢，隔牆聞靖呼：「外喧甚，謹視豚。」溥顧與弼曰：「一豚尚不能舍，肯舍生乎？」須史艮舍哭，飲鴆死矣。縉馳謁，成祖甚喜。明日薦靖，召至，叩頭謝。貫亦迎附。後成祖出建文時群臣封事千餘通，令縉等編閱，事涉兵農錢穀者留之，諸言語干犯及他一切皆焚毀。因從容問貫、縉等曰：「爾等宜皆有之。」眾未對，貫獨頓首曰：「臣實未嘗有也。」成祖曰：「爾以無為美耶？食其祿，任其事，當國家危急，官近侍獨無一言可乎？朕特惡夫誘建文壞祖法亂政者耳。」後貫遷中允，坐累，死獄中。臨卒歎曰：「吾愧王敬止矣。」
〔註37〕

　　王艮字欽止，非敬止，《明史》所記有誤。解縉《文毅集》有《翰林院修撰王欽止先生墓表》，言王艮「君生洪武戊申六月十五日，歿辛巳九月七日也」，死在建文三年九月，燕兵尚未入京。王艮與解縉、胡廣相約死，不足信。當代史學家黃雲眉《明史考證》辨析甚詳。但是，《明史》王艮傳表達的感情傾向提醒我們，建文諸臣多大節凜然者，而永樂諸臣所缺乏的正是那樣一種錚錚鐵骨之氣。

　　以窮治建文奸黨為名的政治高壓，終永樂朝，沒有怎麼鬆動。《明史》胡廣傳說：「奔母喪還朝，帝問百姓安否。對曰：『安，但郡縣窮治建文時奸黨，株及支親，為民厲。』帝納其言。」胡廣丁母憂，在永樂十二年冬，胡儼《文淵閣大學士兼左春坊大學士贈資善大夫禮部尚書諡文穆胡公墓誌銘》說：「十一年春，上復幸北京。明年，再扈從出塞，有功而還。是年冬，公遭母喪，特賜內帑，敕令襄事起復。既至入見，上慰勞甚至。」〔註38〕算到這個時候，窮治建文奸黨已歷 12 年，整個社會彌漫恐怖的氣氛。永樂十三年，原庶吉士錢習禮升為翰林院檢討，而他與建文死難名臣練子寧有姻親。

〔註37〕張廷玉等：《明史》卷一四三，第 4047～4048 頁。
〔註38〕胡儼：《頤庵文選》卷上，文淵閣《四庫全書》本。

《明史》本傳云：「選庶吉士，尋授檢討。習禮與練子寧姻戚。既仕，鄉人以奸黨持之，恒惴惴。楊榮乘間言於帝，帝笑曰：『使子寧在，朕猶當用之，況習禮乎。』」〔註 39〕這只是皇帝一時的開許，而窮治建文奸黨的政策沒有變動。

　　大肆誅殺建文忠臣，導致了整個士人隊伍的精神萎靡。鄭曉《五忠傳》云：「蜀中娥眉亭，嘗有建文遺臣題詩云：一個忠臣九族殃，全身遠害亦天常。夷齊死後君臣薄，力爲君王固首陽。」〔註 40〕爲了不連累親族，大量的剛烈忠孝之人，不得不考慮如何死法。像上舉黃鉞，受到徵召，還必須先應召，然後投水自殺，「以溺死聞」，給永樂皇帝一個面子，才使家人免於連坐。朝廷窮治建文死難忠臣的餘黨，使得大量散落民間的剛直人物只能隱埋姓名，身分變易後，他們便不再可能在社會上施展教化。如建文時守京城的老兵龔詡，金川門失守後，變易姓名，一直隱居到正統年間。張大復《龔詡傳》云：「匿江陰、常熟間，然時聞竊竊追討聲，夜走任陽，寄馬、陳二家。二家故多藏書，頗修朱家、郭解之義，乃匿公大囷中。公即讀書其間，上討皇古，下漁百氏，几榻盡穿，多所纂述。而又時時乘夜渡婁省母，彷徨舊遊家。冷吟孤嘯，嘗有『童汪非怯當年事，爲有慈親在故園』之句，讀者傷之。」王執禮《龔詡傳》云：「已而知府姚善被執，乃轉匿任陽大姓陳、馬二家。常言：『畜狗尚戀舊主，況於人乎？』道及先朝事，即悲不自勝。時召捕補伍者甚急，崑山四百七十人，詡在其中。義不欲往，族人瑀陰爲賂脫。晦處二十餘年，賣藥授徒以給朝夕。人知王大章即所捕龔誉子也，然憐其志，尚無訐之者。」〔註 41〕龔詡的處境，在當時是有代表性的。

　　新朝剛剛成立，還沒有自己培養的人才，只能從建文朝遺下的人員中擇選。但是，經過靖亂的一番殘酷清洗後，能夠及時供永樂朝廷擇取的讀書人，即使才幹不弱，而人性品格的強度和力度已非建文時士人可比。《明史紀事本末》卷一八《壬午殉難》，記周是修死事，云：「初，是修與楊士奇、解縉、胡廣、金幼孜、黃淮、胡儼約同死義，惟是修不負其言。後楊士奇爲作傳，語其子轅曰：『當時吾亦同死，誰爲爾父作傳！』聞者笑之。」〔註 42〕傳言或

〔註 39〕張廷玉等：《明史》卷一五二，第 4197 頁。
〔註 40〕賀復徵：《文章辨體彙選》卷五三七，文淵閣《四庫全書》本。
〔註 41〕張、王二傳，均見龔詡《野古集》附錄，文淵閣《四庫全書》本。
〔註 42〕谷應泰：《明史記事本末》，第 298 頁。

許誇大，但永樂臺閣大臣與建文忠臣的骨氣強弱，差異明顯。

永樂帝少長習兵。在革除之際，又倒行逆施，至使手下大臣無不心膽震落。他龍驤虎步，自操威權。大臣唯有既阿順其意，又建樹不凡，才能自保。永樂帝具有雄才大略，善能洞識人心，這使得臣下不敢一味阿諛。既要提出富有建設性的策略，又不要觸犯皇帝的忌諱，既要大膽進諫，又不要讓皇帝失面子，既要操守嚴正，又要婉順君心，這是永樂大臣的政治處境。

從朱元璋廢除宰相開始，皇帝對大臣多不放心，一直利用錦衣衛，刺探大臣及京中百姓的行事言論。《明史》宋濂傳云：「濂性誠謹，官內庭久，未嘗訐人過。所居室，署曰『溫樹』。客問禁中語，即指示之。嘗與客飲，帝密使人偵視。翼日，問濂昨飲酒否，坐客為誰，饌何物。濂具以實對。笑曰：『誠然，卿不朕欺。』」〔註43〕對於寬厚恭謹的醇儒宋濂，尤且偵察其行迹，更不用說對別的官員了。朱棣奪位後，錦衣衛的刺探活動如水銀泄地，無孔不入。《明史》佞幸列傳序云：「明興，創設錦衣衛，典親軍，昵居肘腋。成祖即位，知人不附己，欲以威讋天下，特任紀綱為錦衣，寄耳目。綱刺廷臣陰事，以希上指，帝以為忠，被殘殺者不可勝數。」〔註44〕

永樂時期，文皇兩個兒子的儲君爭奪戰，也給文臣帶來了巨大的災難。永樂帝偏愛二兒子朱高煦，嫡長子朱高熾雖被勉強立為太子，卻長期不能自安其位。《明史》仁宗本紀云：

> 永樂二年二月，始召至京，立為皇太子。成祖數北征，命之監國，裁決庶政。四方水旱飢饉，輒遣振恤，仁聞大著。而高煦、高燧與其黨日伺隙讒構。或問太子：「亦知有讒人乎？」曰：「不知也，吾知盡子職而已。」

解縉也因極力保全朱高熾的太子地位，而不受文皇所喜。又因重修明太祖實錄，不肯過用曲筆，失意於文皇，最終被迫害死。其他東宮輔導，也因太子兄弟爭位而受盡牽連。《明史》黃淮傳云：「十一年再北巡，仍留守。明年，帝征瓦剌還，太子遣使迎稍緩，帝重入高煦譖，悉征東宮官屬下詔獄，淮及楊溥、金問皆坐繫十年。」〔註45〕

太子的另一位老師梁潛，在這場皇室兄弟鬥爭中，與解縉一樣受冤而死。

〔註43〕張廷玉等：《明史》卷一二八，第3786～3787頁。
〔註44〕張廷玉等：《明史》卷三〇七，第7875頁。
〔註45〕張廷玉等：《明史》卷一四七，第4123頁。

梁潛（1366～1418），字用之，泰和人。有《泊庵集》。《明史》本傳云：

> 帝幸北京，屢驛召赴行在。十五年復幸北京，太子監國。帝親
> 擇侍從臣，翰林獨楊士奇，以潛副之。有陳千戶者，擅取民財，令
> 旨謫交阯。數日後念其有軍功，貸還。或讒於帝曰：「上所謫罪人，
> 皇太子曲宥之矣。」帝怒，誅陳千戶，事連潛及司諫周冕，逮至行
> 在，親詰之。潛等具以實對。帝謂楊榮、呂震曰：「事豈得由潛！」
> 然卒無人爲白者，俱繫獄。或毀冕放恣，遂並潛誅。潛妻楊氏痛潛
> 非命，不食死。〔註46〕

　　明代的諸多材料顯示，東宮的一切行動都受到永樂帝的暗中監視，太子
生活在特務密佈的環境中。《明史》金忠傳云：「帝北征，留忠與蹇義、黃淮、
楊士奇輔太子監國。是時高煦奪嫡謀愈急，蜚語譖太子。十二年北征還，悉
征東宮官屬下獄。以忠勳舊不問，而密令審察太子事。忠言無有。帝怒。忠
免冠頓首流涕，願連坐以保之。以故太子得無廢，而宮僚黃淮、楊溥等亦以
是獲全。」〔註47〕《明史》仁宗本紀說：「明年，黃儼等復譖太子擅赦罪人，
宮僚多坐死者。侍郎胡濙奉命察之，密疏太子誠敬孝謹七事以聞，成祖意乃
釋。」〔註48〕金忠心向太子，不願爲間，竟觸帝怒。胡濙身分甚高，也扮演
了特務的角色。在這種恐怖的環境裏，太子及其輔導官養成了忍其心性、謹
愼待時的習性。以楊溥爲例，《明史》本傳云：

> 十二年，東宮遣使迎帝遲，帝怒。黃淮逮至北京繫獄。及金問
> 至，帝益怒曰：「問何人，得侍太子。」下法司鞫，連溥，逮繫錦衣
> 衛獄。家人供食數絕。而帝意不可測，旦夕且死。溥益奮，讀書不
> 輟。繫十年，讀經史諸子數周。〔註49〕

楊溥能夠忍受十年牢獄之災，志氣不墜，而又行爲極其謹愼，一是要保護太
子的安全，二是等待太子登極的那一天。黃淮在牢獄中，也是苦學不輟，愼
言愼行，心思與楊溥沒有兩樣。十年牢獄可以摧毀任何其他的囚徒，而楊、
黃二人是未來天子的師傅，希望就擺在眼前，再苦也能夠堅持下去。梁潛受
害，與他言行不謹有關。明人陸釴《病逸漫記》云：「仁宗在東宮時監國，爲

〔註46〕張廷玉等：《明史》卷一五二《鄒濟傳》附，第4192頁。
〔註47〕張廷玉等：《明史》卷一五〇，第4160頁。
〔註48〕張廷玉等：《明史》卷八，第108頁。
〔註49〕張廷玉等：《明史》卷一四八，第4142頁。

漢府所譖。蓋太宗初有易儲之意，而高煦實覬覦之故也。於是，使給事中胡濙往伺察仁宗，令書其不軌事以聞。時梁潛、黃淮、楊士奇等皆東宮官，善於保護，教太子守禮法，而濙亦不敢曲意上承。回朝但言皇太子敬天孝親，上意稍解。後終見譖，乃征諸東宮官，悉下獄。士奇引咎得免，黃淮等繫獄十年。潛語家人云：『此長麻線也，不足歲慮。』後竟被害。」〔註50〕

　　從洪武到永樂，除了短短四年的建文寬仁政治外，其餘50多年全是鐵血統治。尤其是永樂年間的政治恐怖，比洪武時期更甚，稍有棱角之人多罹奇禍。在這個環境存活下來的大臣，經歷了洪武帝的一次清洗，永樂帝的再次清洗，都變得謹慎柔馴。從《明史》記載諸臣為人，可見大概。胡廣傳：「廣性縝密。帝前所言及所治職務，出未嘗告人。」金幼孜傳：「幼孜簡易靜默，寬裕有容。眷遇雖隆，而自處益謙。」蹇義傳：「義為人質直孝友，善處僚友間，未嘗一語傷物。」夏原吉傳：「原吉有雅量，人莫能測其際。同列有善，即採納之。或有小過，必為之掩覆。……與同列飲他所，夜歸值雪，過禁門，有欲不下者。原吉曰『君子不以冥冥墮行。』其慎如此。」楊溥傳：「溥質直廉靜，無城府。性恭謹，每入朝，循牆而走。諸大臣論事爭可否，或至違言。溥平心處之，諸大臣皆歡服。」最受永樂寵信的楊榮，尤其軟媚無剛。《明史》本傳云：「楊榮，字勉仁，建安人，初名子榮。建文二年進士。授編修。成祖初入京，榮迎謁馬首曰：『殿下先謁陵乎，先即位乎？』成祖遽趣駕謁陵。自是遂受知。……嘗語人曰：『事君有體，進諫有方，以悻直取禍，吾不為也。』故其恩遇亦始終無間。」楊榮在士林中人緣好，其名言「事君有體，進諫有方」，流播士林。葉盛《水東日記》卷五一段文字，足為此語詳釋：「夏太常仲昭常聞之楊文敏公榮曰：『吾見人臣以伉直受禍者，每深惜之。事人主自有體，進諫貴有方。譬若侍上讀《千文》，上云「天地玄紅」，未可遽言也。安知不以嘗我？安知上主意所自云何？安知「玄黃」不可為「玄紅」？遽言之，無益也。俟其至再至三，或有所詢問，則應之曰：臣幼讀《千文》，見書本是「天地玄黃」，未知是否？』文敏之言如此，不審明者以為何如？」〔註51〕

　　當朱高熾上臺時，由永樂帝執政20餘年積累下的社會壓力，已經重如丘山。在全國昇平的政治謊言下，實情是官吏貪酷成風，民生凋敝。社會走向復蘇的第一步，必須精神解縛。所以，仁宗一接任皇帝位，首先廢止對建文

〔註50〕陸釴：《病逸漫記》，四庫全書存目叢書本。
〔註51〕葉盛：《水東日記》，第56～57頁。

諸臣的迫害。

　　仁宗政治新氣象中最明顯的是，一改永樂帝獨裁的做法，鼓勵大臣言事。《明通鑑》卷一八，記永樂二十二年十一月，仁宗初治事，切勉群臣云：

> 朕承大統，君臨億兆，亦惟賴文武賢臣共圖康濟。矧屬亮陰之際，尤切倚毗之心。嗣位初，首詔直言，而涉月累旬，言者無幾。夫京師首善地，民困於下而不得聞，弊膠於習而不知革。卿等宜極言時政之得失，輔以至誠，毋慮後譴。〔註52〕

勸慰進言者打消顧慮，正是鑒於過去永樂帝威柄自操，喜怒難測，群臣一味阿依上意的弊習。但是，永樂時期的嚴酷政治，給大臣們留下了無法磨滅的陰影。仁宗為太子監國時，也曾數歷險境。他深知群臣的疑畏心理。過了不久，他又要求親信大臣勇敢言事。《明通鑑》卷一八，記永樂二十二年十一月中旬事，云：

> 一日，上御西角門，閱廷臣誥詞，顧謂士奇及楊榮、金幼孜曰：「卿三人及蹇、夏二尚書，皆先帝舊臣，朕方倚以自輔。嘗見前代人主，惡聞直言，雖素所親信，亦畏威順旨，緘默取容。賢良之臣，言不見聽，退而卷舌。朕與卿等，宜深以為戒！」因取五人誥詞，親增二語云：「勿謂崇高而難入，勿以有所從違而或怠。」曰：「此實朕心，卿等勉之！」〔註53〕

　　從《明仁宗昭皇帝實錄》及其它明代史書所載來看，仁宗治國馭下，極似惠帝。關心民瘼，寬待臣下。《明仁宗昭皇帝實錄》卷一三「洪熙元年三月己丑」條云：

> 夫刑以禁暴止邪，道民於善，豈專務誅殺哉？故律令制善善長而惡惡短，罰之輕重，咸適厥中。顧執法之吏，不能皆平，有虛飾其情，傅致死罪，而比附謬妄，尤甚枉人。朕深憫之。夫五刑之條，莫甚大辟之施，身首異處，斯已極矣。自今有犯死罪，律該凌遲者，依律科決。其餘死罪，止於斬、絞法，並勿傳會，昧情失實，以致冤濫。若朕一時過於嫉惡，律外用籍沒及凌遲之刑者，法再三執奏不允，至於五奏不允，同三公及大臣執奏，必允乃已。永為定制。文武諸司，自今亦不許恣肆暴酷，於法外用鞭背等刑以傷人命，尤

〔註52〕 夏燮：《明通鑑》，續修四庫全書本。
〔註53〕 夏燮：《明通鑑》，續修四庫全書本。

不許加人宮刑，絕人嗣續。有自宮者，以不孝論。人之為非，固有
父子不相為謀者，肆虞舜為君，罰弗及嗣；文王之世，罪人不孥。
自今惟犯謀反大逆者，依律連坐，其餘有犯，止坐本身，毋一概處
以連坐之法。古之盛時，恒採民言，用資戒警。今兇險之徒，往往
摭拾，誣為誹謗，法吏刻深，鍛鍊成獄。刑之失中，民則無措。今
後但有告誹謗者，一切勿治。爾中外文武群臣，宜端乃心，畏天愛
人，務崇寬恕。庶有以佐朕父母斯民之治，有或違者，必罰不貸。
布告天下，咸使聞知。

這是欲從制度上根除永樂酷政。永樂帝在位時倒行逆施，濫殺無辜臣民已經
到了麻木不仁的程度。《明史》紀綱傳云：「都御史陳瑛滅建文朝忠臣數十族，
親屬被戮者數萬人。綱覘帝旨，廣布校尉，日摘臣民陰事。帝悉下綱治，深
文誣詆。帝以為忠，親之若肺腑。擢都指揮僉事，仍掌錦衣。綱用指揮莊敬、
袁江，千戶王謙、李春等為羽翼，誣逮浙江按察使周新，致之死。帝所怒內
侍及武臣下綱論死，輒將至家，洗沐好飲食之，陽為言，見上必請赦若罪，
誘取金帛且盡，忽刑於市。」這種皇帝縱容的兇暴行徑，當時作為儲君的朱
高熾，可說是日日睹聞。仁宗力圖剷除文皇遺下的暴政冗政制度。一上臺，
就採納夏原吉的建議，取消寶船下西洋的計劃，免除了在雲南、交阯的採購。
他還跟建文君一樣，上臺就精簡行政官員。《明通鑑》卷一八，記永樂二十二
年八月事，云：「甲子，上以古者官不必備，今設官太冗，廉污無別，賢否並
處，詔汰其不稱職者。」〔註54〕他甚至想回到南京主政，對皇考遷都北平之
舉從行動上給以否定。明人陳建《皇明通紀法傳全錄》卷一六《仁宗昭皇帝
紀》，記洪熙三月事，云：「命北京諸司悉加『行在』二字，復建北京刑部及
行在後軍都督府。上時決意復都南京云。」駕崩前，身在北京的仁宗還不忘
南還。《皇明書》卷四《仁宗昭皇帝帝紀》，載仁宗傳位詔云：「南北供億之勞，
軍民俱困。四方喁喁，咸屬南京。君國子民，宜從眾志，中外文武群臣，其
各盡忠秉節，佐輔嗣君，永寧我生民。」〔註55〕

仁宗執政絕類惠帝，原吉、楊榮等永樂舊臣身上，留著永樂的時代印迹，
在日常行政中區別明顯。試讀《皇明書》卷四《仁宗昭皇帝帝紀》一段：

有進賦頌太平者，上召義、原吉、榮、士奇示之，覽之竟，曰：

〔註54〕夏燮：《明通鑑》，續修四庫全書本。
〔註55〕鄧元錫：《皇明書》，四庫全書存目叢書本。

「今朝無闕政，生民皆安，信乎？」義等皆起，贊曰：「陛下即位，
詔敕無非仁政，百姓無科斂徭役之苦，可謂安矣。」惟士奇以爲尚
未，曰：「陛下恩誠覃被，但流徙尚未歸，瘡痍尚未復，遠近猶有艱
食之眾，須加意休息，庶人各得所。」上喟然曰：「吾意非爲此也。
朕去年各贈卿等銀章，望匡輔，惟士奇五封章以進，卿三人曾無一
言，豈朝政果皆無闕，生民果皆安乎？非朕始望，故以謂卿耳。」
三人皆頓首慚謝。

永樂後期，盛行臺閣體詩文，上面的記載從側面給了我們一個生動的場景。
如果換成文皇，以楊榮爲代表的諸臣，就要唱和一篇頌賦了。

　　楊士奇能夠一反眾人之意，不是他性情比別人剛直，而是與仁宗關係最
密。朱高熾永樂二年二月被立爲太子，四月，姚廣孝以靖亂輔贊的特大軍功，
授爲太子少師。這一年，廣孝已經是 70 多歲的人，且體素多病。他又長居僧
寺，朝參之餘，仍以讀經禮佛爲業。他的太子少師，只是掛名。其他大臣如
楊榮、金幼孜、胡廣等人，固然都在詹事府任職，也多爲掛名教官。仁宗在
東宮時，眞正任輔導之職的是楊士奇、徐善述、王汝玉、尹昌隆幾人，而輔
導官黃淮及太子洗馬楊溥下獄十年，尹昌隆受讒言被殺，唯有楊士奇相從最
久。當太子身邊文臣被殺被囚時，在長達十年裏，只有楊士奇早夕侍從，君
臣二人曾相依爲命。

　　章皇帝執政後，在任用大臣上，一依仁宗所選，首重楊士奇。仁宗駕崩
前，楊士奇對科舉取士作的一項建議，宣宗開始執行，事在洪熙元年九月。
明人張朝瑞《皇明貢舉考》卷一《南北取士》云：

　　　洪熙元年九月，令會試分南北取士。初，仁宗諭大學士楊士奇
　　曰：「頃者，科舉取士，往往失人，奈何？」士奇對曰：「科舉須兼
　　取南北士，長才大器，多出北方，第樸鈍少文，難與南人並校也。」
　　上曰：「糊名入試，何以別之？」對曰：「請令舉子試卷織其姓名，
　　外書『南』『北』二字，約以百人爲準，南取六十，北取四十，則南
　　北人才皆入用矣。」上曰：「善。」命計議以聞，會上晏駕，至宣宗
　　嗣位，始奏行之。〔註56〕

這樣一項南北定額的選取制度，加劇了南方文化之鄉的士子競爭壓力，又讓
北方樸實之風在文化界產生影響。金幼孜宣德五年所撰《賜進士題名記》云：

〔註56〕張朝瑞：《皇明貢舉考》，四庫全書存目叢書本。

「皇上嗣承大統,尤深著意,慮選拔或濫也,申賓興解額之制,思用人適均
也,限南北取士之規,故科目之愈嚴,而士之所以自期待者益重而不敢忽焉。」
〔註57〕南北分額,使讀書人普遍汲汲於經史,而末視文藝。這無形中造成了
與臺閣體詩文相適應的審美群體。

宣宗與祖父成祖最親,長期生活在成祖身邊。仁宗能被選立為太子,也
與宣宗有很大關係。《明史》解縉傳云:「先是,儲位未定,淇國公丘福言漢
王有功,宜立。帝密問縉。縉稱:『皇長子仁孝,天下歸心。』帝不應。縉又
頓首曰:『好聖孫。』謂宣宗也。帝頷之。太子遂定。」〔註58〕由於長期受祖
父薰陶,宣宗有父親仁厚的一面,更有成祖威嚴的一面,以威嚴居多。

仁宗對永樂政治,頗欲更改,而享國年短,沒有做成。當時的一些人主
張,繼仁宗寬鬆政治以後,永樂以來的許多舊制,宜當進一步廢除,除舊布
新。對此,宣宗非常反感,明確地表示要堅守永樂政治。《明宣宗章皇帝實錄》
卷一七「宣德元年五月甲午」云:

> 上聽政罷,御左順門,語侍臣曰:朕祗奉祖宗成法,所以諸司
> 事有疑礙而奏請者,必命考舊典,蓋皇曾祖肇建國家,皇祖、皇考
> 相承,法制詳備,況歷涉世務,練達人情,謀慮深遠,子孫遵而行
> 之,猶恐未至。世之作聰明,亂舊章,馴致敗亡,往事多有可鑒,
> 古人云商周子孫能守先王之法,雖至今存可也。此誠確論。

《皇明書》卷五《宣宗章皇帝帝紀》,評宣宗曰:「上英明天授,而寬恕
節約自天性。二祖時,頗以嚴治繩群下。上勵精圖治,而一於在宥,遇臣下
以禮。而二祖憲章,繩守之不敢變,有言當改易從宜者,輒斥之。尊大臣,
赦小過。恤民隱,加意元元。」又評曰:「當仁宗、章皇帝時,天下新脫於鋒
鏑湯火,願休息,而二聖禮賢親輔,撫民恤下,興寧謐於養恬,斯國脈宜單
厚哉。」〔註59〕指出宣宗朝的政治,實質是繩守太祖、太宗的憲章,而加以
寬厚。

明前期臺閣體作家,政治品格主要在永樂高壓統治時期養成。朱高熾從
永樂二年為太子開始,就受到特務的嚴密監視。東宮君臣,一切行為十分謹
慎。由於東宮與皇帝的關係不諧,文臣隊伍分屬兩個政治集團。楊榮、金幼

〔註57〕金幼孜:《金文靖集》卷八,文淵閣《四庫全書》本。
〔註58〕張廷玉等:《明史》卷一四七,第4121頁。
〔註59〕鄧元錫:《皇明書》,四庫全書存目叢書本。

孜、胡廣、夏原吉四位重要的臺閣作家，在永樂年間直接參與政治構建，多次扈從北征，侍從左右備顧問；黃淮、楊士奇、尹昌隆等侍從東宮。宣德八年，楊士奇回憶那一段被監控的經歷時，還感到心有餘悸。楊士奇《題黃少保省愆集後》云：

> 讀吾友少保黃公永樂中所作《省愆詩集》至於一再，蓋幾於痛定思痛，不能不太息流涕於往事焉。初，太宗皇帝將巡北京，召吏部尚書兼詹事寒義、兵部尚書兼詹事金忠、右春坊大學士兼翰林侍讀黃淮、左春坊左諭德兼翰林侍講楊士奇，諭之曰：「居守事重，今文臣中簡留汝四人，輔導監國。昔唐太宗簡輔監國，必付房玄齡。汝等宜識朕此意，敬共無怠。」四臣皆拜稽受命。其後凡下璽書諭幾務，必四臣與聞。時仁宗皇帝在東宮，所以禮遇四臣甚厚。而支庶有留京邸潛志奪嫡者，日夜窺伺間隙，從而張虛駕妄，以爲監國之過，又結嬖近助於內。賴上聖明，終不爲惑。然爲宮臣者，胥懍懍脆脆，數見頌繫，雖四臣不免。或決旬，或累月。唯淮一滯十年。蓋鄒孟氏所謂「莫之致而致者」也。夫莫之致而致，君子何容心哉？亦反求諸己耳。此省愆之所以著志也。嗟乎！四臣者，今寒、黃二公及士奇幸尚存，去險即夷，皆二聖之賜，而古人安不忘危之戒，君子反躬修省之誠，在吾徒不可一日而忽之也。故謹書於集後，以歸黃公，亦以自儆云耳。〔註60〕

朱高熾做了 22 年的太子，本人及手下楊士奇等人，被監控了 22 年之久。楊士奇雖沒有入獄，但同樣是在獄外受精神的煎熬，與黃淮、楊溥在獄中沒有多大區別。東宮是未來的皇帝，永樂帝身邊的楊榮、金幼孜等，在東宮的危機中，也無法泰然處之，必須預爲將來留地步。當東宮君臣一片鬱悶時，楊榮等人也只能謹小慎微，如履薄冰之上。《國史唯疑》卷二云：

> 胡廣、胡濙、楊榮、金幼孜爲太宗所寵遇臣，若楊士奇、楊溥、黃淮以輔佐監國，屢瀕危殆。溥、淮坐幽繫十年，士奇再被罪，僅釋，日處於多凶多懼之場，危岌岌矣。仁宣朝，宜敘舊恩，時胡廣先卒，惟榮、濙、幼孜三臣，亦復委任惟均，身名俱泰。豈三臣者雖處宮府，異志中毫未嘗有所左右陰陽，爲當時所深亮耶？難哉！〔註61〕

〔註60〕楊士奇：《東里文集》卷一〇，第147～148頁。
〔註61〕黃景昉：《國史唯疑》，續修四庫全書本。

仁、宣時代，厚待臺閣諸臣。而建文君的兒子建庶人仍在獄中，終宣宗朝，未能釋出。對於楊士奇、楊榮、金幼孜、夏原吉等人而言，建庶人的仍然被繫，是他們心頭上抹不去的陰影。清人傅維鱗《明書》卷二〇《宮闈紀一》，載昭皇帝皇后張氏事，有楊士奇建議恢復建文年號一段，云：

> 正統七年十月十七日，大漸，召內閣諸臣至榻前，問朝廷尚有何大事未舉者，楊士奇對曰：「有一二事。其一，建文君雖滅，曾臨御四年，當命史官修其實錄，仍用建文年號。」太皇太后曰：「曆已革除，奈何？」士奇對曰：「曆行於一時，實錄萬世信史，豈可蒙洪武之年以亂實。」太后頷之。又曰：「其一，方孝孺已誅，太宗詔收其片言隻字者論死，乞弛其禁。」太后默然。士奇等叩頭稱受顧命而出。〔註62〕

此事又載明人何喬遠《名山藏》卷三〇《張皇后》中，云「及大漸，召士奇、榮、溥榻前，問國家尚何大事未辦者，士奇舉三事：其一，言建庶人立四歲，雖已亡，當修其實錄；其一，言太宗詔有收方孝孺諸臣遺書者死，宜弛其禁。后默然。竟不見諸遺詔。」〔註63〕唯將「建文君」誤爲「建庶人」。

由甲申年進學而來的臺閣作家，如李時勉、王直、王英等人，都是永樂朝登第的進士，與建文朝廷沒有瓜葛，比起建文朝歸順過來的一批臺閣作家，他們不用背負歷史羞愧，性格明顯剛硬一些。《明史》王直傳云：「英端凝持重，歷仕四朝。在翰林四十餘年，屢爲會試考官，朝廷製作多出其手，四方求銘誌碑記者不絕。性直諒，好規人過，三楊皆不喜，故不得柄用。」李時勉、陳敬宗尤其剛直，《明史》李時勉傳云：

> 性剛鯁，慨然以天下爲己任。……洪熙元年復上疏言事。仁宗怒甚，召至便殿，對不屈。命武士撲以金瓜，肋折者三，曳出幾死。明日，改交阯道御史，命日慮一囚，言一事。章三上，乃下錦衣衛獄。時勉於錦衣千戶某有恩，千戶適蒞獄，密召醫，療以海外血竭，得不死。仁宗大漸，謂夏原吉曰：「時勉廷辱我。」言已，勃然怒，原吉慰解之。其夕，帝崩。
>
> 宣宗即位已逾年，或言時勉得罪先帝狀。帝震怒，命使者：「縛以來，朕親鞫，必殺之。」已，又令王指揮即縛斬西市，毋入見。

〔註62〕傅維鱗：《明書》，四庫全書存目叢書本。

〔註63〕何喬遠：《名山藏》，四庫禁燬書叢刊本。

王指揮出端西旁門，而前使者已縛時勉從端東旁門入，不相值。帝遙見罵曰：「爾小臣敢觸先帝！疏何語？趣言之。」時勉叩頭曰：「臣言諒闇中不宜近妃嬪，皇太子不宜遠左右。」帝聞言，色稍霽。徐數至六事止。帝令盡陳之。對曰：「臣惶懼不能悉記。」帝意益解，曰：「是第難言耳，草安在？」對曰：「焚之矣。」帝乃太息，稱時勉忠，立赦之，復官侍讀。比王指揮詣獄還，則時勉已襲冠帶立階前矣。宣德五年修《成祖實錄》成，遷侍讀學士。帝幸史館，撒金錢賜諸學士。皆俯取，時勉獨正立。帝乃出餘錢賜之。〔註64〕

《明史》陳敬宗傳云：

敬宗美鬚髯，容儀端整，步履有定則，力以師道自任。立教條，革陋習。六館士千餘人，每升堂聽講，設饌會食，整肅如朝廷。稍失容，即令待罪堂下。僚屬憚其嚴，誣以他事，訟之法司。周忱與敬宗善，曰：「盍具疏自理。」為屬草，辭稍遷就。敬宗驚曰：「得無誑君耶？」不果上，事亦竟白。

滿考，入京師，王振欲見之，令忱道意。敬宗曰：「吾為諸生師表，而私謁中貴，何以對諸生？」振知不可屈，乃貽之文錦羊酒，求書程子《四箴》，冀其來謝。敬宗書訖，署名而已。返其幣，終不往見。〔註65〕

當正統初，中官王振橫行時，楊士奇、楊榮都避讓唯恐不及，而陳敬宗不肯稍屈。兩批臺閣體作家的政治品格，區別是分明的。這是大同中的小異。總體說來，前期臺閣體作家都是柔順安靜，行為謹慎的政治家。

以靖亂奪位和朱高熾兄弟爭位為主的一系列政治事件，對臺閣體作家的心理打擊極大，徹底磨平了他們的稜角。臺閣作家既具有清廉正直的品格，又畏疑懼禍，而且由建文朝過來的一批人，還有慚德心理。文是心聲，臺閣作家的政治品格，表現在文章上，就是謹守法度，揖讓得體，下筆自律，絕不放言高論或縱橫才氣。

三、「雍容平易」溯源

「雍容平易」，是臺閣文的總體特點。

〔註64〕張廷玉等：《明史》卷一六三，第4421～4422頁。
〔註65〕張廷玉等：《明史》卷一六三，第4424～4425頁。

　　臺閣體文學包括文和詩兩個部分。文是臺閣體文學的主要部分，楊士奇、楊榮、金幼孜等臺閣作家，創作成就體現在古文上。

　　就古文來說，臺閣體諸作家在互有差異的基礎上，顯示了風格的一致性，即雍容平易。這是四庫館臣對楊士奇、楊榮、金幼孜、夏原吉、黃淮諸人著作的評價，如四庫《東里集》卷首提要：「仁宗雅好歐陽修之文，士奇文亦平正紆餘，得其彷彿，可稱春容典雅之音。」四庫金幼孜《金文靖集》提要：「幼孜在洪武、建文之時，無所表見。至永樂以訖宣德，皆掌文翰機密，與楊士奇諸人相亞。其文章邊幅稍狹，不及士奇諸人之博大。而雍容雅步，頗亦肩隨。蓋其時明運方興，故廊廟賡揚，具有氣象，操觚者亦不知也。」四庫夏原吉《忠靖集》卷首提要：「雖原吉以政事著，不以文章著，洪、永之際作者如林，固不能與宋濂、王褘諸人齊驅方駕，然致用之言，疏通暢達，以肩隨楊士奇、黃淮等，殆可無愧色矣。」四庫黃淮《省愆集》提要：「遭際之隆，幾與三楊相埒。其文章春容安雅，亦與三楊體格略同。」

　　什麼叫雍容平易？從字面來解釋，雍容，就是節奏和緩，不疾不躁；平易，就是字句淺白流麗，不拗口聱牙。館臣也用「春容」形容臺閣體，是雍容的另一種說法。說諸人的文章安雅、平正、雅步，疏通暢達，都是指行文平易淺白。

　　要理解雍容平易，必須追溯雍容平易的歷史來源，以發現其現實根據。不然的話，我們只是重複清人的結論，作了一個表面的詞語訓詁而已。

　　臺閣體不是憑空從天而降，而是要從歷史文獻中汲取養料。臺閣作家心目中的古作者有哪些呢？楊榮《送翰林編修楊廷瑞歸松江序》開出了一個名單：

　　　　洪惟太宗文皇帝聰明睿智，緝熙聖學，以開萬世文明之治。即位之初，深惟古昔聖王作人之盛，必賴培育之深，故於甲科之外，復簡其文學之尤者為翰林庶吉士，俾讀中秘之書，以資其博洽，學古文辭，日給筆箚膳羞，以優異之。蓋宸慮深遠，以謂三代而下，莫盛於漢唐宋，帝王之治雖曰有間，至於儒者若漢之賈誼、董仲舒、司馬遷、揚雄、班固，唐之韓愈、柳宗元、李翱、皇甫湜，宋之歐陽修、二蘇、王安石、曾子固，諸賢皆能以其文章羽翼六經，鳴於當時，垂諸後世。我國家隆興製作之盛，超越前代，敦本還淳，以推明聖賢之學五十餘年，所用文學之臣，黼黻之盛，煥乎可述。〔註66〕

────────────────
〔註66〕楊榮：《文敏集》卷一三，文淵閣《四庫全書》本。

選出的都是以文章顯名的古人，既有是非頗謬於聖人的司馬遷，也有深爲傳統儒家詬病的王安石。還有被程頤批評的蘇軾。程頤說過，「人有三不幸：年少登高科，一不幸；席父兄之勢爲美官，二不幸；有高才能文章，三不幸也」，蘇軾恰好是少年中進士且高才能文者。清人馮班說，「程子云，做得文章好便是不幸，此只是爲東坡而發」。從楊榮列出的一批古人看，首先是他們的文章寫得好，是否眞能羽翼六經，倒在其次。

　　楊榮的這份名單不是率爾開出的，而是淵源有自，受了朱熹的影響。朱熹的文學修養高，雖然是道學家，卻也經常談論文學。《朱子語類》中論文學的內容不少〔註67〕。今摘《朱子語類》諸語如下，分類加按語：

1、董仲舒文字有瑕累：

　　　漢儒最純者莫如董仲舒，仲舒之文最純者莫如三策。（卷八七）

又：

　　　董仲舒文字卻平正，只是冗困。董仲舒、匡衡、劉向諸人文字皆善弱無氣焰；司馬遷、賈生文字雄豪可愛，只是遑快，下字時有不穩處，段落不分明。（卷一一六）

2、韓柳歐蘇皆是文章大家：

　　　嘗與後生說，若會將《漢書》及韓柳文熟讀，不到不會做文章。（卷一三九）

又：

　　　且莫說義理，只如人學做文章，非是只恁地讀前人文字了，便會做得似他底，亦須是下工夫始造其妙。觀韓文公與李翊書，老蘇與歐陽公書，說他學做文章時工夫甚麼細密，豈是只恁從冊子上略過，便做得如此文字也？（卷三九）

又：

　　　人做文章若是子細看得一般文字熟，少間做出文字，意思語脈自是相似。讀得韓文熟，便做出韓文底文字，讀得蘇文熟，便做出蘇文底文字。（卷一三九）

3、蘇洵不可學：

　　　老蘇文字初亦喜看，看後覺得自家意思都不正當，以此知人不可看此等文字，固宜以歐曾文字爲正。（卷一三九）

〔註67〕本文所引《朱子語類》，均據文淵閣《四庫全書》本。

4、曾鞏不如歐陽：

> 曾所以不及歐處是紆徐曲折處，曾喜仿真人文字，《擬峴臺記》是仿《醉翁亭記》，不甚似。（卷一三九）

5、歐陽文章最好：

> 人有才性者不可令讀東坡等文，有才性人便須收入規矩，不然蕩將去。（卷一三九）

又：

> 道者，文之根本；文者，道之枝葉。惟其根本乎道，所以發之於文皆道也。三代聖賢文章皆從此心寫出，文便是道。今東坡之言曰：吾所謂文，必與道俱。則是文自文而道自道，待作文時，旋去討個道來入放裏面，——此是它大病處。只是它每常文字華妙，包籠將去。到此不覺漏逗說出他本根病痛所以然處，緣他都是因作文，卻漸漸說上道理來，不是先理會得道理了方作文，所以大本都差。歐公之文則稍近於道，不爲空言。（卷一三九）

又：

> 歐公文字敷腴溫潤。曾南豐文字又更峻潔，雖議論有淺近處，然卻平正好。到得東坡，便傷於巧，議論有不正當處。後來到中原見歐公諸人了，文字方稍平。老蘇尤甚。大抵已前文字都平正，人亦不會大段巧說，自三蘇文出，學者始日趨於巧。（卷一三九）

6、文貴平易：

> 文字到歐曾蘇，道理到二程，方是暢。荊公文暗。（卷一三九）

又：

> 歐公文章及三蘇文，好處只是平易說道理，初不曾使差異底字換卻那尋常底字。（卷一三九）

又：

> 凡人做文字不可太長照管不到，寧可說不盡。歐蘇文皆說不曾盡。東坡雖是宏闊瀾翻成大片滾將去，他裏面自有法。今人不見得他裏面藏得法，但只管學他一滾做將去。（卷一三九）

又：

> 江西歐陽永叔、王介甫、曾子固文章如此好，至黃魯直一向求巧，反累正氣。（卷一三九）

從上引諸條看，明代盛稱的唐宋八大家，無待茅坤《唐宋八大家文鈔》定下名目，實在已經由朱熹明白揭出。朱熹說蘇洵自家意思都不正當，他的文章不可看，所以，楊榮開列的作家名單中只提「二蘇」，蘇洵不算在內。

如果我們要問，何以見得楊榮擬定的作家名單一定是受了朱熹的影響，他在哪篇文章中給我們提供了證據呢？這樣的明顯證據，我們固然找不到，但是，楊榮、胡廣等人領皇命，親自編撰《五經四書大全》，以朱熹的思想為框架，雜以永樂帝的主意，壟斷明代讀書人的思想達數百年之久，楊榮、胡廣等人，作為始作俑者，不能不率先做出榜樣，引導士人，則他們在文學主張上，依傍朱熹，是可以肯定的。《胡文穆公文集》卷一八《題趙文敏公所書畫錦堂記》，表明胡廣諳熟朱子的文論，云：

> 朱子云，「文章至歐陽公而後豐腴」，又云，「至歐陽公而後暢」。
> 今觀趙文敏公所書畫《錦堂記》，字、畫精妙渾然如刻玉，與歐公
> 之文蓋相稱也。此文舊為蔡端明書，豈文敏欲與端明爭衡耶？尚書
> 夏公家藏此卷，蓋不但嗜文敏之筆法，其必有在於魏公之事業耳。
> 〔註68〕

朱熹對於班馬、韓柳、三蘇、歐曾和王安石的文章，既有肯定，也有批評，批評的話居多。這些人能夠進入朱熹的視野，哪怕遭到朱熹的批評，實際上就是受到了肯定。朱熹作為道學家，是以特殊的方式，確認了他們文章大家的身分。

對於臺閣體作家而言，寫文章才是重要的事，體道在其次。朱熹肯定過的古代作家，都可以成為學習對象。臺閣體作家對於前代大家是廣泛學習的，不是死守某一家。楊士奇《書三蘇文選後》說：「《三蘇文選》一冊十二卷，東萊所選，建安蔡文子為之注。皆取其論治體而便於科舉之用，雖不能皆純，而讀之可以啓益胸次，動蕩筆端，未必無助也。」〔註69〕晚於楊士奇半個世紀的倪謙，也是臺閣體作家，其《松岡先生文集敘》云：

> 故文者載道之器，文不載道，雖工無益也。載道之文，六經不
> 可尚已。自亞聖七篇之後，至唐而有韓子，宋有歐陽子，皆能發明
> 斯道，振起衰陋，一趨於古。其時號文章家非無柳子厚、李翱、籍、
> 湜、王臨川、曾、蘇之流，至論大家正脈，未有過於韓歐者也，是

〔註68〕胡廣：《胡文穆公文集》，四庫全書存目叢書本。
〔註69〕楊士奇：《東里文集》卷一○，第150～151頁。

以朝廷獨重之。〔註70〕

可見，從楊士奇到倪謙的幾代臺閣體作家，都是博泛中有精專，受韓歐的影響最大。

考察朱熹對諸文章大家的評論，韓愈和歐陽修受到的肯定最多，則韓歐成爲臺閣體作家首先推崇的對象，就在情理中了。比較兩人，韓愈惟陳言之務去，文章不免怪怪奇奇；歐文平易。朱熹提倡平易的文章風格，以本色爲美，反對巧飾。朱熹說文字到歐曾蘇才通暢，而且歐文不爲空言，歐文自然又高了一層。於是，臺閣體作家首重韓歐，尤重歐陽，也就成爲必然。

臺閣體的雍容平易，理論導源於朱熹，實踐取法於歐陽修，是朱子和歐陽氏的合流。

朱熹論雍容，重在人格修養，涉及文學很少，文學只是主張平易。《朱子語類》中論禮，提到了雍容：

> 禮只是一個禮，用得自不同。如升降揖遜，古人只是誠實，依許多威儀行將去，後人便自做得一般樣，忒好看了。古人只是正容謹節，後人便近於巧言令色。樂亦只是一個樂，亦是用處自不同。古樂不可得而見矣，只如今人彈琴，亦自可見。如誠寔底人彈，便雍容平淡，自是好聽。若弄手弄腳撰出無限不好底聲音，只見繁碎耳。（卷三九）

這裡的雍容，指心境安詳，思緒一貫，不紛亂慌張，不計較許多，呈現出泰定自若的大智慧相。雍容也是二程提倡的心靈境界，《二程粹言》載二程語：「子曰：感慨殺身，常人之所易；處死生之際，雍容就義，君子之所難。」

朱熹偶用雍容一詞評議文學，他說：「李太白詩不專是豪放，亦有雍容和緩底，如首篇《大雅久不作》，多少和緩！」爲了理解朱熹用在文學上的「雍容」，今錄李白《古風》首篇：

> 《大雅》久不作，吾衰竟誰陳？王風委蔓草，戰國多荊榛。龍虎相啖食，兵戈逮狂秦。正聲何微茫，哀怨起騷人。揚馬激頹波，開流蕩無垠。廢興雖萬變，憲章亦已淪。自從建安來，綺麗不足珍。聖代復元古，垂衣貴清眞。群才屬休明，乘運共躍鱗。文質相炳煥，眾星羅秋旻。我志在刪述，垂輝映千春。希聖如有立，絕筆於獲麟。〔註71〕

〔註70〕倪謙：《倪文僖集》卷二二，文淵閣《四庫全書》本。
〔註71〕琦注：《李太白集注》卷二，文淵閣《四庫全書》本。

李白這一首詩，語句鏗鏘，氣勢豪邁，為什麼朱熹揣出來，認為不是豪放呢？體會他所說的「雍容」，本是一種心靈境界，引申到文學批評，該當是節奏舒緩，沒有大的跳躍，不巧作，自然而然，如其本來。李白的多數詩，瞬息萬變，節奏起落大，跳脫不拘。早在游國恩的《中國文學史》論李白詩的藝術特色時，就認為他詩中呈現的感情，像黃河水一樣奔騰跳蕩，變化莫測，他才用頹廢的口氣說「人生得意須盡歡，莫使金樽空對月」，突然又說「天生我材必有用，千金散盡還復來」，態度馬上變得積極。李白詩的這種特色，由於文學史教材的傳播，已經成為常識。以此為參照，我們來體會他的《大雅久不作》。該詩前面部分，按照歷史進程，講述中國詩歌史的流變，從西周、春秋、戰國到秦，再到兩漢、魏晉、六朝，一直到當代，由於內容的限制，次第言說，沒有跳蕩，在述史中表達自己的評價，詩的後面部分，基於前面的評價，抒發欲與同志一道復興詩騷的傳統。李白詩歌，要抒發志氣，一向是「仰天大笑出門去，我輩豈是蓬蒿人」、「我本楚狂人，鳳歌笑孔丘」之類，與眾調恒殊，卓爾不群。《大雅》久不作說「我志在刪述」、「絕筆於獲麟」，徵引孔子刪《詩》和作《春秋》的例子，表達自己的文學志向。儘管李白式的高傲氣質，在本首詩中仍舊，但是本詩述史言志，層次清晰，步步踏實，風格與李白的其它名篇頗不同，是「雍容和緩」。本詩情感不跳躍，所以「雍容」，抒發志向雖然偉壯，卻是宗經徵聖的，顯示了一種謙德，所以「和緩」。

　　朱熹說的雍容，根子在人不在文。人具有安詳的心境，舉止如其本來，就是雍容。理學家倡言復性，認為人受外欲干擾，性情被扭曲，必須按照一定的步驟修身，才有望回覆到本來的狀態。這本來的狀態，被理學家設想為處處與道相合，人依著本性，所思所動，就無不是善。依著本性，一切如其本來，哪裏需要人為的修飾，怎麼會流入巧詐？不躁急，不滯阻，分寸恰到好處，這分寸的拿捏，不是依靠身外的什麼標準，而是由本性自己流出來的，無所謂快，也無所謂慢，當然是雍容了。欲達至雍容，首在修身，身修而後文章才能雍容。這便是理學的邏輯。李白是一位狂士，能夠斗酒詩百篇，可以千斛明珠買胡娘，一生所為，與程朱理學提倡的君子形象相去甚遠，其《大雅久不作》雍容和緩，一方面說明文學創作有時是即興表演，非關理路，另一方面可以從李白性格得到解釋，他任性自然，不假造作，心境中天生具有一種如其本來的因素，含了雍容。文學史上，作家少有不在技巧上化工夫的，只有李白「天然去雕飾」最明顯，朱熹便用「雍容」來稱他的詩。《朱子語類》

卷一四○云：

> 太白詩非無法度，乃從容於法度之中，蓋聖於詩者也。《古風》
> 兩卷多效陳子昂，亦有全用其句處。太白去子昂不遠，其尊慕之如
> 此。

這「從容於法度之中」，已經是一種雍容了。李白的爲人和創作，畢竟距離理
學家設想的君子太遠。而且，李白是詩聖，不以文章見長。臺閣體作家的成
就在文，不在詩，他們雍容文風的形成，不能取徑於李白。

文章寫作是一門特殊的技藝，關於它的種種主張，除了理論闡釋外，必
須有相應的成功作品作爲範例，學習者才找得著下手的地方，否則流於空談。
臺閣體作家一方面尊奉程朱理學的文學觀，一方面向古代作家學習，兩個方
面結合在一起，以最終達至「文以載道」的境界。只有程朱的文學觀念，沒
有可以模仿的前代作家，臺閣作家縱使能理論了之於心，也必然創作不能達
之於手。有了一批可供模仿的文學前輩，卻沒有理學的文學觀念，臺閣作家
將失去擇取標準，各行其是，實踐的結果，也就不會最終成爲我們所說的臺
閣作家。所以，理學家和古代作家對臺閣作家的影響各占一半。具體說來，
朱熹爲人們挑出了可供模仿的作家，這被選取出來的作家就是歐陽修。歐陽
修的創作實績，示範了儒家道統如何進入文學的眞切途徑。歐陽氏是程朱的
前輩，我們不能將歷史倒過來，說歐陽氏受了什麼程朱之學的影響，但是，
他的文學受到朱熹的大力肯定，也就表明歐陽氏的文學與程朱理學甚爲相通。

在朱熹稱讚的古文名家中，只有歐陽修最堪師法。朱熹不曾用雍容來形
容歐陽修的文章，但是，歐陽修的文章除了朱熹已經肯定過的平易外，確實
還是雍容的。蘇洵《上歐陽內翰第一書》說：

> 執事之文章，天下之人莫不知之，然竊自以爲洵之知之特深，
> 愈於天下之人。何者？孟子之文，語約而意盡，不爲巉刻斬絕之言，
> 而其鋒不可犯。韓子之文，如長江大河渾浩流轉，魚黿蛟龍萬怪惶
> 惑，而抑遏蔽掩不使自露，而人自見其淵然之光、蒼然之色，亦自
> 畏避，不敢迫視。執事之文，紆餘委備，往復百折，而條達疏暢，
> 無所間斷；氣盡語極，急言竭論，而容與閒易，無艱難勞苦之態。
> 此三者，皆斷然自爲一家之文也。惟李翱之文，其味黯然而長，其
> 光油然而幽，俯仰揖讓有執事之態；陸贄之文，遣言措意，切近的
> 當，有執事之實；而執事之才，又自有過人者。蓋執事之文，非孟

子、韓子之文，而歐陽子之文也。夫樂道人之善而不爲諂者，以其
人誠足以當之也。彼不知者，則以爲譽人以求其悅己也。夫譽人以
求其悅己，洵亦不爲也，而其所以道執事光明盛大之德而不自知止
者，亦欲執事之知其知我也。〔註72〕

總結蘇洵所說，歐陽氏文章有三個特點：一是發端遠，彷彿跨江大橋，跨江
部分愈雄偉闊大，則岸兩邊的引橋也愈長。這是紆餘。引橋是直的，歐陽的
文章則蜿蜒，雖然蜿蜒，總的趨向卻很明白，如黃河九曲，而向東流的大方
向一直不變，《豐樂亭記》可爲典型。二是疊沓。歐陽氏的疊沓，與《詩經》
式的簡單徘徊不同。《詩經》許多風詩，幾個段落，每段變更一二字，意思大
體是重複的。歐陽氏文章，段落在疊沓中推進，是一種迴旋上昇，具有一唱
三歎之美。典型者如《醉翁亭記》，一連用 20 多個「也」字，形成疊沓。蘇
洵說得更透，甚至歐陽氏「氣盡語極，急言竭論」的文章，也具有疊沓美。
我們舉著名的《與高司諫書》來證明老蘇所說不謬。《與高司諫書》怒斥諫官
高若訥誹謗賢臣范仲淹，尸位素餐，是非不分，是一封急言竭論的書體文。
該書雖是在作者憤怒莫名的情況下所寫，卻如龍泉寶劍，鋒利無比，而柔韌
繞指，後勢強勁，絕無剛脆易折的毛病。試讀書的前部分：

　　某年十七時，家隨州，見天聖二年進士及第榜，始識足下姓名。
是時予年少，未與人接，又居遠方，但聞今宋舍人兄弟與葉道卿、
鄭天休數人者，以文學大有名，號稱得人，而足下廁其間，獨無卓
卓可道說者，予固疑足下不知何如人也。

　　其後更十一年，予再至京師，足下已爲御史裏行，然猶未暇一
識足下之面。但時時於予友尹師魯問足下之賢否，而師魯說足下正
直有學問，君子人也。予猶疑之。夫正直者不可屈曲，有學問者必
能辨是非，以不可屈之節，有能辨是非之明，又爲言事之官，而俯
仰默默無異眾人，是果賢者耶？此不得使予之不疑也。

　　自足下爲諫官來，始得相識，侃然正色，論前世事，歷歷可聽，
褒貶是非，無一謬說。噫！持此辯以示人，孰不愛之？雖予亦疑足
下眞君子也。

　　是予自聞足下之名及相識，凡十有四年，而三疑之。今者推其

〔註72〕蘇洵：《嘉祐集》卷一二，文淵閣《四庫全書》本。

實迹而較之，然後決知足下非君子也。〔註73〕

四個段落，四次重複識與不識、疑與不疑，疊沓推進，這就是蘇洵說的「容與」。

歐陽修文章的第三個特色，是雕飾不露痕迹，藏大巧於質樸之中。歐陽氏文思較遲緩，《朱子語類》卷一三九云：

> 六一文有斷續不接處，如少了字模樣。如《秘演詩集序》「喜爲歌詩以自娛」、「十年間」兩節不接。《六一居士傳》意凡文弱，《仁宗飛白書記》文不佳。制語首尾四六，皆治平間所作，非其得意者，恐當時亦被人催促，加以文思緩，不及子細，不知如何。然有紆餘曲折，辭少意多，玩味不能已者，又非辭意一直者比。

又云：

> 歐公文亦多是修改到妙處。頃有人買得他《醉翁亭記》稿，初說滁州四面有山，凡數十字，末後改定，只曰「環滁皆山也」五字而已。如尋常不經思慮，信意所作言語，亦有絕不成文理者，不知如何。

此類材料，胡廣、金幼孜等人修《性理大全書》時，盡行抄入，十分熟悉。

宋人何薳《春渚紀聞》卷七《作文不憚屢改》云：

> 自昔詞人琢磨之苦，至有一字窮歲月，十年成一賦者。白樂天詩詞疑皆衝口而成，及見今人所藏遺稿，塗竄甚多。歐陽文忠公作文既畢，貼之牆壁，坐臥觀之，改正盡善，方出以示人。薳嘗於文忠公諸孫望之處得東坡先生數詩稿，其和歐叔弼詩云：「淵明爲小邑」，繼圈去「爲」字，改作「求」字，又連塗「小邑」二字，作「縣令」字，凡二改乃成今句。至「胡椒銖兩多，安用八百斛」，初云「胡椒亦安用，乃貯八百斛」，若如初語，未免後人疵議。又知雖大手筆，不以一時筆快爲定而憚於屢改也。〔註74〕

從這些記載看，歐陽修的名篇，都是反覆修改而成。甚至像蘇東坡那樣的快筆大家，也有修改文字的時候，那麼，蘇洵誇讚歐陽氏文章「無艱難勞苦之態」，就必須理解爲是作家將技巧痕迹全部化去。化去的過程，是極爲勞心的，而最後呈獻給讀者的文章，由於技巧痕迹已經銷盡，顯得隨意自然，彷彿不

〔註73〕歐陽修：《文忠集》卷六七，文淵閣《四庫全書》本。

〔註74〕何薳：《春渚紀聞》，文淵閣《四庫全書》本。

曾用過一點氣力。但是，這種貌似隨意不費力的文章，畢竟是苦心營構出來的，不可能真的漫散，所以，會給讀者一種恰到好處的鬆態，而不是垮散，這就是「閒易」。

由於歐陽修的文章有上述三個特點，所以，既是平易的，也是雍容的。

歐陽修的學生曾鞏，文風與歐陽氏相近。對於他們，臺閣作家應當選擇誰呢？朱子已經作了回答。胡廣等人所編《性理大全書》卷五三，錄朱熹論歐陽及諸家文章，云：

> 東坡文字明快，老蘇文雄渾，盡有好處。如歐公、曾南豐、韓昌黎之文，豈可不看？柳文雖不全好，亦當擇。合數家之文，擇之無二百篇，下此則不須看，恐低了人手段。但採他好處以為議論足矣。若班馬孟子，則是大底文字。

> 韓文高，歐陽文可學。曾文一字挨一字，謹嚴，然太迫。又云：今人學文者何曾作得一篇，枉費了許多氣力！大意主乎學問以明理，則自然發為好文章，詩亦然。〔註75〕

曾鞏的文章寫得太逼迫（按：類似魯迅的部分文章，字字考究，絕無閒字，令讀者覺著累），與朱子提倡的雍容不符。「韓文高」，學不來。結論只一條，「歐陽文可學」。

臺閣體文的平易，與明太祖的示範也有關係。《明太祖高皇帝實錄》卷一一〇「洪武九年十二月庚戌朔」云：「頒建言格式。時刑部主事茹太素上書論時務五事，累萬餘言。上令中書郎中王敏誦而聽之，虛文多而實事少。次夕，於宮中復令人誦之再三，采其切要可行者四事，終五百餘言。因喟然曰：『為君難，為臣不易。朕所以求直言者，欲其切於事情而有益於天下國家。彼浮詞者，徒亂聽耳。』遂令中書行其言之善者，且為定式，頒示中外，使言者直陳得失，無事繁文。復自序其善於首云。」《明太祖文集》卷一五《建言格式序》云：

> 近臣刑部主事茹太素，以五事上言，其書一萬十千字，朕命中書郎中王敏立而誦之。至字六千三百七十，乃云：「才能之士，數年以來，幸存者百無一二，不過應答辦集。」又云：「所任者，多半迂儒俗吏。」言及至斯，未睹五事實迹，意其妄言，故召問之：「爾為

〔註75〕 胡廣等：《性理大全書》，文淵閣《四庫全書》本。

刑部之官，彼刑部官吏二百有餘，爾可細分迁儒俗吏乎？」彼乃不答。使分之而又無知其人者，於是撲之。次日，深夜中，朕臥榻上，令人誦其言，直至一萬六千五百字後，方有五事實迹。其五事之字，止是五百有零。朕聽至斯，知五事之中，四事可行。當日早朝，敕中書、都府、御史臺，著迹以行。吁！難哉。古今上書陳言者，未嘗不爲國爲民，而爲君而言者。雖有責人以難，故要其名者，亦甚不多。今朕厭聽繁文，而駁問忠臣，是朕之過，有臣如此可謂之忠矣。嗚呼！爲臣之不易，至斯而見。惜哉！因如是故，立上書陳言之法，以示天下。若官民有言者，許陳實事，不許繁文。若過式者，問之。故爲之序。〔註76〕

《建言格式》的影響，不僅在於約束臣民奏章的表述，而是對整個社會行文風氣予以規制。

〔註76〕 朱元璋：《明太祖文集》，文淵閣《四庫全書》本。

第四章　臺閣體詩論

　　臺閣體包括臺閣體散文和臺閣體詩，散文是臺閣體的主要內容，詩相對薄弱。臺閣體作家能詩者不多。丘濬《劉草窗詩集序》指出：「國初詩人，生勝國亂離時，無仕進路，一意寄情於詩，多有可觀者。如吳中高、楊、張、徐四君子，蓋庶幾古作者也。其後舉業興而詩道大廢，作者皆不得已而應人之求，不獨少天趣，而學力亦不逮矣。」〔註1〕說的是明代科舉興起後，詩壇的整體狀況。後於丘濬的前後七子，詩名甚高，創作實際，尤為明代前期所不能及。在明代整個詩壇不振的背景下，臺閣體詩是水平更為卑弱的一派。

　　從永樂後期到正統初年，臺閣體詩流行，沒有別的詩派與之競爭。臺閣體詩到了李東陽的時候，就不能繼續了，李氏提出了「格調」說，茶陵詩派代替了臺閣體詩。從此以往，詩壇百家爭鳴，詩人搖旗吶喊，相互鬥法。此時，反觀臺閣體詩，問題就出來了：它流行的基礎是什麼？為什麼會被茶陵派取代？

一、臺閣體詩人群體的形成

　　臺閣體作家如胡廣、金幼孜、楊榮、黃淮等，都寫詩作賦，但是，詩非彼等所長。他們的詩，文學史上稱為臺閣體詩，成就十分有限。但從永樂後期至正統初年，臺閣體詩風氣流衍，餘波直到李東陽崛起詩壇時，才消歇殆盡。

　　臺閣體詩水平不高，為什麼能流行數十年呢？那是永樂皇帝直接干涉文壇的結果。永樂皇帝在文化上造成的影響，朱彝尊有簡練的評價。《靜志居詩話》卷一《明成祖》云：

〔註1〕丘濬：《重編瓊臺稿》卷九，文淵閣《四庫全書》本。

　　長陵稱兵靖難，踐位之後，加意人文，成均視學有碑，闕里襃
崇有述。以及姑蘇寶山之石、武當太嶽之宮，靡不親製宸章，勒之
豐碣。而又《五經四書性理大全》有書，《聖學心法》有書，《大典》
有書，《文華寶鑒》有書，《爲善陰騭》有書，《孝順事實》有書，《務
本之訓》有書，不獨紀之以事，抑且係之以詩。至於過克州，則賜
魯藩；於吳，則壽榮國。交阯明經甘潤祖等一十一人，庶常吉士曾
榮等二十八宿，咸承寵渥。三勒石於幕南之廷，四建碑於海外之國，
此諡法之所以定爲「文」歟？由是文子文孫，復加繼述。內閣則有
三楊，翰林則有四王，尚書則東王西王，祭酒則南陳北李，觀燈侍
宴，拜手賡歌，嗚呼，盛矣！〔註2〕

細味上面的評價，深含臺閣體直接由永樂皇帝導致的意思。

　　永樂帝以靖亂爲藉口，奪取了皇位。按照儒家的觀念，永樂帝屬於亂臣
賊子。這種篡逆性質，不會因爲用了「靖亂」這個詞，就可以消解。此可舉
劉基次子劉璟看法爲例。《明史》本傳云：「璟，字仲璟，基次子，弱冠通諸
經。……靖難兵起，璟隨谷王歸京師，獻十六策，不聽。令參李景隆軍事。
景隆敗，璟夜渡盧溝河，冰裂馬陷，冒雪行三十里。子貊自大同赴難，遇之
良鄉，與俱歸。上《聞見錄》，不省，遂歸里。成祖即位，召璟，稱疾不至。
逮入京，猶稱殿下。且云：『殿下百世後，逃不得一「篡」字。』下獄，自經
死。法官希旨，緣坐其家。成祖以基故，不許。」〔註3〕永樂帝是一位歷史感
強的人，如何洗刷篡位污點，免去歷史罵名，成爲他執政後的頭等大事。

　　爲了保證自己在位的歷史記錄沒有瑕疵，永樂帝必須規範儒生的書寫方
式，讓文人爲永樂政權說好話。文人的口很難堵，尤其讓儒生們主動地歌頌
現行政治，如果沒有非常的執政技巧，就簡直不可能。永樂皇帝採取了感化
方式。登位伊始，就揀擇七人參預機務，他們是：解縉、黃淮、胡廣、楊榮、
楊士奇、金幼孜、胡儼。除了解縉，其他人都是後來的臺閣體作家。解縉入
閣不久，因爲立儲一事，觸犯了皇帝的忌諱，永樂五年被謫廣西，接著慘死
獄中。胡儼在閣中呆的時間更短，很快就轉職了。《明史》胡儼傳云：「成祖
即位，曰：『儼知天文，其令欽天監試。』既試，奏儼實通象緯、氣候之學。
尋又以解縉薦，授翰林檢討，與縉等俱直文淵閣，遷侍講，進左庶子。父喪，

〔註2〕朱彝尊：《靜志居詩話》，第2頁。
〔註3〕張廷玉等：《明史》卷一二八《劉基傳》附，第3783～3784頁。

起復。儼在閣，承顧問，嘗不欲先人，然少戇。永樂二年九月拜國子監祭酒，遂不預機務。」〔註4〕轉職的原因，雍正《江西通志》卷六八說得更明白：「儼在閣承顧問，應對從容，嘗不欲先人。然爲人少戇，雖委曲，終不俯仰取容悅。同列因言儼學行宜爲師表，乃解機務，拜國子監祭酒。」〔註5〕胡儼雖然離開內閣，且文風稍壯，但仍屬臺閣體作家。閣中最後剩下的五人，都能阿曲承順皇帝的心意。閣外另有大臣夏原吉，被專門委以治理錢穀賦稅的重任，永樂帝終生用之不疑。夏原吉後來成爲重要的臺閣體作家。

　　將一批讀書人訓練成臺閣體作家，必須有一種集訓方式。從永樂期間的諸種重大文化活動看，集訓是以重修《明太祖高皇帝實錄》來完成的。

　　《明太祖高皇帝實錄》初修於建文時期。洪武三十一年閏五月，明太祖駕崩。第二年爲建文元年，正月，敕修太祖實錄，方孝孺爲總裁。至建文三年十二月，太祖實錄修成。

　　燕王舉兵，在建文元年七月，屬新朝大事，按照修撰體例，不得入《明太祖高皇帝實錄》。當時，前方戰事，勝負未分。建文君一方，擁兵數十萬，將軍盛庸、鐵鉉又有東昌大捷，以爲討平燕軍，指日可待。討燕諸事，必須等到將來修《建文實錄》，才會載錄。方孝孺一代大儒，不可能淆亂體例，將建文年間之事，載入太祖實錄。文史界流行一種看法，以爲文皇重修太祖實錄，目的是刪改對自己叛亂不利的記錄。這是對方孝孺的誤解。《明太祖高皇帝實錄》的傳主是洪武帝，對其他人物的評價，必須從他們與洪武帝的關係出發，或褒或貶，就看他們對洪武帝是恭順還是違抗。洪武期間，燕王奉父命鎮守北平，恪守子道，沒有什麼事發生過。總裁實錄的方孝孺，爲人性剛負氣，必然堅守史家的直書精神，不可能在太祖實錄中貶損燕王。只有修《建文實錄》時，傳主變成惠帝，一切褒貶，都依對惠帝的順違爲標準時，燕王才是一位叛亂者。即使這樣，燕王擁有惠帝叔父的身分，書其叛亂，恐怕還得收斂筆力。由於永樂的登臺，《建文實錄》永無成修的機會。所以，重修太祖實錄，主要目的不是篡改歷史，而是訓練文人寫作班子。

　　建文四年八月，明成祖選擇解縉等七人入閣，參預機務。接著，就令諸人入史館，重修太祖實錄。《明太宗文皇帝實錄》卷一三「洪武三十五年冬十月己未（初九）」云：

〔註4〕張廷玉等：《明史》卷一四七，第4128頁。

〔註5〕尹繼善等：雍正《江西通志》，文淵閣《四庫全書》本。

修《太祖高皇帝實錄》，敕太子太師曹國公李景隆、太子少保兼兵部尚書忠誠伯茹瑺曰：「昔皇考太祖高皇帝，順天應人，開基啓運，自布衣提三尺劍，十數年間削刈群雄，平一六合，功成治定，制禮作樂，身致太平，垂四十年。功德之盛，亙古莫倫。比者建文所修實錄，遺逸既多，兼有失實。朕鑒之，誠有歉焉。今命儒臣重加纂修，務在詳備。庶幾神功聖德，明昭日月，垂裕萬世。爾景隆國之懿戚，自少暨壯服事皇考，廟謨睿略，多所聞知，今特命爾監修。瑺祗事先帝，多歷年載，信任彌篤，當時聖政，亦所悉焉，其爲之副。尚端乃心，悉乃力，用著成一代之盛典。豈惟仰答先朝寵遇之厚，亦以副予惓惓之孝誠。欽哉！」

第二天，又頒佈修撰原則。《明太宗文皇帝實錄》卷一三「洪武三十五年冬十月庚申（初十）」云：

諭修實錄官曰：自古帝王功德之隆者，必有史官紀載，垂範萬年。我皇考太祖高皇帝，神功聖德，天地同運，日月同明，漢唐以來未之有也。比建文中，信用方孝孺等纂述實錄，任其私見，或乖詳略之宜，或昧是非之正，致甚美弗彰，神人共憤，蹈於顯戮，咸厥自貽。今已命太子太師曹國公李景隆爲監修，太子少保兼兵部尚書忠誠伯茹瑺爲副監修，爾等皆茂簡才識，俾職纂述，其端乃心，悉乃力，以古良史自期，恪勤纂述，必詳必公，用光昭我皇考創業垂統、武功文治之盛，與乾坤相爲無窮。斯汝爲無忝厥職矣。欽哉！

敕諭說「爾等皆茂簡才識，俾職纂述，其端乃心」，思想導向十分明確。此次重修，侍讀學士解縉任總裁，參加修撰的人員，據解縉《進實錄表》，包括以下20餘人：

爰當嗣位之初，首頒修史之詔，命臣景隆、忠誠伯臣茹瑺、翰林學士臣解縉總裁，翰林學士臣王景、禮部尚書臣李至剛，侍讀臣胡靖、臣曾日章、臣王灌、臣胡儼，侍講臣鄔緝、臣楊榮、臣金幼孜、臣楊士奇，修撰臣李貫、臣吳溥，編修臣楊溥、臣鄭好義，檢討臣王洪，博士臣張伯穎、臣王汝玉，典籍臣沈度、臣潘畿，待詔臣王延齡，給事中臣朱紘，吏部郎中臣徐旭，禮部郎中臣胡遠，戶部主事臣端孝思，太常博士臣錢仲益……〔註6〕

───────────────

〔註6〕程敏政編：《明文衡》卷五，文淵閣《四庫全書》本。

有楊榮、金幼孜、楊士奇、楊溥、胡靖（就是胡廣），都是後來的臺閣文學大臣。

重修於第二年即永樂元年六月完成。解縉才氣縱橫，情性豪邁，沒有仔細體會永樂皇帝敕諭的弦音。他的《進實錄表》稱，「巍巍道冠於百王，蕩蕩功超於千古，是知禮樂征伐所自，必有訓誥之文，雲霞華卉之生，何勞繪畫之力。仰青天而瞻象緯，尚奚罄於名言；開玉府而見璠璵，惟自慶其希遇。因文序次，莫抽一辭之讚揚；據事直書，永示萬年之大訓。謹撰述太祖實錄一百八十三卷，繕寫成一百二十五冊，謹伏闕上進。臣縉等無任瞻天仰聖，慚懼屏營之至，謹奉表以聞。」據事直書，仍是此次重修的主調。還發生了一段小插曲。《明通鑑》卷一三《明惠帝建文四年》，記重修太祖實錄云：「己未，詔重修《太祖實錄》，命曹國公李景隆監修，尚書茹瑺副之，侍讀解縉爲總裁。建文初，臨海葉惠仲，以知縣被徵，預修《太祖實錄》，遷知南昌府。至是，以坐直書靖亂事，指爲逆黨，遂逮至，族誅。」〔註7〕燕王興兵，在建文改元之後。修太祖實錄，不當混入建文年號，葉惠仲何以會「直書靖亂事」？令人不解。明人朱睦㮮《革除逸史》卷一云：「詔修太祖高皇帝實錄。以魏國公徐輝祖監修，禮部左侍郎兼翰林學士董倫、禮部右侍郎兼翰林學士王景彰、翰林侍講方孝孺爲總裁。太常少卿廖升、侍講學士高巽志爲副總裁。修撰李貫、博士王紳、教授胡昭、審理副楊士奇、知縣葉惠仲、訓導羅恢、吏目程本立爲纂修官。」〔註8〕與葉惠仲同時參加上一次修撰的李貫、楊士奇，爲什麼無罪，還參加了這一次重修？

太祖實錄進呈時，接受儀式隆重。爲了此次進呈，專門制定了《進實錄儀》。《禮部志稿》卷二二云：「進書儀，惟實錄最重。上具袞冕，百官朝服，進表稱賀。其餘纂修書成，則以表進。重錄書及玉牒，止捧進。」〔註9〕《明太宗文皇帝實錄》卷二一「永樂元年六月辛酉」云：

> 監修國史太子太師曹國公李景隆等，總裁官翰林侍讀學士解縉等，上表進《太祖高皇帝實錄》。前一日，設香案於奉天殿丹陛之中，表案于丹陛之東。錦衣衛設鹵簿駕，教坊司設《中和韶樂》及《大樂》如常儀。設寶輿於奉天門。是日早，史官捧實錄置其中。上御

〔註7〕夏燮：《明通鑑》，續修四庫全書本。
〔註8〕朱睦㮮：《革除逸史》，文淵閣《四庫全書》本。
〔註9〕俞汝楫：《禮部志稿》，文淵閣《四庫全書》本。

華蓋殿，具袞冕。鴻臚寺官奏執事官行禮，贊五拜，奏請升殿。導
駕官前導。樂作，上御奉天殿。樂止，文武官各具服詣丹墀，分左
右侍班。鴻臚寺官導引寶輿至丹陛上，史官舉實錄，置於案。史官
入班，鴻臚寺官奏進實錄。序班舉實錄案，以次由殿中門入班。……
是日，如所定賞格，賜景隆等八十六人。仍賜宴奉天門，命公侯伯、
五府六部、都察院、通政司、大理寺、國子監、應天府、太醫院、
欽天監、堂上官皆預焉。

儀式如此隆重，顯見實錄內容符合上意。永樂二年，敢於直書的解縉，升學
士兼右春坊大學士。

解縉以傾動天下的才名，為永樂前期第一文人。永樂帝寵遇解縉，以收士
子之心。解縉遇事敢言，無顧忌，又令永樂帝惱火。開始，尚能容忍，而國家
大製作，皆由解縉總領。曾棨《內閣學士春雨解先生行狀》云：「上方銳意稽
古禮文之事，詔修《列女傳》《永樂大典》諸書，公為刊定凡例，刪述去取，
並包古今，搜羅隱括，纖悉靡遺。公在朝專備顧問，言論剴切。彌綸黼黻之功，
不可殫述。」〔註10〕稍後，必欲置解縉於死地。清人查繼佐《罪惟錄》解縉傳
云：「乃往往微及漢王母以過寵致生覬覦，上怒，頗疏縉。高煦益使人謗縉漏
泄禁中語。會上欲征交阯，縉爭不可，上益怒，出縉為廣西右參議。」〔註11〕
更深的原因，是解縉修太祖實錄，不能善體上意。《國史唯疑》卷二云：「解學
士既下獄，逾年，會交阯陳季擴叛，搜得番書叛詞，經解手中多誣謗，文皇怒
遂不解，盆死獄中，諸門徒多逮繫者。解家譜又云，誣以私撰實錄及收藏《推
背圖》等書。想高煦輩實陰中之，謀毒甚，死不償責。」〔註12〕

解縉下獄，在永樂九年六月，罪名為「無人臣禮」。《明史》解縉傳云：「永
樂八年，縉奏事入京，值帝北征，縉謁皇太子而還。漢王言縉伺上出，私覲
太子，徑歸，無人臣禮。帝震怒。縉時方偕檢討王偁道廣東，覽山川，上疏
請鑿贛江，通南北。奏至，逮縉下詔獄，拷掠備至。」《明太宗文皇帝實錄》
卷一一六「永樂九年六月」云：「是月，交阯布政司右參議解縉有罪，徵下
獄。……初，縉之下獄也，獄吏拷治，索所與同謀。縉不勝楚，書大理寺丞
湯宗、宗人府經歷高得暘、禮部郎中李至剛、右春坊中允兼翰林修撰李貫、

〔註10〕解縉：《文毅集》附錄，文淵閣《四庫全書》本。
〔註11〕查繼佐：《罪惟錄》，續修四庫全書本。
〔註12〕黃景昉：《國史唯疑》，續修四庫全書本。

贊善兼翰林編修王汝玉、編修朱紘、檢討蔣驥、潘畿、蕭引高等塞責，皆下獄。後得暘、貫、汝玉、紘、引高相繼死獄中。」

九年十月，下詔重修太祖實錄，這是第二次重修。《明太宗文皇帝實錄》卷一二○「永樂九年冬十月乙巳（十七日）」云：

> 命重修《太祖高皇帝實錄》。上即位之初，命曹國公李景隆等監修，而景隆等心術不正，又成於急促，未極精詳。上巡幸至北京之初，命翰林學士胡廣等重修。至是，命太子少師姚廣孝、戶部尚書夏原吉為監修官，翰林院學士兼左春坊大學士胡廣、國子祭酒兼翰林院侍講胡儼、右春坊大學士兼翰林院侍讀黃淮、右春坊右庶子兼翰林院侍講楊榮為總裁官，左春坊左諭德兼翰林院侍講楊士奇、金幼孜等為纂修官。皆賜敕勉勵。

實錄所云李景隆等心術不正，純屬託辭。景隆失寵，在永樂二年，很快被軟禁在居所，一直到永樂末，受凍餒而死。從李景隆被囚到解縉下獄，相距7年，文皇沒有說過太祖實錄有什麼問題。《明太宗文皇帝實錄》卷九三「永樂七年六月己酉」云：「賜書皇太子。令諭德右春坊大學士兼翰林院侍讀黃淮、左春坊左諭德兼翰林院侍講楊士奇，以太祖高皇帝《御製文集》及《洪武實錄》點檢完備，封識，付老成內官一人，同錦衣衛指揮王真及翰林院官鄒緝、梁潛、李貫、王洪，送赴北京。仍令淮、士奇於朝臣內慎舉謹厚篤實、文學可稱者數人偕來。」充分表明，太祖實錄沒有不妥之處，頗洽文皇心意。然而，解縉一下獄，文皇立即宣稱太祖實錄未極精詳，要再次重修。所以，重修不是針對李景隆，而是專門對付解縉為首的一批文臣。

解縉樂於引拔士類，又誨人不倦。楊士奇為解縉作墓銘，云：「其教學者恆曰：寧為有瑕玉，勿作無瑕石。」解縉為人表裏洞達，文望最高，領袖群倫。有他在朝，文臣風氣難變。文皇將解縉下獄後，再次對文臣隊伍集訓，還是修太祖實錄。撰修人員更換許多，夏原吉《進太祖高皇帝實錄表》所列名單如下：

> 監修官戶部尚書臣夏原吉、總裁官翰林院學士兼右春坊右庶子臣楊榮、國子監祭酒兼翰林院侍講臣胡儼、纂修官翰林院學士兼右春坊右諭德臣金幼孜、翰林院學士兼左春坊左諭德臣楊士奇、翰林院侍講學士臣曾棨、翰林院侍讀兼右春坊右贊善臣梁潛、翰林院侍講兼左春坊左中允臣鄒緝、翰林院侍講臣王英、修撰臣余鼎、臣羅

汝敬、刑部主事臣李時勉、臣陳敬宗等，欽奉聖旨，修纂大明太祖
聖神文武欽明啓運俊德成功統天大孝高皇帝實錄，欽依修完，謹奉
表上進者。〔註13〕

此次重修，後來的臺閣體作家楊士奇、楊榮、夏原吉、胡廣、黃淮、金幼孜、
李時勉、陳敬宗、王英都參加了。

解縉總裁的那次，費時半年。這一次重修，花了近 7 年時間。今人謝貴
安所撰《明實錄研究》，評價這次的重修認為：「應該說，這次修纂比前兩次
都要認真，也補充了不少材料，如本次採用的《太祖高皇帝御製文集》就為
前兩次修纂所無。再修本只有 183 卷，而此次則為 251 卷，裝成 205 冊。但
是，這次重修纂改得『仔細』，也為前兩次所不及。朱棣在閱讀三修本《太祖
實錄》時，讀得十分認真，並認為達到了自己的要求。」〔註14〕據《明太宗
文皇帝實錄》卷二〇〇「永樂十六年五月庚戌朔」云：「監修實錄官行在戶部
尚書夏原吉、總裁官行在翰林院學士兼右春坊右庶子楊榮等，上表進《太祖
高皇帝實錄》。上具皮弁服，御奉天殿受之。披閱良久，嘉獎再四，曰：『庶
幾少副朕心。』又顧原吉等曰：『此本朝夕以資覽閱，仍別錄一本，藏古今通
集庫。』」

成祖以燕王身分，奪政為皇，名位不正。他兩次重修太祖實錄，引起後
人議論紛紛，都認為他想篡改歷史，隱瞞自己不光彩的一面。這種看法，實
際上是把永樂帝集訓文人的本意掩蓋了，須要釐清。

太祖實錄的傳主是朱元璋，永樂帝在該實錄中以皇四子的身分存在，以
燕王的身分鎮守北平。涉及朱棣的內容極少，也僅偶有不實。史學家評議最
多的有兩點，一是朱棣的生母，二是洪武帝駕崩前，呼喚皇四子。《明太祖高
皇帝實錄》卷八記朱棣出生云：「癸酉，皇第四子生，即今上皇帝。孝慈皇后
出也。」馬皇后不曾生育，故朱棣身分有假。但這不是像人們說的，朱棣為
了奪位而製造身分。黃雲眉《明史考證》引朱彝尊《靜志居詩話》卷一三沈
元華下注：「長陵每自稱曰『朕高皇后第四子也』。然奉先廟制，高后南向，
諸妃盡東列，西序惟碩妃一人。具載南京太常寺志。蓋高后從未懷妊，豈惟
長陵，即懿文太子，亦非後生也。」又引劉繼莊《廣陽雜記》一條云：「明成
祖母甕氏（黃按：與碩字音近，不知誰訛），蒙古人，以其為元順帝妃，故隱

〔註13〕夏原吉：《忠靖集》卷一，文淵閣《四庫全書》本。
〔註14〕謝貴安：《明實錄研究》，武漢：湖北人民出版社 2003 年版，第 128 頁。

其事。宮中別有廟藏神主，世世祀之，不關宗伯。有司禮監為彭躬庵言之：少時聞燕之故老為此說，今乃信也。」則朱棣生母為元順帝妃子，隱瞞出生，為高皇帝留顏面。馬皇后為高后帝嫡妻，朱棣自稱為高皇后第四子，原本不錯。這與《紅樓夢》中探春生母為趙姨娘，而探春稱王夫人為母，是同樣的道理。《明太祖高皇帝實錄》最後一卷，記太祖駕崩云：「乙酉。上崩於西宮。上素少疾，及疾作日，臨朝決事，不倦如平時。漸劇，乃焚香祝天曰：『壽年久近，國祚短長，子孫賢否，惟簡在帝心，為生民福。』即遣中使持符召今上還京，至淮安，用事者矯詔，即還。上不之知也，疾亟，問左右曰：『第四子來未？』言不及他。聞雨降，喜形於色，遂崩，壽七十一。」似乎要傳位於朱棣，但沒有明言。對於朱允炆立為皇太孫，實錄未曾諱言。卷二二一「洪武二十五年九月庚寅」云：「冊立皇第三孫允炆為皇太孫，祭告太廟。」

　　明人陳子龍《皇明經世文編》卷一三，收姚廣孝《與夏尚書》云：

　　　　僕衰老、欽蒙聖恩優存在家，終日杜門沈坐，惟觀佛待盡，餘
　　　無足言者。區區所念，《太祖實錄》，萬世法則，此是國家至重之事。
　　　廣孝年來奉命監修，忝與閣下同事，然僕耄且病，才短識暗，罔知
　　　所以，不過書名而已。爾蒙意實錄中，最難書者，發迹定鼎，征伐
　　　等項。且喜稿完，呈進了當。其餘事類，全賴閣下與祭酒、學士、
　　　諭德、諸總裁先生商議，凡事訪問稽考，從實修纂，補遺潤色，次
　　　第成書，以副上意也。如或延綏，歲月寖久，亦非所宜。惟閣下諒
　　　察。〔註15〕

通過這封私人信件，我們可以知道，太祖早年生活的記載太少，戰爭時期的資料嚴重不足，是兩次改修的一個重要原因，需要補遺。潤色也很重要，才能合皇帝的意。所謂潤色，指稍稍虛擬故事，以美化朱元璋。如實錄開篇，記太祖出生，虛構故事云：

　　　　母太后陳氏，生四子，上其季也。方在娠時，太后常夢一黃冠，
　　　自西北來，至舍南麥場，取白藥一丸，置太后掌中，有光起，視之
　　　漸長。黃冠曰：「此美物，可食。」太后吞之，覺。以告仁祖，口尚
　　　有香氣。明日上生，紅光滿室，時元天曆元年戊辰九月十八日子丑
　　　也。自後，夜數有光，鄰里遙見，驚以為火，皆奔救，至則無有，
　　　人咸異之。常遘疾。抱之佛寺，寺無僧，復抱歸。見室東簷下一僧

<hr>

〔註15〕陳子龍：《皇明經世文編》，四庫全書禁燬書叢刊本。

面壁坐，顧仁祖曰：「來。」乃以手撫摩上頂，旦日疾遂愈。

太祖實錄無論記燕王或是皇太孫允炆的內容，都極少。永樂帝上臺，組織文人班子，兩改太祖實錄，根本用意不是要抹去自己的什麼污點，而是訓練一支情感傾向他的文臣，應對方孝孺慘案後的士林離心狀態。太祖實錄的失實，主要是有意拔高朱元璋的形象，對於朱元璋製造的幾大慘案，曲筆維護。撰寫班子想直書其事，永樂帝就變相打壓，修撰人員最終體會了皇帝的隱秘心事，曲筆成史。永樂帝是一位有大才力的政治家，即使楊榮、胡廣等人入閣參機密，他也不可能直接向諸人面授曲筆成史的想法。他指責建文君時所修太祖實錄兼有失實，要求重修者據實直書。修撰隊伍是經過了挫折，其中重要人員付出了生命代價後，才領會了皇帝「兼有失實」的話外之意。

太祖實錄是明開國第一實錄，具有國史地位。當它曲筆成史後，所有參撰人員都捆在了同一根繩上。通過兩次重修太祖實錄，永樂帝為自己培養了一批臺閣體作家。臺閣體作家的根本任務是淨化歷史，讓文字記錄有利於永樂皇帝。他們對永樂政權的歌頌，不在太祖實錄中，而是詩文書寫。他們日後都能自覺地以文章歌頌皇帝聖德，大鳴國家之盛。

由《明太祖高皇帝實錄》鍛鍊出的這支隊伍，是臺閣體的主力。到英宗北狩時，臺閣體的重要作家尚存王直和陳敬宗，不僅三楊已經去世，李時勉也在景泰元年離開人世，臺閣體的興盛期到此結束。後來的丘濬、倪謙、蕭鎡、彭韶，雖然有一定的創作成就，從文壇大勢看，是臺閣體的餘韻。尤其是彭韶，情感傾向與前輩楊士奇等人明顯不同，已經近乎後來的李東陽了。《靜志居詩話》卷七《彭韶》分析最詳：

> 若《臨江詞》一篇，慷慨激烈，信足以起頑懦。其云：「後來姦佞儒，巧言自粉飾。叩頭乞餘生，毋乃非直筆。」蓋指修實錄者而言。考《高皇帝實錄》一修於建文元年五月，至三年十二月書成。再修於靖難後，至永樂元年六月書成。迨九年復修，至十六年五月書成。《文皇帝實錄》修自洪熙元年五月，至宣德五年正月書成。四次纂修總裁，楊東里一人均與焉。即如《書傳會選》，許觀景清實預纂修之列，今刊本猶書其名，而《實錄》去之。則建文諸臣在洪武中嘉言懿行，概從刪削，而顛倒其是非可知已。彭公所指斥，殆為東里言之乎？〔註16〕

〔註16〕朱彝尊：《靜志居詩話》，第 198 頁。

彭韶的批評，從側面見證了實錄修撰對作家書寫方向的制約。

由永樂皇帝培訓出的一批臺閣體作家，文章是其本色。他們也寫詩，便成了臺閣體詩人。

二、臺閣體詩的內容

臺閣體的成就在文不在詩，與永樂皇帝要體面地書寫歷史是相關的。歷史講述，主要依靠散體文，而不是詩歌。臺閣體詩，作為文的補充，可以緩和臺閣文的森嚴面目。臺閣文是嚴肅宣傳，臺閣詩則是娛樂感化。為了倡導一種臺閣詩，永樂皇帝在各種適當場合，都命文臣賦詩，評比高下，以引起整個文壇的臺閣風氣，向著皇家意識靠攏。

臺閣詩以頌瑞歌功、稱揚聖德為主要內容。

1. 頌祥瑞

臺閣體作家在成為作家的過程中，受到永樂皇帝的歸化教育。永樂朝廷以層出不窮的祥瑞，顯示帝命天授，令百官賦詩，移易讀書人的精神，從根子上剷除建文新政的影響。

永樂上臺不久，地方呈報異獸嘉禽，外國入貢土產珍奇，連年不絕，都被視為祥瑞之征。從祥瑞來源的記錄看，難以排除永樂帝作假的嫌疑。永樂初年，凡有祥瑞，文臣都受命賦詩。茲舉文臣數例：

解縉《文毅集》有《河清頌》《嘉禾頌》等。《河清頌》序云：

> 臣縉承詔總裁太祖聖神文武欽明啟運俊德成功統天大孝高皇帝實錄，自渡江七年辛丑冬十一月，三門磧下黃河清，實啟聖之徵，帝業由是遂成。明年，平江漢，又明年，服荊楚，又明年，定兩浙，又明年，克姑蘇，廓清中原，四表寧一，乃即帝位。紀元洪武之二年，三門磧下黃河復清，帝業由是而盛，高麗來朝，為海外諸國先，殊方接武而至。逾三十年，皇帝陛下重華協德，瑞應同符。紀元永樂之二年冬十二月戊辰朔，十七日甲申，三門磧下黃河清。……然自陛下即位以來，四方萬國之外，感恩慕德，不召不約，咸至於庭，瑞應大來，震動天地，不可掩抑，太平之業由是而極盛。臣縉職司紀載，歡欣無已，謹拜手稽首而獻頌。〔註17〕

《嘉禾頌》序云：

〔註17〕解縉：《文毅集》卷二，文淵閣《四庫全書》本。

今上皇帝服膺聖訓，念手澤之存，諷誦追維不能自已。乃永樂
三年九月朔旦，用摹勒於石，拓本裝治成軸，分賜諸王及近臣。於
是臣縉亦得與賜焉。又適有嘉禾之瑞……古先聖帝明王有日月光華
之德，其禮樂文章流風遺韻之傳，若《詩》《書》所刻，百世之下，
光景常新，猶足以使人欣慕，與景星慶雲諸福之物同一快睹，而況
身被其澤，目睹其盛，鼓舞涵濡，其有不發而爲華封之祝、康衢之
謠，以自鳴其慶幸之萬一乎？爰拜手稽首而獻頌。〔註18〕

解縉永樂初，與皇帝有短暫的君臣遇合，是作爲臺閣體作家來培養的。又是
文臣之首，瑞應詩自然少不了他的手筆。

黃淮《介庵集》卷一，有《聖孝瑞應詩》《神龜詩》。《聖孝瑞應詩》序云：

乃永樂四年十一月庚申，集天下道流即朝天宮，爲壇，建金籙
大齋，式展孝思。……聞諸福之物，先後迭見。臣庶上表賀，皇帝
情存謙抑，降詔固讓，謂古有道之君，聞祥思戒，益求助於臣，以
答靈貺。嗚呼！盛哉。……臣淮幸際明時，睹茲盛典，豈可無述以
垂後世。〔註19〕

《神龜詩》序云：

永樂二年冬十月，碑石克具，而厥趺未獲，工人旁求隱索，循
至於龍潭山麓，發土三仞許，有石龜一，伏於其隙，長不逾尺，而
廣半之，體質畢備，儼若趺形，更斫土數尺，得巨石，適與碑稱。
辛巳，工人乃迎石龜獻於朝，具述神靈顯休之意。皇上謙抑弗居，
以爲茲乃太祖皇帝功德格天，用致嘉應。……是則神龜之出，既足
以著誠孝之感孚，尤足以驗邦基之永固，又豈徒內外得宜之應哉？
臣謹獻詩一篇，敷揚盛美，庸告將來。〔註20〕

梁潛《泊庵集》，有《騶虞詩》《神龜賦》《河清詩》頌瑞。《騶虞詩》序
云：

乃永樂二年秋八月，皇帝家弟周王畋於鈞州，厥有異獸，白質
黑章，猊首虎軀，其狀孔威，不可迫視。王俾部曲俟之，其性孔仁，
遂擾致之。以詢之故老，蓋古所謂騶虞者，此其是已，夫惟人君有

〔註18〕解縉：《文毅集》卷二，文淵閣《四庫全書》本。
〔註19〕黃淮：《介庵集》，四庫全書存目叢書本。
〔註20〕黃淮：《介庵集》，四庫全書存目叢書本。

至信之德則見。於是九月丁未，王率厥屬表獻闕下，皇帝服皮弁服，御奉天殿以觀。……臣潛忝職記注，苟不形之歌詠以垂示無窮，厥為不職。謹百拜稽首而獻詩。〔註21〕

《神龜賦》序云：

> 永樂二年十月，皇上思惟太祖高皇帝成功盛德，將紀功孝陵，以告萬世。既得碑，求趺未獲。獲神龜，乃並得趺焉。臣潛百拜稽首而獻賦。〔註22〕

《河清詩》序云：

> 維永樂二年十有二月十七日，河水清，自蒲津溯韓城凡三百里。……既明年正月，有司詣闕下言狀，群臣皆頓首賀，皆以謂河清者，太平之應也。臣退而考之傳記，自古禎祥之臻，必由乎人君功德宏普，默符潛召，而其徵應之大，又莫有過於河者。……今河清之祥，昭著倬倬，其可不形之歌詠，垂示萬世，以傳之無窮也哉？臣謹拜手稽首而獻詩。〔註23〕

夏原吉《忠靖集》，有《河清》詩。《河清》序云：

> 永樂二年冬十二月十七日至永樂三年春正月十八日，黃河水清凡數百里。於是秦王及高平王相繼奉表稱賀，上謙讓弗居。群臣固請，咸謂不可不承天心以虛靈貺，遂俯徇輿情，受賀於奉天殿，慶協神人，歡騰朝野。狩歟盛哉！誠亙古以來非常之奇遇也。……臣原吉忝綴六卿，獲瞻盛事，雖匪才淺學，莫克稱揚，然忭忭之餘，不容自默。謹拜手稽首而獻頌。〔註24〕

胡廣《胡文穆公文集》卷九，有《河清賦》，序云：

> 永樂三年，春正月癸卯，高平王、平陽王奏，禹門津黃河清。朝臣歡動，以為皇上聖德所致，進表稱賀。皇上謙抑弗居。未幾，秦王暨山西守土之臣，亦皆來奏，見者謂其清如碧玉，洞鑒毫髮。既而成五色，經三旬有二日，漸復其舊。稽之載籍，黃河千年一清，聖王之大瑞，而五色者尤瑞之大者也。恭惟皇上以至德之聖，主敬

〔註21〕梁潛：《泊庵集》卷一，文淵閣《四庫全書》本。
〔註22〕梁潛：《泊庵集》卷一，文淵閣《四庫全書》本。
〔註23〕梁潛：《泊庵集》卷一，文淵閣《四庫全書》本。
〔註24〕夏原吉《忠靖集》卷一，文淵閣《四庫全書》本。

之躬，作配天地，廣運神化。瑞應之來，適當其期。臣叨陪侍從，幸睹茲盛事，宜有紀述，以傳誦將來。〔註25〕

楊士奇《東里文集》，有《河清賦》：

歲在旃蒙，月維攝提，其日癸卯，晨光初晞，祥飆融暢，慶雲爛垂。天子御丹扆，闢彤闈，班龍節，建鸞旗，肅九重之容衛，紛百辟其來趨，促武乎金門，屏息乎彤墀。乃有陪臣晉國之使，俯伏殿陛，陳詞獻匭，上言河清：「河津之涘，發書訊占，聖王之瑞，臣實睹之，敢告天子。」天子曰：「嘻！天道應人，必以類至。作德者降祥，弗德者垂戒。予未究乎愼修，其何以與於是也？」使者既出，時則徹侯、上公、群卿列秩，仰聆玉音，愉愉忔忔，固已識其靈祥，未備究乎事實，退就使者而悉焉。使者曰：「昉河流之將清，蓋先時而異狀。其始也沈碧凝黛，流丹曳虹，忽易復殊，黈色彌望，炯素華之皓潔，泛玄晶而滮沆……」於是聞者俯而思，顧而言，曰：「河之發源出乎崑崙，淤澱淚漫，混混渾渾，濁涇方之而尚冽，潢潦擬之而同昏。然而其清爲聖君之瑞，見於子年《拾遺》之記；兆天下之平，出乎京房《傳易》之論。洪惟我皇繼序太祖，道合羲軒，功隆舜禹，政教施乎萬邦，德澤流於九土，斯河清之協應，豈偶然之故也！蓋水之爲用，滋潤長育，六府所敘，功同土穀造化，於是而發祥，非在惠養斯民而致其豐足者乎？革去濁污，瑩然湛明，非在蕩除貪穢而用夫廉清者乎？斯盛治之所本，豈尋常之爲異？雖聖德之弗居，諒天意其有在。固將表治化之熙明，而徵太平於聖世也。躬逢盛事，振古所希，拜手陳賦，繼以歌詩。詩曰：水先五行兮，天一攸生。維河之祥兮，革污爲澄。千歲一見兮，協我聖明。澤流潔清兮，隆化斯徵。於千萬年兮，邦家之慶。（按：此賦記永樂二年乙酉年正月初六日事，是日爲癸卯。）〔註26〕

「黃河清，聖人生」，是世代相傳的說法。永樂皇帝引導文臣大寫《河清頌》，爲詩歌定下基調。這既是爲了當時的固定人心，也還爲了光輝永垂歷史。在皇帝有心控制意識的非常環境下，文臣不得緘默，正如梁潛所說：「苟不形之歌詠以垂示無窮，厥爲不職」，如夏原吉說的「不容自默」。

〔註25〕胡廣：《胡文穆公文集》，四庫全書存目叢書本。
〔註26〕楊士奇：《東里文集》卷二四，第355～356頁。

永樂帝大講祥瑞，率令文臣頌瑞。風氣相續，仁、宣時代，未見改變。留下了數量可觀的頌瑞詩。胡廣《胡文穆公文集》有《麒麟賦》（永樂十二年）、《騶虞詩》（永樂二年八月）；楊榮《文敏集》有《甘露詩》（永樂十年十月）、《瑞應騶虞詩》（永樂十一年）、《瑞應麒麟詩》（永樂十二年秋）；金幼孜《金文靖集》有《瑞應麒麟賦》（永樂十三年）、《獅子賦》（永樂十三年）、《聖德瑞應賦》（永樂十五年）、《瑞應甘露詩》（永樂十七年）、《馳雞賦》（永樂十七年）；楊士奇《東里集》有《甘露賦》（永樂十年）、《瑞應玄兔詩》（宣德四年）；夏原吉《忠靖集》有《麒麟》（永樂十二年秋）、《瑞應白鳥》（宣德四年）；王直《抑庵文集》有《瑞應玄兔頌》（宣德四年）、《瑞星詩》（宣德五年十二月）、《瑞應麒麟頌》（宣德八年）、《瑞應景星頌》（宣德八年閏八月）；李時勉《古廉集》有《瑞應景星賦》（宣德八年閏八月）。一些沒有標明因什麼時期吉瑞而頌的詩，也都是群臣同賦，各集互見。如賦麒麟，有李時勉《麒麟賦》、王直《瑞應麒麟賦》、金幼孜《瑞應麒麟賦》（按：金氏有兩篇《瑞應麒麟賦》，另一篇紀永樂十三年祥瑞）；詠象，有李時勉《白象賦》、金幼孜《瑞象賦》、楊士奇《白象賦應制》、楊榮《白象歌》。

所謂祥瑞，乃是政治詮釋的結果。試看元末葉子奇《草木子》卷三，記黃河變清一事：

> 至正二十二年間，黃河自河東清者千餘里，河魚歷歷大小可數。
>
> 庚申帝聞之，慘然不樂者數日。群臣奏曰：「河清王者之瑞，胡爲不樂耶？」上曰：「傳云：黃河清，聖人生。當有代朕者。」群臣復曰：「皇太子生子，是陛下聖孫即其應也。」上笑而釋。〔註27〕

同樣是黃河水偶然變清，元順帝懷憂，永樂懷喜。詮釋方向不同。

永樂初登位，災變其實更明顯。僅舉《明太宗文皇帝實錄》所載元年、二年地震如下：

> 廣東、湖州府地震。（卷二二「永樂元年八月辛未」）
>
> 夜，北京順天府地震。（卷二五「永樂元年十一月甲午」）
>
> 夜，京師地震，濟南府城西地震有聲。甲寅，上以京師地震，召文武群臣諭曰：「隆古聖王之世，山川鬼神莫不寧，皆由君德修於上，臣職修於下，感應之機不誣。後世君臣不能如古，故災異數見。

〔註27〕葉子奇：《草木子》，文淵閣《四庫全書》本。

今地震京師，固由朕之不德，然卿等亦宜戒謹修職，以共迴天意。
凡軍民有不便之事，當速改之。」周世子有燉來朝，命皇太子宴於
文華後殿，其從官宴於西廡。夜，河南開封府地震。（卷三六「永樂
二年十一月癸丑」）

按照儒家的傳統觀念，地震頻現，當屬君上失德，政治悖亂所致。永樂
帝在解釋永樂二年的地震時，言語吞吐，最終歸咎於大臣不能盡職。

2. 紀聖功

永樂在位期間，數次北征，陪扈的文臣專供撰寫碑文，勒石紀功。金幼
孜、胡廣、楊榮三人，多次隨永樂北征。胡廣工書法，凡勒石紀功，多由他
寫字。金幼孜撰有《北征錄》《北征後錄》，楊榮撰《後北征記》，是以文紀勝。
詩歌則隨時有作。金幼孜有《冬十一月廿三日隨駕閱武於齊化門外》《三月十
日隨駕獵海子上奉簡胡學士楊庶子》《九日侍從車駕出南郊登高》《九月十八
日扈從車駕出居庸關外較獵》《扈從狩陽山次韻答胡學士》《扈從再狩武岡次
學士胡公韻》《隨駕至昌平登萬壽山》等詩，楊榮有《神應泉詩》《隨駕幸南
海子》《度野狐嶺》《次興和舊城宴別夷人》《度居庸關》《自宣府至德勝關》
等詩，胡廣有《扈從詩集》四卷，專寫北征途中見聞感受。這一類詩，政治
意識強烈，缺乏個人情感，隨事敷陳，也就無興味可言。如下面兩首：

居庸峻絕自天成，鳳翥龍驤壯北京。猛士防邊嚴警柝，行人駐
馬聽泉聲。雲連幽薊千峰立，地接華夷萬里程。聖代車書今一統，
遐方無事樂昇平。（楊榮《度居庸關》）

羽士如林亦壯哉，長風萬里蹴飛埃。雕弓射雁雲中落，錦臂韝鷹
馬上來。絕壁重重圍網近，高峰獵獵豎旗開。從臣載筆長楊里，譾
薄慚無獻賦才。（金幼孜《九月十八日扈從車駕出居庸關外較獵》）

胡廣的詩才較勝。其紀四次北征的詩，從出京寫起，按照所經途路依次
寫作，一直寫到回京。每次如此。四次扈從，為詩四卷，開卷篇分別為《春
日扈從幸北京》《永樂癸巳再扈從北京首出都城》《春日扈從北征初發北京》《永
樂甲午扈從征北虜初出北京》，收卷詩分別為《度盧溝橋》《到北京》《歸至北
京》《到家》。胡廣文章無可取，而詩思清朗。如下面兩首：

高皇發迹自濠梁，萬古中都建鳳陽。山勢西來臨海盡，河流東
合接天長。九霄日月旋丹殿，五色雲霞衛帝鄉。聖主北巡因駐蹕，
靈泉石室重輝光。（《過鳳陽》）

一夜狂風響怒濤，飛沙如雪上征袍。帳中聽角渾無寐，臥看轅
門月色高。(《阜城即事》)

楊榮、金幼孜、胡廣等，數次扈從成祖北征。如果我們僅據《明史》，還
以爲他們隨時有所獻策。其實不然。金氏《北征錄》《北征後錄》及楊榮《後
北征錄》記敍詳細，今取《北征錄》數節，以見大概：

二十六日，駐蹕興和。上祭所過名山大川。上駐馬於營前，召
幼孜等謂曰：「汝觀地勢，遠見似高阜，至即又平也，此即陰山脊，
故寒，過此又暖。爾等昨日過關，始見山險，若因山爲塹，因壑爲
池，守此，誰能輕度？」幼孜等頓首曰：「誠如聖諭。」

……

初九日，駐蹕鳴鑾戍。上大閱武誓師，六軍列陣，東西綿互數
十里。師徒甚盛，旗幟鮮明，戈戟森列，鐵騎騰踔，鉦鼓震動。上
曰：「此陣孰敢嬰鋒！爾等未經大陣，見此似覺甚多，見慣者自是未
覺。」先是東風，及鼓作，徐轉南風。上悦，大飲將士。午回營。
夜召幼孜三人至帳殿前，語至二鼓始出。

……

初九日，上以輕騎逐虜，人各齎糧二十日。其餘軍士，令清遠
侯帥領駐筍河上。扈從文臣，止令尚書方賓及光大、勉仁數人隨行。
命幼孜留營中。初十日早，雨。駕將發，余同光大詣帳殿見上，請
隨駕同往。上曰：「爾不能戰陣，往亦無益。前途艱難，朕一時顧盼
有不及，或爲爾累，爾留此豈不安？」幼孜叩頭，不勝感激。食後，
送光大、勉仁出營門，馬上相別，殊覺愴然。是日，哨馬營獲胡寇
數人及羊馬輜重送至大營，清遠侯復遣人護送馳詣上所，蓋欲以爲
嚮導也。

……

十三日，次廣漠戍，歸大營。上逐虜於山谷間，復大敗之，久
方回營。幼孜三人見於帳殿，上語破賊之故，復加慰勞，幼孜三人
叩頭謝。〔註28〕

成祖長年鎭守燕京，熟悉北方風土。上面數節所紀，皇帝是一位熱情的導遊，

〔註28〕陸楫編：《古今説海》卷一，文淵閣《四庫全書》本。

而金幼孜等文臣是隨軍觀光者。成祖自己能打仗，不需要他們出謀獻策。《國史唯疑》卷二云：「初入文淵閣七人：解縉、胡廣、黃淮、胡儼、楊士奇、楊榮、金幼孜，未幾縉外謫，儼出爲祭酒，淮、士奇往輔導東宮，余不聞有所補進。豈閣務亦漸解，仍歸獨斷耶？或初登極，章奏紛填，略藉平駁耳。觀文、榮、幼孜之屢從北征，僅供題碑草敕之役，毫非興事，可想見當日舉止。」文臣既然僅僅職在撰述，那就得用詩文歌頌太平，以報聖上導遊之恩。

3. 載聖德

仁宗上臺，一改永樂帝的鐵血統治方式，對待臣民比較溫和。永樂帝七月死，仁宗八月正式理政，就在八月，他釋放了被父親囚禁的楊溥、黃淮和夏原吉。夏原吉丁憂請終制，卻得到了誠懇的挽留。楊士奇《少保戶部尚書贈特進光祿大夫太師諡忠靖夏公神道碑銘》云：「仁宗皇帝嗣位，即日復公戶部尚書。公以母喪未終辭，仁宗曰：『國家不幸有大事，正朕與卿等協心比力之時，如卿以親喪辭，則朕亦未當在此。』公乃不敢復言。遂加少保，仍兼戶部尚書，賜玉帶。」〔註29〕又允許年老官員退休，《明仁宗昭皇帝實錄》卷二「永樂二十二年八月己巳」云：「少保兼吏部尚書蹇義等奏，『文官有年七十者，請遵洪武舊制，令致仕還鄉。如其人鄙猥闒茸，或有疾，而年未及七十者，請罷免爲民。』上曰：『然。』著爲令。」

建文諸臣得到了寬大處理。永樂帝最爲忌諱的方孝孺，首先得到了仁宗的正面肯定。《明通鑑》卷一八云：「上謂諸臣曰：『建文諸臣，已蒙顯戮。然方孝孺輩，皆忠臣也。』越日，遂有是命。」所謂「遂有是命」，是指《明仁宗昭皇帝實錄》卷七「永樂二十二年十一月壬申朔」所云：「御箚付禮部尚書呂震曰：建文中姦臣，其正犯已悉受顯戮，家屬初發教坊司、錦衣衛、浣衣局並習匠及功臣家爲奴今有存者，既經大赦，可宥爲民，給還田土。凡前爲言事失當謫充軍者，亦宥爲民。」永樂帝視爲首惡的齊泰、黃子澄，其家屬也得到寬恕。《明仁宗昭皇帝實錄》卷八「永樂二十二年十二月癸卯（初二）」云：「上聞建文姦臣齊、黃等外親全調戍邊者，有田在鄉悉荒廢。令兵部：每家存一丁於戍所，餘放歸爲民。」

永樂時期的冤案，一一得到平反。前翰林院修撰王汝玉、前左春坊左中允尹昌隆、前右春坊右贊善梁潛、前翰林學士解縉，都在永樂年間死於非命。

〔註29〕楊士奇：《東里文集》卷一二，第180頁。

到仁宗時，全部被追贈官爵，或赦免所犯罪行。

仁宗執政不足一年即駕崩，宣宗繼位。三楊及黃淮，作爲先朝老臣，受到更多的優寵。此時的政治運行，繼續了仁宗寬厚溫和的步調。

仁、宣二帝，不像永樂那樣武勇，而是偏於文雅。如明人葉盛《水東日記》卷一一，記載了仁宗爲太子時致書徐善述請益文學的事：

> 皇太子致書贊善好古先生：「余今欲學作表，卿可一如詩題，立例意思，余爲構文請益。」好古具詩題與表題，間日封進，以廣琢磨。「今晨覽卿爲余所改之詩，甚是丰采清雅，眞有益於日新。但卿疾不痊，未及存問，日見擾煩，豈尚古優待高年才望之士乎？然優待之心，豈忘今朝夕？但卿今年邁，恐余爲學有日。似卿樸直苦口者，百無一二。面諛順顏者，比比有之。故特相爲覼縷者，爲卿才德直謇。趁卿康健，篤於其事，卿無憚勞，弼余成業。惟望藥石之言日甚一日，毋務犯鱗觸諱之慮。若余成學，報答之禮，豈得忘之！春暖猶寒，當善爲湯藥，順時將息，以慰余懷。旨不多及。永樂十六年三月初二日。」〔註30〕

仁宗在東宮時，也曾多次向楊士奇請教詩文。楊士奇《聖諭錄》，備載其事。

宣宗好文，又過其父。《藝苑厄言》卷五云：「宣宗天縱神敏。長歌短章，下筆即就。每遇南宮試，輒自草程序文，曰：『我不當會元及第耶？』而一時館閣諸公，無兩司馬之才，衡、嚮之學，不能將順黼黻，良可歎也。」〔註31〕清人湯斌《擬明史稿》卷一五《錢習禮傳》云：「宣宗好文翰，屢燕見儒臣。元夕召近臣觀燈，萬歲山賜宴，習禮與諸臣賦詩以獻。又駕幸史館，親賦《招隱歌》以示習禮。」〔註32〕

臺閣體作家，從緊張的永樂朝走入仁、宣時代，文化環境寬鬆，對皇帝的歌頌，由紀聖功變成感聖恩。今略舉例，以見盛況。

楊榮有《元夕賜觀燈》《賜遊萬歲山詩》《賜遊東苑詩》《神功聖德詩》等詩，紀宣德三年盛事。賜觀燈、賜遊某地，這些題目就表明了皇帝的恩賜。《神功聖德詩》是一組詩，序云：

〔註30〕葉盛：《水東日記》，文淵閣《四庫全書》本。
〔註31〕王世貞：《弇州四部稿》卷一四八，文淵閣《四庫全書》本。
〔註32〕湯斌：《擬明史稿》，明代傳記叢刊本，臺北：文明書局1991年版。

　　　　臣榮自惟一介草茅，素無寸補，伏蒙皇上寵任，屢蒙眷顧，當
　　出關剿賊之際，扈從文臣武將多弗得與，特命臣榮侍駕前驅，日在
　　左右，時時慰勞以酒食。天語丁寧，誨諭諄切。臣榮雖粉骨糜身，
　　何能補報？及今隨侍回京，夙夜思念，聖恩深重，不能自己。……
　　遂不揆淺陋，謹以耳目所聞見者，立題追述當時歷歷，共賦七言律
　　詩一十五首，拜手稽首上獻。顧不足以鋪張皇上神功聖德於萬一，
　　抑可以少紀其實，以示夫後之人焉。〔註33〕

組詩由《巡邊》《閱武》《得邊報》《駕渡灤河》《出喜峰口》《逾偏嶺》《度萬
塔黃崖》《次會州》《破敵》《北征》等構成。《明史》楊榮傳云：「三年從帝巡
邊，至遵化。聞兀良哈將寇邊，帝留扈行諸文臣於大營，獨命榮從。自將輕
騎出喜峰口，破敵而還。」《神功聖德詩》為此而作。這些詩不以歌功為目的，
意在頌德。如《閱武》：

　　　　聖主戎衣振武功，六軍意氣總驍雄。帳前戈甲飛騰處，塞上風
　　雲指顧中。赫赫天威臨御宸，棱棱殺氣互晴虹。枯摧朽拉應無敵，
　　四海謳歌樂歲豐。

　　金幼孜沒有扈從巡邊，但有同一內容的《凱旋詩》組詩，一共 12 首。其
序云：「豐功駿烈，巍巍煌煌，照耀天地，所以造生民無窮之福，開國家萬年
之業者，至矣。雖虞舜周宣之烈，何以過哉！臣使回至寧州，伏睹班師詔下，
無任欣抃，愧不獲親奉鑾輿，目擊盛事，途次用撰詩十二首，以備紀述，謹
於覆命之日，俯伏闕下以獻，乞賜聖覽，不勝幸甚。」〔註34〕幼孜詩才，較
楊榮略勝。如組詩中兩首云：

　　　　周宣北伐中興時，紀述於今尚有詩。此日時巡因閱武，盡殲群
　　寇鎮邊陲。

　　　　萬乘巡邊奏凱旋，千官齊賀九重天。河清海晏昇平日，一統華
　　夷萬萬年。

　　《文敏集》中以恩賜內容為題的詩到處可見，如《賜遊西苑詩》，紀宣德
八年事。四月二十六日，宣宗陪皇太后遊西苑，御賜楊榮、楊士奇、楊溥、
黃淮等 15 人同遊西苑，賜宴萬歲山麓。楊榮《賜遊西寺苑詩》序云：「臣榮
伏思皇上之恩，天高地厚，曠古以來所未嘗有。而臣以一介草茅，幸際聖明，

〔註33〕楊榮：《文敏集》卷一，文淵閣《四庫全書》本。
〔註34〕金幼孜：《金文靖集》卷五，文淵閣《四庫全書》本。

屢沐恩遇，夙夜兢惕，深以弗克盡職爲愧。茲復得預斯列，敢不竭盡心力，以圖報稱？用是不揣蕪陋，謹撰古詩一首上進，伏惟聖覽。」〔註35〕詩末云：

> 天恩曠蕩錫宴樂，玉酒滿酌黃金巵。聖皇仁明盡誠孝，四海生
> 民安德教。微臣欣得預茲遊，際遇昇平何以報？瞻依日月拜九天，
> 寸心感激惟惓惓。永歌天保羣祝頌，聖壽皇圖萬萬年。

黃淮撰有同名《賜遊西苑詩》，存《介庵集》卷十。序云：「竊臣淮一介儒士，叨逢隆遇，茲者復蒙以非常之恩，天高地厚，莫罄名言。自愧才庸質懦，不能補涓埃，輒效康衢之謠，撰述近體五章，祝聖壽於萬萬年。」其五首七言律，每篇末句總結主旨，直接頌聖，如「下界塵寰遙在望，光華咸仰聖明君」，「仁恩涵育春無際，正及河清海晏時」，「願祝皇圖磐石固，垂衣端拱樂昇平」，等等。試看一首完整詩：

> 輦路西回第幾重，翠微環蠧護房櫳。宸閫遊幸崇華構，孝養純
> 誠仰聖衷。鑾馭每從花外度，虹橋近向柳邊通。兩宮福壽齊天地，
> 萬國均霑雨露濃。

西苑賜遊，諸臣同詠，正如王直《賜遊西苑詩引》所云，「西苑之遊，上賜也。同遊者凡十五人，賦者七人而已，所以頌上之德而鳴國家之盛也。」

宣德年間，這種一事而諸臣吟詠，主意相同，在臺閣體作家文集中，比比皆是。

三、臺閣體詩的風格

臺閣體詩，總體風格是春容宏敞，這與它所要表達的內容一致。君臣相遇，歌詠太平，持守君臣禮節，文字必有所節制收斂，不得脫略規矩任意縱橫，要有一種徐疾適度的態相，所以它春容；應制之作，供廟堂歡娛，表現的是富貴氣象，所以它宏敞。臺閣作家余學夔《北軒集》卷二《跋北征詩後》云：

> 《北征詩集》者，翰林學士金公幼孜從征虜作也。永樂八年春二
> 月，皇上親率六師征討虜孽。公時以右春坊右諭德兼翰林侍講，專
> 辭命，參謀議於戎馬之間。自居庸至靜虜，龍沙萬里，關塞原野、
> 川麓崖谷之險夷，草樹、禽獸蟲魚、風氣雲物、軍容兵陣之奇變，
> 執俘獻馘、茂勳異績之偉烈，可以關風化，紀行役，頌功德之事，

一寓於詩焉。達之沉雄慷慨之中，而有和平雅正之韻，渢渢乎，灝
灝乎，一唱三歎，有遺音者也。〔註36〕

余氏所言「和平雅正之韻」，和平即是舂容，雅正即是廟堂之音，即是宏敞。
這可以概括臺閣詩的總體風貌。

舂容宏敞的負面意義，恰如《詩》之雅頌，應景多而眞情少，不如十五
《國風》能感動人。明人何喬遠《名山藏》卷八六《臣林記》云：「大學士楊
士奇臺閣之體，當世所推，良以朝廷之上，但取敷通。亦由揆端之務，未遑
該洽，相沿百餘年間，有依經之儒，而無擅場之作，漸使然也。」〔註37〕《列
朝詩集小傳》乙集卷一《楊少師榮》云：「館閣自三楊而外，則有胡廬陵、金
新淦、黃永嘉；尚書則東王、西王；祭酒則南陳、北李；勳舊則東萊、湘陰；
詞林卿貳則有若周石溪、吳古崖、陳廷器、錢遺庵之屬，未可悉數。余惟諸
公勳名在鼎鍾，姓名在琬琰，固不屑與文人學士競浮名於身後。我輩徒以先
達遺文，過爲尊奉，不能刻畫眉目，反致簸揚糠秕，如石倉十二代之選，亦
奚以爲？茲所撰錄，於先代元老大集，或僅存二三，或概從繩削，豈敢如昔
人所云『爲魏公藏拙』乎？」〔註38〕然而，錢謙益所謂「爲魏公藏拙」，因爲
《列朝詩集》所選，用意在「備典故，采風謠，汰冗長，訪幽仄，鋪陳皇明，
發揮才調」，而臺閣體詩離風謠才調甚遠，所以入選極少。

在舂容宏敞的總風貌下，臺閣詩人又有細微不同，所謂大同小異。《明詩
綜》諸評，謂楊榮，「東楊詩頗溫麗，上擬西陽不及，下視南陽有餘」；夏原
吉，「當時詞臣爭獻賦頌，夏公長律會粹而詳書之，具見閎麗。讀之，如覽西
周王會之圖，披北魏南齊符瑞之志，亦可云詩史矣」；金幼孜，「文靖扈駕北
征，大漠窮沙，靡不身歷，故其詩時露悲壯之音」；李時勉，「忠文古之遺直，
不以詩名，而《扶風》數篇，雖未遠擬《秋胡》，要非拙手可辦」；陳敬宗，「祭
酒清德與李忠文並重，號南陳北李，詩特雍容溫粹，洵稱盛世之音」。〔註39〕
陳田《明詩紀事》，謂李時勉，「詩乃清婉可味」；王直，「東王詩沖融雅飭，
可肩隨西楊」；陳敬宗，「向推其應制諸作，余謂五字詩尤沖澹，有韋、柳遺
意」；倪謙，「尚書在朝，頗稱躁進，卒以萬安銘墓，尤致譏議。詩不爲選家

〔註36〕 余學夔：《北軒集》，四庫未收書輯刊本。
〔註37〕 何喬遠：《名山藏》，四庫禁燬書叢刊本。
〔註38〕 錢謙益：《列朝詩集小傳》，第163頁。
〔註39〕 朱彝尊：《明詩綜》，文淵閣《四庫全書》本。

所稱。余觀其七古，勁健拔俗，不愧當家，固不失爲一時騷雅之選也」；蕭鎡，「史稱其學問該博，文章爾雅。余檢《尙約集》，五言沖淡，有韋、柳遺意」。二家所評，各就其所喜爲論，不能盡同。

　　臺閣體諸詩人中，除了楊士奇外，胡廣的詩較有成績。楊士奇的文學成就，歷來評價最夥，無須贅言。這裡說一說胡廣。《明詩紀事》論曰：「光大詩和平蘊藉，西楊稱其近體，尙非溢美。」又引《東里集》云：「文穆爲文，援筆立就，頃刻千百言，沛然行雲流水之勢。賦詩取適性情，近體得盛唐之趣。工書法，行草之妙，獨步當世。」

　　胡廣的一部分詩，存有眞實的個人情感。別的臺閣作家顧及身分，對於私人化的情感，不肯充分言說，喜歡拿腔捏態，相反，胡廣敢於表露。他隨帝北征，曾兩次在宿州見親人徐氏姊。第一次北征，有《到宿州入城見徐氏姊》：「離京喜到宿州城，旅寓相看骨肉情。一夜□□□不□，百年爲客念平生。愁心寂寞空齋冷，別思□□□月明。莫怪臨岐俱忍淚，他鄉沾灑易成傾。」第二次北征，過宿州，又有《宿州見徐氏姊》：「一見一回別，一別一傷悲。依依骨肉情，戀戀庭闈思。同氣五六人，契闊成乖離。伯兄客幽薊，長姊歇江涯。仲姊居故鄉，已說鬢髮絲。季姊戍山海，死生殊未知。姊隨官宿州，我宦在京師。旅寓偶相會，惻然淚先垂。喜我榮扈從，念我恒驅馳，酌酒慰羈懷，勸我以盈巵。剪燭到夜闌，雖倦已忘疲，款款意難盡，拂曙復言辭。問我幾時還，約我重見期。再拜出門去，行道意遲遲。」兩詩寫私人情意，純以家常語道出，不過多修飾，愈覺眞摯。這段經歷，發生在北征途中，作者正有扈從之榮。從第二首詩中，可以讀到親情離別之外的哀愁，這是永樂十一年的北征。

　　兩年前，胡廣的兒女親家解縉已經下獄，《明史》解縉傳云：

　　　　縉初與胡廣同侍成祖宴。帝曰：「爾二人生同里，長同學，仕同官。縉有子，廣可以女妻之。」廣頓首曰：「臣妻方娠，未卜男女。」帝笑曰：「定女矣。」已而果生女，遂約婚。縉敗，子禎亮徙遼東，廣欲離婚。女截耳誓曰：「薄命之婚，皇上主之，大人面承之，有死無二。」及赦還，卒歸禎亮。

上述悔婚，及《明史》金幼孜傳，又云北征途中，幼孜與楊榮、胡廣三人在林中迷失道路，胡廣不顧二同僚，獨自先走，都與胡廣爲人不相類，大有可疑處。《胡文穆公文集》卷三有《早行同金諭德迷道入山中》，云：「從征來塞

外，與子惑多岐。空谷影侵寂，寒風聲正悲。心懸馳虎旅，目極望龍旗。忽聽孤飛雁，哀鳴北去遲。」又有失題詩，小序云：「與楊庶子、金諭德塞外尋五雲關歸大營，日暮迷道，入山間，遂相失。僕同金侍郎奔馳一宵，倦宿草間。黎明，與二友遇。午至錦水磧大營。」豈有不顧僚友而去，又寫詩回憶相慰，不知羞恥一至如此之人？金幼孜《北征錄》，記迷失道路一事甚詳。只說「三人偕行」，三人同時至軍帳。在探路過程中，「有小石戴大石，層疊高低宛如人所爲者。自興和至此，地無寸木，但荒草而已。惟此石壁之半，生柏樹一株，甚青翠可愛，如江南人家花圃所植者。幼孜呼光大曰：『此亦塞外一奇觀。』」由兩人記錄互參，《明史》所載，顯然失實，大誣胡廣。茲不繁論。只強調一點，悔婚不可信，朋友解縉下獄後，胡廣的情緒十分壓抑。

胡廣篤於友情和親情，使其臺閣詩能突破節制，有可讀之處。《胡文穆公文集》有大量的友情親情詩，如《以扇寫竹石題寄黃叔昭》《北京別家兄》《哭鄭博士孟宣》《楊諭德以張眞人畫寄其兄仲基索予題詩其上》《秦淮醉別庶吉士李昌祺還省》《題金侍講脊令》。北征道上，他懷念京中諸友，也不時寄詩，如《出塞寄玉堂諸友》《塞外寄胡祭酒兼柬玉堂諸公》。

胡廣第四次扈從北征，在永樂十二年，解縉還在獄中。此次北征回來，隊伍將到京城，胡廣寫有《廿九日早至沙河歇馬田家》，云：「下馬田家坐土床，倦來倚枕色淒涼。窗前小婦殷情問，爲喜征人及故鄉。」文意不能通，省略了很多難言的內容。收卷詩《到家》二首，一派蕭索：

> 入門喜氣滿中閨，已見行人不用乩。舉室俱歡愁盡遣，比鄰相慰酒能攜。且休官馬閒羈繫，便脫征衫洗滓泥。一去還家經半載，野蒿長得與牆齊。

> 驅馳萬里慶生還，路過紅橋覺尚艱。芳草廢宮元氏壘，愁雲淒雨伯顏山。風霜只擬催年換，塵土何緣促鬢班。鮑照可憐才俊逸，空將詩賦老江關。

如果刊刻不曾有誤的話，兩詩就是連格律都不顧及，可見情緒無奈。「空將詩賦老江關」，含著自己的身世感歎。胡廣原名靖，由建文朝反歸永樂帝，帝爲改名廣。永樂帝將明都由金陵遷北京，胡廣等文臣，隨帝北移，並且留滯京都，至死不能歸省，大約可比庾信老死北朝。

胡廣此前的北征詩，與上面不同。第二次北征回京，《到北京》云：「三更已渡桑乾水，曙色熹微到北京。雙闕雲霞浮瑞氣，萬家煙柳映春晴。香風

徐引鸞輿度，仙樂遙聞鳳管聲。載筆詞臣今又到，只將詞賦頌昇平。」第三次北征歸來，有《歸至北京》云：

> 曉隨彩仗入都城，雲散扶桑旭日晴。萬國衣冠迎玉輦，九天仙樂度韶英。華夷混一歸眞主，宇宙弘開屬大明。燕薊河山誠壯麗，閭閻歌舞樂昇平。神功自是超三代，武庫從今戢五兵。紫塞已空胡虜迹，丹山長有鳳凰鳴。烽煙寂靜無宵警，邊戍常閒只歲耕。歸馬放牛秋野回，逐禽校獵内庖盈。從戎適見征車出，獻馘旋看告禮成。預報明朝行大饗，百僚同此沐恩榮。

胡廣有政治抱負。從他扈從永樂北征所寫諸詩看，前三次充滿戰場立功的熱望。第四次北征途中的詩，普遍地帶著感傷，失望情緒明顯。出發的開篇《永樂甲午扈從征北虜初出北京》云：「嗟予淺薄資，謬忝玉堂署。載筆兩扈從，才愧乏文武。雖非傅介子，壯志終自許。策馬向前邁，委身報明主。」對自己載筆生涯深有遺憾，故爾以獨自刺殺樓蘭王的傅介子作對比，隱晦地感歎沒有施展才華的機會。這次征途中，他與同行楊榮、金幼孜談論志向，尤能見出立功無門，徒以言論自娛。如《發玉帶川馬上口號與楊庶子金諭德》云：

> 車馬塡川谷，悠悠萬里行。塞雲隨武帳，邊日照戎旌。飲馬冰泉冷，開弓觕箭鳴。代言文事簡，韜筆共談兵。

再如《入長峽山馬上與楊庶子金諭德言志》云：

> 寧挽一石弧，不掉三寸舌。寧投班生筆，不握蘇卿節。曾聞三箭定天山，萬里封侯異域間。塞下牧羝成底事，節旄落盡始能還。世人莫浪輕儒服，豈識禁中有頗牧。可能談笑淨胡塵，不使風沙眯人目。

又如：《重過玄石坡登立馬峰》云：

> 立馬峰前一回盼，荒山野草正萋萋。黃沙漠漠寒雲香，紫塞迢迢落日低。萬里風煙騰殺氣，九霄旌斾拂虹霓。重來五載尋前迹，玄石鐫銘看舊題。

綜上以觀，永樂年間，胡廣侍帝左右，心情實則鬱悶不堪。楊士奇在正統年間，憶及胡廣，可以佐證胡廣的眞實感受。《東里續集》卷二二《題雪夜清興倡和後》云：

> 右永樂七年正月，胡文穆公雪夜見過，倡和之詩。是年二月，

公扈從太宗皇帝巡狩北京，予侍仁宗皇帝監國。時善畫者皆詣北京。
公言至北京必作一圖，附錄二詩，以示後人。公既至北京，屬時職
務繁，不果作。及南還，又皆麋職務。既久，遂不復在念。憶公嘗
語予：「術者言同官中吾兩人將老得退。果若其言，即各具小舟可二
僮操者，舟中貯書冊、楮筆、壺觴、棋局。如廣訪君，艤舟君門外
一里所，遣童子招君，君徑入舟，同溯流至五雲驛，望夫容峰，則
返棹，及君入舟處，君獨歸，廣不過君，竟去。君訪廣亦然，但沿
流至玉峽而返。歲必五六過訪，用此共適餘年。」他日又語予曰：「吾
兩人情義實兄弟，後死則銘。」予諾之，顧時亦謾言耳。豈謂公溘
先予沒也。公沒後半歲餘，夜夢偕公泛舟，自快閣至郡城下，同載
甚樂，共聯詩。公起首句，僕續第二、第三，公續第四、第五，僕
又續第六、第七、八終結句。既覺而忘第五至第七三句，余悲愴不
勝，遂補之，詩曰：「金螺瀟灑對夫容，鷺渚魚洲窈窕通。遠樹白雲
秋色淨，故人清興酒船同。河山夢冷謳吟後，生死交深感慨中。猶
想勝緣如夙昔，並騎黃鵠過江東。」則又思具舟過訪之約，皆夢中
語也。空餘後死，亦何樂哉？蓋公沒九年，始克撰述公墓碑，又十
一年理舊書，得公雪夜過訪之詩，遺墨如新。永嘉謝君庭循觀之，
爲作《雪夜清興圖》，遂錄予所和詩附公詩之後，冠以謝圖而識其末，
遂因以及吾交友存沒之情云。正統二年秋九月七日，某識。〔註40〕

深味「果若其言」則將如何如何，又「公沒九年，始克撰述公墓碑」，則胡廣、
士奇當年懸懸不能一日自安，可以彷彿想見。《明詩紀事》乙簽卷三《楊士奇》，
陳田節錄此文太半，按云，「文貞晚年思歸」。如此理解，將文中所隱深意全
行抹去了。

四、臺閣體詩派的消歇

臺閣體詩派的結束，很大原因是李東陽茶陵派的出現。

景泰元年夏天，臺閣體重要作家李時勉、王英相繼死去。這一年，李東
陽四歲，舉神童，入京師面聖。天順六年九月，臺閣體作家王直離世。至此，
臺閣體進入餘波期。天順八年，李東陽入翰林爲庶吉士，已經名重天下。據
明人楊一清《懷麓堂稿序》，「弱冠入翰林，已負文學重名，金梓所刻，卷帙

〔註40〕楊士奇：《東里續集》，文淵閣《四庫全書》本。

所錄，幾遍海內，大夫士得其片言以爲至寶。後進之士，凡及門經指授，輒有時名。」〔註 41〕李東陽開啓了茶陵派。李東陽崛起，臺閣體詩派消歇。茶陵派是臺閣體詩派的一個反轉。

今人薛泉撰《李東陽研究》，定茶陵派形成上限於成化九年左右。那麼，從王直離世算起，臺閣體詩派的餘波存在了大約十年。

臺閣體有詩有文，文爲重。臺閣體領袖楊士奇，在正統五年刊刻《東里文集》，手自選定。李東陽《麓堂詩話》云：「若楊文貞公《東里集》，手自選擇，刻於廣東。爲人竄入數篇。後其子孫又刻爲《續集》，非公意也。」四庫提要《別本東里文集》云：「是集記二卷，序六卷，題跋四卷，碑銘十卷，雜文三卷。末一卷題曰《方外》，凡爲二氏所作，悉別編焉。蓋用楊傑《無爲集》例。疑即《懷麓堂詩話》所謂士奇自定之本，以不及全集之完備，故附存其目焉。」〔註 42〕臺閣體作家中，楊士奇不獨文章最好，詩也寫得最好。他的自選集，只錄文章，不存詩歌。可見，楊氏對自己的詩不滿意。臺閣體的存在，完全是因爲文。

李東陽的古文，成就接近楊士奇。《明史》李東陽傳云：「東陽工古文，閣中疏草多屬之。疏出，天下傳誦。」又云：「爲文典雅流麗，朝廷大著作多出其手。工篆隸書，碑版篇翰流播四裔。獎成後進，推挽才彥，學士大夫出其門者，悉粲然有所成就。自明興以來，宰臣以文章領袖縉紳者，楊士奇後，東陽而已。」〔註 43〕郭預衡主編《中國文學史》，其明代詩文部分論李東陽一段說：

> 現在看來，東陽之文，實繼宋濂以來楊士奇等人的館閣之體。
> 他在《倪文僖公文集序》中曾經盛讚館閣之文。他說：「館閣之文，鋪典章，裨道化，其體蓋典則正大，明而不晦，達而不滯，而惟適於用。」與「山林之文」有所不同。
>
> 東陽對於古人之文，最尊曾鞏，這一點與楊士奇亦頗相似。他在《曾文定公祠堂記》中曾說：「予於文定公獨深有取焉。」他認爲曾鞏之文「達事明理，以翼聖道，裨世治。」這看法亦與楊士奇相似。
>
> 東陽爲文也是想要做到「翼聖道、裨世治」的。〔註 44〕

〔註41〕李東陽：《懷麓堂集》卷首，文淵閣《四庫全書》本。
〔註42〕永瑢等：《四庫全書總目》卷一七五，第 1552 頁。
〔註43〕張廷玉等：《明史》卷一八一，第 4822、4824～4825 頁。
〔註44〕郭預衡主編：《中國文學史》第四卷，上海：上海古籍出版社 1998 年版，第

以上評價東陽古文，頗近其實，故不煩抄錄。但是，如果僅此，李東陽不過
為楊士奇第二。

能夠在楊士奇後，卓然而立，李東陽憑的是詩。《明詩綜》卷二六《李東
陽》引徐子玄云：「長沙大韶一奏，俗樂俱廢。中興宗匠，邈焉寡儔。」《明
詩別裁集》卷三《李東陽》云：「永樂以後詩，茶陵起而振之，如老鶴一鳴，
喧啾俱廢。後李、何繼起，廓而大之，駸駸乎稱一代之盛矣！」〔註45〕茶陵
派有文有詩，詩為重。

臺閣體的成就在文，茶陵派的成就在詩。茶陵派取代臺閣體，不是對應
的詩取代詩，文取代文。茶陵派以詩為發力點，「格調」說一唱，天下響應。
臺閣體詩固然死寂，而臺閣體文遂一併被廢。茶陵派成員，講文論藝，重點
在詩，成就以詩為主。若以古文論，即東陽本人，也還未到楊士奇的造詣。
茶陵派取代臺閣體，本質上是以詩打倒了文，兩者的交接有一個錯位。這是
應該留意的。自此而後，詩壇紛爭，好不熱鬧。人們對文的關注，明顯減弱。
到了七子時代，李夢陽稱「宣德文體多渾淪，偉哉東里廊廟珍」，也因為自東
陽後，詩人多，古文家少。古文方面，無人超越楊士奇（按：許學夷《詩源
辯體》後集纂要卷二，「宣廟尚文，五言古大多古體。東里五言古多法漢魏，
正是風化所及。獻吉《送昌谷詩》云『偉哉東里廊廟珍』是也。」理解或許
有誤。李夢陽所稱東里，實指其文，非指詩）。

茶陵派接替臺閣體，有詩與文的錯位。李東陽的古文，仍在臺閣體的範圍
內，以至於人們常錯誤地將他認作臺閣體作家。由於錯位，人們又誤將臺閣體
詩派當作臺閣體主流。《明詩綜》四庫提要云：「明之詩派始終三變，洪武開國
之初，人心渾樸，一洗元季之綺靡，作者各抒所長，無門戶異同之見。永樂以
迄化治，沿三楊臺閣之體，務以春容和雅歌詠太平，其弊也冗沓膚廓，萬喙一
音，形模徒具，興象不存。是以正德、嘉靖、隆慶之間，李夢陽、何景明等崛
起於前，李攀龍、王世貞等奮發於後，以復古之說遞相唱和，導天下無讀唐以
後書，天下向應，文體一新。七子之名，遂竟奪長沙之壇坫。」〔註46〕這是由
後來的茶陵派興起後，逆推上去，遂有臺閣體詩派之稱。

李東陽為茶陵派盟主，人們有時將他與臺閣體作家混為一談。如《列朝詩

31頁。

〔註45〕沈德潛、周準：《明詩別裁集》，上海：上海古籍出版社1979年版，第75頁。

〔註46〕永瑢等：《四庫全書總目》卷一九〇，第1730頁。

集小傳》丙集《張修撰泰》：「亨父為人坦率，絕去崖岸，恬淡自守，獨喜為詩。雖不學書，亦翩翩可喜。……唐元薦論本朝之詩曰：『弘治間，藝苑則以李懷麓、張滄洲為赤幟，而和之者或流於率易。』在當時蓋以李、張並稱。今長沙為臺閣之冠，而亨父之名知之者或鮮矣。人不可以無年，信哉！」〔註47〕茶陵派重要成員謝鐸，有時也被當作臺閣體作家。《明詩評》卷四云，「文肅資質玄朗，功深琢磨，遜心長沙之門，用構臺閣之體。」〔註48〕謝鐸，字鳴治，號方石，天台人。天順甲申進士，選庶吉士，授編修，歷官南京國子祭酒，移疾歸，起為禮部右侍郎，掌祭酒事。卒贈禮部尚書，諡文肅。著有《桃溪淨稿》。

　　茶陵派是臺閣詩派的反轉，古文卻沿襲了臺閣派。茶陵派主政文壇時，沒有廢除臺閣體古文，只是臺閣體詩消歇了。這是兩個流派容易被人混同的原因。然而，詩上的反轉，也引發了臺閣文的倒臺。到了前七子時，臺閣體徹底結束。

　　茶陵派為什麼會興起？人們普遍認為，臺閣體詩派膚廓空疏，李東陽要救弊，茶陵派應運而生。從以下的說法，可以體會茶陵派的意義。四庫總目《倪文僖集》提要：

　　　　三楊臺閣之體，至弘、正之間而極弊，冗闊膚廓，幾於萬喙一音。謙當有明盛時，去前輩典型未遠。故其文步驟謹嚴，樸而不俚，簡而不陋，體近三楊而無其末流之失。雖不及李東陽之籠罩一時，然有質有文，亦彬彬然自成一家矣。〔註49〕

四庫總目《襄毅文集》提要：

　　　　明自正統以後，正德以前，金華、青田流風漸遠，而茶陵、震澤猶未奮興。數十年間，惟相沿臺閣之體，漸就庸膚。雍當其時，雖威行兩廣，以武略雄一世，不屑屑以雕章繪句為工，而英多磊落之氣，時時發見於文章。故雖未變體裁，而時饒風骨。〔註50〕

陳荚《九大家詩選序》：

　　　　國朝以詩鳴者，無慮數百家。洪武初，尚沿元習，積之深，更之或惴惴未暇。及成化以降，海內和豫，縉紳之聲，嘽緩典暢，而

〔註47〕錢謙益：《列朝詩集小傳》，第248～249頁。
〔註48〕王世貞：《明詩評》，《紀錄彙編》本。
〔註49〕永瑢等：《四庫全書總目》卷一七〇，第1487頁。
〔註50〕永瑢等：《四庫全書總目》卷一七〇，第1487頁。

長沙輩出，未克振也。迨何、李崛起，一創而變長沙，七子接武，

再創而變北地、信陽，彼所謂能正其變者也。〔註51〕

清人魯九皋《詩學源流考》：

永樂以還，崇尚臺閣，迨化、治之間，茶陵李東陽出而振之，

俗尚一變〔註52〕。

前人所言無誤，而世易時移，今天需要重新釋讀。茶陵派相對於臺閣體，是
文學反轉，在古代文學的概念中，沒有什麼問題。而今天，由於西方文學觀
念的滲入，人們在現代文學的概念中，說茶陵派取代臺閣體，則問題叢生。
在現代文學的概念下，古人的許多正確說法，都變得荒謬可笑。如文學中的
氣運說，在古人幾乎是一個常識，下面諸例可證。明人慎蒙《皇明文則序》：

昔人謂文章有關於氣運，其知言哉！其知言哉！蓋氣有厚薄，

則文亦隨之以高下。故自漢而唐而宋，有《文選》《文粹》以及《文

鑒》，播之當時，傳之後世，均之三代名世之作也。然而體裁各別，

法眼具存，文以時遷，信矣。迨入明朝，則有《文衡》之集，集乃

出於程公克勤所為編纂，亦衰然國初之文苑也，惜諸所著作猶未脫

元習，如唐之沿六朝、宋之沿五代。要之，氣與運會使然，非人力

所能與也。〔註53〕

明人皇甫汸《皇明文範序》：

我明稽古，人文化成。新安所編，名之曰《衡》，則亦銖較而兩

差矣。是豈才識弗若蕭氏與？文關氣運，世道使然也。〔註54〕

明人胡儼《兩京類稿序》：

文章有關於氣運，尚矣！三代而降，漢之風氣猶為近古，故西

京之文渾厚質直，有三代之遺風，若賈生、相如、董仲舒、司馬遷、

班固，卓然可稱者數人而已。迨至李唐，獨稱韓、柳，至宋則歐、

曾、蘇、王，至元則許、吳、閻、劉、三王、二姚、虞、揭諸公，

亦皆以德行道藝發而鳴一代之盛，與氣運相為表裏者，豈虛言也哉？

我國家隆興，太祖高皇帝肇造區夏，建立皇極，三光五嶽之氣復全。

〔註51〕陳英：《九大家詩選》，順治十七年（1660）刻本。

〔註52〕魯九皋：《詩學源流考》，《清詩話續編》本，上海：上海古籍出版社 1983 年
版。

〔註53〕慎蒙：《皇明文則》，明萬曆刊本。

〔註54〕張時徹：《皇明文範》卷首，四庫全書存目叢書本。

　　當是時，諸儒並興，能以文章鳴國家之盛。〔註55〕

　　明人顧璘《謝文肅公文集序》：

　　　　夫文章盛衰，關諸氣運而發乎其人，非運弗聚，非人弗行，豈

　　小物也哉！昔周之盛也，文、武、成、康迭興，謨、訓、雅、頌之

　　辭，爾雅深厚，意若有聖人之徒操觚其間，何其若是善也！〔註56〕

　　在現代文學的概念中，找不到氣運與文學的關係，氣運除了是迷信，不
會是別的什麼。古代文學中，文學是政治的重要構成部分。古人說文關氣運，
是完全正確的。

　　茶陵派的興起，必須在古代文學的概念下，才能理解。李東陽身爲內閣
首輔，謝鐸任南京國子監祭酒，如果在現代文學的概念下，說他們斤斤於文
學事業，那是令人奇怪的。他們實際做的是政治，古人稱之爲文學。沿著這
種思路，我們就得追尋一種政治轉變，以理解臺閣體詩派的消歇。

　　從洪武到建文，文壇上影響最大的是宋濂和方孝孺。兩人都是古文大家，
也就是說，這段時間，古文的影響大於詩。永樂到正統初年，臺閣體作家當
道，成就仍然在古文，而不在詩。自李東陽開始，詩的位置上昇，其後的前
後七子，成就主要在詩而非古文。再後面的歸有光，能文不能詩，算是一個
異數，文壇仍然是詩的天下。一直到明亡前夕，陳子龍和夏完淳是天才詩人，
而非了不起的古文家。這是明代文學詩與文的大概。

　　洪武帝和永樂帝都是有作爲的皇帝，都實行威壓恐怖政治，而且都用國
家的宏大聲音來提倡儒學，於是，洪武詩人便與永樂詩人有一致的地方，留
意歌詠太平。但是，由於洪武詩人的地位不高，還不能形成一種風氣。像楊
維楨那樣在元末主持風氣的人物，在明初是看不到的。甚至號稱文臣第一的
宋濂，在明初作爲太子老師，又與洪武帝關係親密，也不曾實際地主持文柄。
宋濂的成就在文，對詩壇的影響甚微。

　　洪武皇帝恢復漢人政權，尊崇儒家學術，使得讀書人倍受鼓舞。大量詩
人主動對新朝廷示好。但是，洪武皇帝對文人心存戒備。洪武詩人地位不振，
又多被文禍，死者相踵，如高啓、袁凱、楊基、謝肅、王恭、高棅等，或被迫
害而死，或被放歸鄉里，或沉溺下僚。他們的政治熱情受到打擊，多數人又
是由元入明，沒有擺脫元季纖濃的風氣。如楊基，頗受楊維楨影響，詩風纖

〔註55〕楊榮：《兩京類稿》，明正統十三年（1448）建安楊氏家刊本。
〔註56〕顧璘：《息園存稿》文卷一，文淵閣《四庫全書》本。

巧。《藝苑卮言》評他,「如西湖柳枝,綽約近人,情至之語,風雅掃地」。如袁凱,王夫之《明詩評選》說,「李獻吉謂凱詩學杜,非也。凱詩正自沈約來。約散弱,爲宋人禘祖;凱淡緩中有斂束,乃賢於約」;如王恭,四庫總目評其《白雲樵唱集》時說,「恭與同邑高棅齊名,同以布衣徵入翰林。然棅出山以後詩,應酬潦倒,無復清思;恭則歷官未久,投牒遽歸,迹其性情,本耽山野。此集又作於田居之日,故吐言清拔,不染俗塵,得大曆十子之遺意,其格韻遠在棅上」。高啓、謝肅,初步脫卻元風。《明詩別裁集》論高啓說:「侍郎詩,上自漢魏盛唐,下至宋元諸家,靡不出入其間,一時推大作手。特才調有餘,蹊徑未化,故一變元風,未能直追大雅。」〔註57〕四庫總目評其《大全集》說,「啓天才高逸,實據明一代詩人之上,其於詩擬漢魏似漢魏,擬六朝似六朝,擬唐似唐,擬宋似宋,凡古人之所長,無不兼之。振元末纖穠縟麗之習,而返之於古,啓實爲有力。然行世太早,殞折太速,未能鎔鑄變化自爲一家,故備有古人之格,而反不能名啓爲何格。此則天實限之,非啓過也。特其摹倣古調之中,自有精神意象存乎其間,譬之褚臨楔帖,究非硬黃雙鈎者比,故終不與北地、信陽、太倉、歷下同爲後人詬病焉。」〔註58〕謝肅的詩,戴良寫過《密庵集又序》,評價說:「原功之詩,五言古律則本之漢魏,歌行則遵李、杜,近體則祖少陵,六朝晚唐無論焉。他若山川之離合,土地之沿革,人物之廢興,可以正史策之訛謬、補志書之缺略者,則又等前數人而上之。紀行之詩而至原功,可謂盛矣。夫詩之紀行,自少陵秦蜀以後,作者豈無其人,然皆循守故轍,一唱百隨,求其自出新意,以古爲則者,曾不多見。而原功獨卓卓如是,豈其學問之富使然歟?原功之學富矣,至其爲文,尤高出時輩,沛然有古作者之遺風。昔司馬子長遍遊名山川而文氣益盛,原功以既富之學,沛然之文,而加之壯遊,孟子所謂莫之御者也,則其所恃以不朽者,徒詩乎哉?」〔註59〕

　　高啓的詩,不能上追大雅,正表明其詩性情仍在,不是一味地抒發公眾情感,而是含著個人的真切感受,不曾背離風詩傳統。那首萬口傳誦的《登金陵雨花臺望大江》,結尾云:「前三國,後六朝,草生宮闕何蕭蕭!英雄來時務割據,幾度戰血流寒潮。我生幸逢聖人起南國,禍亂初平事休息。從今

〔註57〕沈德潛、周準:《明詩別裁集》卷一,第14頁。
〔註58〕永瑢等:《四庫全書總目》卷一六九,第1471～1472頁。
〔註59〕謝肅:《密庵集》卷首,文淵閣《四庫全書》本。

四海永爲家，不用長江限南北。」卻是臺閣體的腔調了。

　　謝肅的詩，戴良稱其多得江山之助，而《四庫總目》稱其詩於考史有所裨益，可見，是偏於杜詩近史的一路，更多地剝離了個人情感。漢魏古律以言志著稱，六朝晚唐詩緣情綺靡，謝肅的詩，恰恰追隨漢魏和杜甫，而鄙視六朝晚唐，他抒寫的是一種社會公共情感，如《題四馬圖》《題永嘉山水圖》風格近杜甫，《馬陵行》《琅邪臺》近似李白，而立意全是一種心存社稷的大情感，沒有李白似的個人牢騷。這與後來的臺閣體有近似處。他的《金陵懷古》云：「霸國江山天下壯，興王人物向來稀。花餘吳苑迷仙仗，柳拂陳宮見舞衣。北府駐兵猶昨日，中原轉戰幾斜暉。自南混北歸眞主，六代空慚事業微。」歌頌大明一統江山，用意與高啓相同。然而，謝肅被洪武帝毫不可惜地殺掉。《曝書亭集》卷六三《唐肅傳》云：「謝肅者，字原功，舉明經，歷官福建按察司僉事。出按漳泉，有虎患，肅移文告於神，虎遁去。坐事被逮，太祖御文華殿，親鞫之。肅大呼曰：『文華非拷掠之地，陛下非問刑之官，請下法司。』乃下獄，獄吏以布囊壓之死。」〔註60〕

　　劉基、汪廣洋等詩人，具有社稷功臣的顯赫身分，不屑與文士爭一時之勝，也不曾去引領風氣。而且，爲了避免洪武皇帝的猜忌，劉基在洪武元年就致仕歸隱，深自養晦。《明史》本傳云：「基佐定天下，料事如神。性剛嫉惡，與物多忤。至是還隱山中，惟飲酒弈棋，口不言功。邑令求見不得，微服爲野人謁基。基方濯足，令從子引入茅舍，炊黍飯令。令告曰：『某青田知縣也。』基驚起稱民，謝去，終不復見。其韜迹如此。」〔註61〕汪廣洋工詩，其《鳳池吟稿》在洪武三年刊刻，宋濂作序。四庫總目評汪氏云：「廣洋少師余闕，淹通經史，善篆隸，詩格清剛典重，一洗元人纖媚之習。……而明代論詩家流派者，多未之及，蓋當時爲宋濂諸人盛名所掩，故世不甚稱。然觀其遺作，究不愧一代開國之音也。」〔註62〕廣洋居官高位，詩名尤且爲宋濂所掩。在洪武十一年，以國子助教致仕的貝瓊，名位與劉基、廣洋相差甚遠，詩雖工，就更不會產生什麼影響。貝瓊詩才少有匹敵，清人沈季友《檇李詩繫》論貝氏詩，云：「其詩博大警敏，矯然不群。評其才質，當不在高、楊以下。有明一代，吾郡詩人林立，以清江冠之，斯無愧焉。」王夫之《明詩評

〔註60〕朱彝尊：《曝書亭集》，文淵閣《四庫全書》本。
〔註61〕張廷玉等：《明史》卷一二八，第3781頁。
〔註62〕汪廣洋：《鳳池吟稿》卷首，文淵閣《四庫全書》本。

－141－

選》卷一《樂府・貝瓊》說：「清江徹骨風雅，不復勞施整理，詎非天假之哉！以爲自青蓮來，或可；若使繼少陵，不但不知貝，且不知詩也。」但是，貝氏的《清江集》遲至洪武末年才刊刻，很快碰上靖難，讀書界一大變，影響絕小。

上舉數人，以概其餘。洪武年間詩人，位高者不以文人自居，位卑者又爲宋濂、劉基等能文功臣的名聲所掩。而且，對於文人們的熱情示好，洪武皇帝不太在意。他沒有想過借文章歌頌朝廷盛德，也不尊重文臣。文人由元入明的翻身感，與洪武帝對文人的漠然態度，混雜在一起，詩人們便在臺閣與山林之間徘徊，而偏於山林。

永樂帝上臺後，對文人實行感情拉攏。仁、宣兩帝精明過人，政治手腕強悍，而臺閣諸老多是兩帝的師保，文士待遇更優。《明詩綜》評黃淮「君臣相悅，可謂千載一時」，《明詩紀事》感歎金幼孜「文臣榮遇，於斯極矣」。皇帝自操威柄，而又君臣遇合，臺閣體勃然而興。

臺閣體作家擅長古文。三楊、李時勉、王直、陳敬宗等人，共同地追求一種宏大表述。茲舉前人評述數條。胡儼《兩京類稿序》（評楊榮）：

> 蓋嘗見公製作之暇，應四方之求，執筆就書，若不經意，及其成也，江河演迤、平鋪漫流，言辭爾雅、不事雕琢，氣象雍容、自然光彩，譬之春日園林，群英競秀，清風潤谷，幽蘭獨芳。及余休致而歸，間得見公所作，筆力愈健，波瀾老蒼，尤深起敬。此誠公遭遇列聖太平雍熙之運、聲明文物之時，故得攄其所蘊，以鳴國家之盛，足以傳世示後矣！

周敘《文敏集序》（評楊榮）：

> 復以其宏博之學、敏贍之才，發爲文章，與古之作者頡頏後先，高文大冊施諸朝廷，雄詞直筆著於國史，嘉猷讜論達於經筵。凡文武大臣勳績之所紀述，中外名流先德之所表揚，以及海內逢掖之士欲有所借譽者，得片言隻字莫不以爲至幸，公亦隨其人之所求，樂然應之不倦，皆各適其意以往，何其富哉！〔註63〕

李賢《楊文定公文集序》（評楊溥）：

> 及觀其所爲文章，則辭惟達意而主於理，言必有補於世而不爲無用之言，論必有合於道而不爲無定之論。嚴重老成，有臺閣之氣

〔註63〕楊榮：《文敏集》卷首，文淵閣《四庫全書》本。

象焉。然則公之志伸於事業，學著於文章，方之古人，豈多讓哉？

〔註64〕

四庫總目《抑庵文集》提要（評王直）：

> 蕭鎡稱其文汪漫演迤，若大河長川沿洄曲折，輸寫萬狀。蓋由蓄之深，故流之也遠。其揚詡未免稍過。然明自中葉以後，北地、信陽之說興，古文日趨於僞。直當宣德、正統之間，去明初不遠，淳樸之習未漓，所作貌似平易，而溫厚和平，實非後來所及。雖不能追古作者，亦可謂尚有典型者矣。〔註65〕

蕭尚彝《古廉文集後序》（評李時勉）：

> 予觀先生之文，渾厚醇正，博洽贍麗，淡然菽粟之味，鏘然韶鈞之鳴，眞可以追蹤古人，卓冠當世。……先生之文，本之以道德，參之以才氣，而又浸淫乎六經，搜獵乎百家，其言辭之發，見諸行事之實，皆足以扶世立教，正君善俗，如是而鳴當時傳後世，豈不猶泰山河海之高大，天下之人幸而見之者，莫不有以快其心目焉！

〔註66〕

潘汝楨《重刻澹然文集序》（評陳敬宗）：

> 隻字片語，總根理要，關世教，而從實數革，其華自腴。〔註67〕

陳子龍《澹然先生文集後序》（評陳敬宗）：

> 今公之文具在，其應制諸作，詩則贍藻溫厚，頌不忘規，有曲終雅奏之風；文則敦重春容，文質並茂，出言有章，即未知與相如、孟堅何如，而以視沈宋、燕許，斯無愧矣。〔註68〕

臺閣體作家既然以古文爲擅場，難免移文入詩，因此，臺閣體詩春容宏大，詞氣安閒。前人說韓愈以文爲詩，蘇軾以議論爲詩。原因在於，韓愈是古文大家，蘇軾的策論妙絕天下，當他們做詩時，會有不自覺的文體移入。

　　臺閣體詩人，楊士奇水平最高，其詩能代表臺閣體的旨趣。《靜志居詩話》卷六《楊士奇》云：

> 東里優游按衍，諸體皆蘊藉可觀。其自序云：「古之善詩者，粹

〔註64〕李賢：《古穰集》卷八，文淵閣《四庫全書》本。
〔註65〕永瑢等：《四庫全書總目》卷一七〇，第1485頁。
〔註66〕李時勉：《古廉文集》附錄，文淵閣《四庫全書》本。
〔註67〕陳敬宗：《澹然集》卷首，四庫全書存目叢書本。
〔註68〕陳敬宗：《澹然集》附錄，四庫全書存目叢書本。

　　然一出於正，用之鄉閭邦國，皆有裨於世道。夫詩，志之所發也。
三代公卿大夫，下至閨門女子，皆有作以言其志，而其言可傳。余
早未聞道，既溺於俗好，又往往不得已而應人之求，即其志之所存
者無幾也。」亦可謂能自訟矣。〔註69〕

　　詩可以言情，可以言志。楊士奇主張，臺閣體詩必須以言志爲正宗，要
有裨於世道，直接排除私人化的情感，也就與山林詩保持了距離。《四庫全書
簡明目錄》卷一八評楊士奇的詩文：「士奇詩文爲明代臺閣之祖，末流日敝，
至於膚廓庸沓，萬口一音，遂爲藝苑口實。然士奇著作，自有典型，未可以
李斯罪荀卿。」〔註70〕

　　臺閣體末流的那些詩，我們今天很難見得到。由於它們質量不高，不能
大量流傳。清人修四庫全書時，又淘洗一次，水平低劣的作家作品不會入庫。
臺閣體末流云云，我們只能據前人的評論，虛空畫摹。但是，至爲難得的是，
有一位明人的集子，可以當作準末流臺閣體樣本看待，而且流傳了下來，就
是明代周敘的《石溪文集》。

　　周敘（1393～1452），字功敘，吉水人。《明史》周敘傳云：「年十一，能詩。
永樂十六年進士，選庶吉士。作《黃鸚鵡賦》稱旨，授編修。歷官侍讀，直經
筵。」〔註71〕周敘的文學，據《列朝詩集小傳》乙集《周講學敘》云：「國初館
閣，莫盛於江右，故有『翰林多吉水，朝士半江西』之語。而文集流傳，自《東
里》《西墅》《頤庵》之外，可觀者絕少。如《石溪》，又其靡也。」〔註72〕四庫
總目《石溪文集》提要云：「史稱敘初選庶吉士，作《黃鸚鵡賦》稱旨，得授編
修。今觀所作，雖有春容宏敞之氣，而不免失之膚廓。蓋臺閣一派，至是漸成
矣。」〔註73〕春容宏敞是臺閣詩的本色，而膚廓是臺閣詩的末流之弊，周敘兩
者得兼。周敘及其《石溪文集》，是準確理解臺閣體詩派末流的入口。

　　膚廓，本意爲淺表空疏。用指臺閣體詩時，卻不能徑直地理解爲內容空
疏浮泛。說到內容，還有什麼比正宗的臺閣體詩更空泛呢？如楊士奇詩，《明
詩綜》選 17 首，其《答黃宗載》云：「又是三年別，新來百感增。薰蕕安可
問，枘鑿苦難勝。白髮落垂盡，青山歸未能。故人贈佳句，擬報玉壺冰。」《宣

〔註69〕朱彝尊：《靜志居詩話》，第 147 頁。
〔註70〕紀昀等：《四庫全書簡明目錄》，文淵閣《四庫全書》本。
〔註71〕張廷玉等：《明史》卷一五二，第 4198 頁。
〔註72〕錢謙益：《列朝詩集小傳》，第 172 頁。
〔註73〕永瑢等：《四庫全書總目》卷一七五，第 1554 頁。

德丙午謁二陵》其一：「去年侍從謁長陵，此日重來慟倍增。春柳春花渾似昔，獻陵陵樹復層層。」其二：「君恩追憶不勝哀，老淚乾枯病骨摧。陵下一來腸一斷，餘生知復幾回來。」《題鄂渚贈別》云：「鸚鵡江中紅樹，鳳皇城裏青山。借問來遊幾日，秋水蘭舟獨還。」都是堆積事件，不講意象。表達情感時，用語嚴格節制。惟其文字淡雅，耐讀。內容的空疏則是明顯的。《明詩綜》收楊榮、金幼孜觀燈詩，楊榮《元夕賜觀燈》云：「象緯臨天闕，瑤臺集萬靈。雲霞紛掩映，星斗疊晶熒。寶地春應滿，金門夜不扃。千官陪宴樂，拜舞在明庭。」純是套語，何嘗不空疏？金幼孜《元夕觀燈應制》云：「閶闔重重夜不扃，瓊樓十二敞銀屏。東風一曲昇平樂，此夜都人盡許聽。」似模仿唐絕句「回樂峰前沙似雪，受降城外月如霜。不知何處吹蘆管，一夜征人盡望鄉」，臨時翻作，而意境都無，又何嘗不膚淺？然而，哪怕是楊榮、金幼孜，前人也不曾批評他們的詩膚廓。那樣的寫法，恰恰是臺閣體詩的本色。

臺閣體詩是身分詩，不允許情感過露，不允許清麗的女郎韻致，不允許縱橫的才子氣味。用詞典重，筆力收斂，又怎會不空疏？楊士奇一批臺閣體詩人，有優越的政治地位，出語慎重，行為老成。優養之久，體與心合，從心所欲而不逾矩，發言吐辭，自然是臺閣氣象。他們的詩作，在旁人為之是造假，在他們而言是真實流露，不能說是膚廓。臺閣體詩以文人的高貴身分為條件，是不能離開君臣遇合的。金幼孜《書南雅集後》云：「予觀天下文章，莫難於詩。詩發乎情，止乎禮義。其辭氣雍容而意趣深長者，必太平治世之音。然求之古作而徵之於今，何其寥寥也。」〔註74〕詩太難了，臺閣體詩尤其難。

三楊死後，宦官王振專權。這是明代政治的一大變故，臺閣體的條件從此蕩焉無存。《明史》王振傳云：

> 王振，蔚州人。少選入內書堂。侍英宗東宮，為局郎。初，太祖禁中官預政。自永樂後，漸加委寄，然犯法輒置極典。宣宗時，袁琦令阮巨隊等出外採辦。事覺，琦磔死，巨隊等皆斬。又裴可烈等不法，立誅之。諸中官以是不敢肆。及英宗立，年少。振狡黠得帝歡，遂越金英等數人掌司禮監，導帝用重典御下，防大臣欺蔽。於是大臣下獄者不絕，而振得因以市權。然是時，太皇太后賢，方委政內閣。閣臣楊士奇、楊榮、楊溥，皆累朝元老，振心憚之未敢

〔註74〕金幼孜：《金文靖集》卷一〇，文淵閣《四庫全書》本。

遲。至正統七年，太皇太后崩，榮已先卒，士奇以子稷論死不出，薄老病，新閣臣馬愉、曹鼐勢輕，振遂跋扈不可制。作大第皇城東，建智化寺，窮極土木。興麓川之師，西南騷動。侍講劉球因雷震上言陳得失，語刺振。振下球獄，使指揮馬順支解之。大理少卿薛瑄、祭酒李時勉素不禮振。振撫他事陷瑄幾死，時勉至荷校國子監門。御史李鐸遇振不跪，謫戍鐵嶺衛。駙馬都尉石璟詈其家閹，振惡賤己同類，下璟獄。怒霸州知州張需禁飭牧馬校卒，逮之，並坐需舉主王鐸。又械戶部尚書劉中敷，侍郎吳璽、陳瑺於長安門。所忤恨，輒加罪謫。內侍張環、顧忠，錦衣衛卒王永心不平，以匿名書暴振罪狀。事發，磔於市，不覆奏。

　　帝方傾心向振，嘗以先生呼之。賜振敕，極褒美。振權日益積重，公侯勳戚呼曰翁父。畏禍者爭附振免死，賕賂輳集。〔註75〕

王振是英宗的化身。他驕橫不法，說明明皇帝與閣臣的關係已經相當疏遠。

周敘在仁、宣兩朝，曾與楊士奇等閣臣共事，因為他參加了太宗、仁宗實錄的修撰，在總裁楊士奇手下工作。侍講劉球，是周敘的好友，長周敘一歲。正統三年，周敘接到父親病危的消息，卻因《宣宗實錄》未完，不獲歸省。不久，父親亡故。哀戚之餘，不忍作文，請劉球為父親撰寫行狀，是為《故奉直大夫兵部職方員外郎周先生行狀》。到正統八年，劉球被王振無罪下獄，死狀慘酷。正統十四年，英宗受王振鼓動，親征瓦剌，在土木堡被俘。一連串的國家變故，使得臺閣體作家反思。致仕在家的李時勉，上《封事》給景泰帝，提醒推恩臣下，使人心思奮，各懷忠義，重塑朝廷的君臣百姓關係。臺閣體作家王直，此時受景泰帝信任，周敘便給王直寫信，建議國事。清人查繼佐《罪惟錄》列傳卷一三《周敘》云：

　　敘敦尚氣節，剛介自持，與人為善，匡益規正。王直，故敘同郡先達，敘寓直書，曰：「伏惟太保冢宰閣下：惟吾吉自宋及今，人才輩出，如歐陽子、胡澹庵、周平園、楊誠齋、文信公等尤賢矣。由茲以降，殆亦鮮焉。永樂、宣德間，敘嘗仰望少師東里先生可以當之。迹其舉措，究其底裏，士大夫公論不能掩也。先生處屯之際，翼戴今皇，輔大濟艱，其時其任，視諸前輩，有甚難矣。竊謂膺天

〔註75〕張廷玉等：《明史》卷三〇四《宦官傳》，第7772～7773頁。

下之重任，當心天下之大憂，以成天下之大計，其要無他，在用君
子遠小人而已。顧又當審幾而斷之。思昔三楊輔政，其時固一幾也。
二三君子不深思熟慮，身任其責，陽斂陰施，粉飾耳目，雖曰保身，
其是誤國，以至閹官弄權，有今日蒙塵之禍。此時先生與諸君子，
又一幾也。宜相與講內外防微之政，遠鑒前車，以建永謀，毋徒曰
有某在有某在而不敢自專。《書》曰：『慎終於始』。又曰：『惟克果
斷，乃罔後艱。』失今不圖，悔恐噬臍。即欲效張留侯之從赤松子，
裴晉公之營綠野堂，不足貴已。」敍之直亮如此。〔註76〕

這封私人信件，顯示了臺閣體作家在新環境下的憂慮。立足當下，回顧過去，
發現三楊時代的政治有重大的弊端，對三楊的品格也開始懷疑。臺閣體的信
仰危機，已經在周敍身上出現。

周敍有政治抱負，無法施諸行事，心態與閣臣有異，表現在詩上，就是
私人化情感比閣臣明顯，而且講求音樂性。蕭鎡《石溪周先生文集序》云：「其
詩歌清肆典則，若金石之奏，輕重疾徐，各中音律。而書疏、序記、碑銘之
制，演迤閎博，若江河之放，紆餘百折，瞬息千里。……蓋先生少有大志，
嘗欲致君上為堯舜而澤被天下生民而後已。及既荷春遇，居禁近，不得施諸
行事，於是乃始見於言語之間。」〔註77〕如宣德五年，侍講余學夔致仕，眾
人寫詩送別。楊榮《送余侍講還鄉》云：「西昌有佳士，力學工文章。才名動
江右，馳譽翰墨場。科第膺妙選，秘閣蒙恩光。……睠言成遠別，握手心徊
徨。倒此雙玉壺，相勸各盡觴。懷思向何處，萬里吳雲長。」周敍《送余侍
講致仕南歸》云：「儒林盡拜渥恩新，勇退如公有幾人？丹鳳樓前初解組，白
鷗江上漫垂綸。香山會好誰同社，彭澤風高自卜鄰。愧我有親違省問，南歸
無計接芳塵。」兩相比較，楊榮的詩，重筆在文臣蒙恩。周詩則介入個人化
情感，思念家庭，暗羨歸隱。

曾燠《江西詩徵》卷四九，選周敍詩十餘首。其《江上行》云：

江流昨夜添新雨，綠樹流鶯嬌不語。三三白苧冶遊郎，兩兩紅
妝浣紗女。青山江上岹嵯峨，江中新水生洪波。畫船撾鼓凌風去，
兩岸春聲雜棹歌。

《湘川雜詠》云：

〔註76〕　查繼佐：《罪惟錄》，續修四庫全書本。
〔註77〕　周敍：《石溪周先生文集》卷首，四庫全書存目叢書本。

　　　　　登樓高處謾躋攀，十二欄干夕照間。樹色滿堤芳草綠，不勝清
　　思繞湖山。

兩詩注意設色和音樂，很少臺閣體味道。

　　又有《賦得清樽送楊長史先生南歸》，云：

　　　　　前有樽酒，聽我浩歌。人生功成身既退，對酒不飲當如何？疏
　　傅還家頭未白，散盡黃金宴賓客。陶公晚賦歸去辭，醉倚東籬玩秋
　　色。先生早歲守名州，曳裾更向王門遊。曾分光祿黃封釀，屢泛宮
　　筵白玉甌。只今脫卻朝簪去，歸隱雲林最深處。時同北海倒芳樽，
　　日對南山得佳句。衡門三徑鎮長開，載酒從人問字來。興酣高臥北
　　窗下，清風明月同徘徊。

歌頌歸隱，忘卻教化，是山林詩。

　　他的臺閣體詩，如《長淮水》，雖然有「長淮水，今澄清，聖人繼統川岳
寧。龍驤萬斛日充貢，永奠皇圖歌太平」，起首卻是「長淮水，日東注，流盡
年光只如故。亙古窮今不可極，但見行舟往來處」，放縱筆力，逞露才氣。

　　周敘偏離了臺閣體的典則，而出以才情，詩變得輕巧縱放，不像前輩詩
那樣收斂，反而接近後來的李東陽。《石溪文集》的大量詩，在體裁上有疏離
臺閣體的傾向，是不純粹的臺閣體。

　　文學史上所說臺閣體末流，萬喙一音，膚廓冗長，即使是事實，也不表
明基層詩人比仁、宣時代差很多。當我們說盛唐詩好於晚唐時，關注點在李
白、杜甫、韓偓、皮日休等代表作家上，而更可能的事實是，李白的時期，
由於詩體定型不久，群眾詩人還不適應，作者數量也有限，到了韓偓、皮日
休時期，群眾詩人在數量上會龐大得多，水平比盛唐提高不少。當人們說臺
閣體末流時，言下之意，是沒有了代表作家，群龍無首。

　　楊士奇等一批老輩走後，臺閣體的餘勢難以收住，會向前滑行一段路程。
土木堡前後的政治信仰危機，使臺閣體失去了繼續繁榮的條件。作家的思想
已經變化，而文學的體裁不是說變就變。當人們用過去熟悉的臺閣體方式，
言說新的內容，與臺閣體不相應的內容時，舊瓶裝新酒，就出現了萬喙一音
的怪象了。這是以臺閣體框架觀察的結論。通過周敘，我們可以相信這個看
法大致不錯。

　　李東陽的出現，使體裁適應了內容。他提倡格調，主張詩的音樂性，讓
詩體從臺閣體的硬殼中脫出來。陳文新教授在《明代詩學的邏輯進程與主要

理論問題》一書中，論茶陵派的詩學建構，提出李東陽留心辨別體制的差異，「目的是把握體裁之間的風格區別」，「李東陽對風格的辨析，主要依據聲調。一方面，他認爲詩文之別主要在聲，在於詩歌有聲律可資諷詠，另一方面，詩歌風格的區別也經由聲律表現出來」。需要補充的是，李東陽熱衷於辨體，乃文壇形勢所逼。他生活的成弘時代，內官特務橫行，皇帝倚爲爪牙。閣臣已經失權，與三楊時代全然不同。政治生活的主要內容，由正統之前的君臣相洽，一變而爲君臣博弈，文臣與東西廠的對立也成爲突出現象。如元夕觀燈詩，永樂、仁、宣三朝，翰林撰寫，以頌聖德，是平常不過的事。而成化三年，憲宗皇帝令翰林官燈節賦詩，卻遭到了抵抗。《日知錄》卷二四《翰林》條，云：

> 成化三年，以明年上元張燈，命翰林院詞臣撰詩詞。編修章懋、黃仲昭、檢討莊昶上疏言：翰林之官以論思代言爲職，雖曰供奉文字，然鄙俚不經之詞，豈宜進於君上？固不可曲引宋祁、蘇軾之教坊致語，以自取侮慢不敬之罪。臣等又嘗伏讀宣宗章皇帝御製翰林箴，有曰：「啓沃之言，惟義與仁。堯舜之道，鄒孟以陳。」今張燈之舉，恐非堯舜之道；應制之詩，恐非仁義之言。臣等知陛下之心即祖宗之心，故不敢以是妄陳於上。伏願採芻蕘之言，於此等事一切禁止。上怒，命杖之。謫懋昭武知縣、仲昭湘潭知縣、昶桂陽州判官，各調外用。已而諫官爲之申理，乃改懋、仲昭南京大理寺評事，昶南京行人司司副。自此翰林之官重矣！〔註78〕

君臣博弈，自三楊死後的正統年間，已經開始。朝廷政治面目大變，文臣心態已變，而臺閣體的言說方式繼續存在。文學史上所說的臺閣體末流時期，實質是文學舊的形式無法承載生活新變的內容。李東陽富於文學才華，又供職內閣，對於臺閣體形式與內容之間的緊張狀態，深有體會。他花費心思革新體裁，正是要釋放那種緊張。

成化中，憲宗寵信特務汪直、吳授等人，偵緝百官言行。汪直等橫行無法，朝臣不能自安。《明史》汪直傳云：「直每出，隨從甚眾，公卿皆避道。」又云：「詔復開西廠，以千戶吳綬爲鎮撫，直焰愈熾。未幾，令東廠官校誣奏項忠，且諷言官郭鏜、馮貫等論忠違法事。帝命三法司、錦衣衛會問。眾知出直意，無敢違，竟勒忠爲民。而左都御史李賓亦失直旨褫職，大學士軏亦罷去。一時

〔註78〕顧炎武：《日知錄》，文淵閣《四庫全書》本。

九卿劾罷者，尚書董方、薛遠及侍郎滕昭、程萬里等數十人。」〔註79〕隨著大臣紛紛罷去，或自願求去，隱退林下，臺閣與山林的鴻溝已不復存在。武宗登位後，司禮太監劉瑾掌控東西二廠，最得皇帝寵信。《明史》劉瑾傳云：「孝宗遺詔罷中官監倉及各城門監局，瑾皆格不行，而勸帝令內臣鎮守者各貢萬金。又奏置皇莊，漸增至三百餘所，畿內大擾。」「瑾勢日益張，毛舉官僚細過，散佈校尉，遠近偵伺，使人救過已不瞻。」「又察鹽課，杖巡鹽御史王潤，逮前運使寧舉、楊奇等。察內甲字庫，謫尚書王佐以下百七十三人。復創罰米法，嘗忤瑾者，皆謫發輸邊。故尚書雍泰、馬文升、劉大夏、韓文、許進，都御史楊一清、李進、王忠，侍郎張縉，給事中趙士賢、任良弼，御史張津、陳順、喬恕、聶賢、曹來旬等數十人悉破家，死者繫其妻孥。」〔註80〕李東陽的朋友謝遷，在這種變故中退出政壇。《明史》謝遷傳云：「八年，詔同李東陽入內閣參預機務。……武宗嗣位，屢加少傅兼太子太傅。數諫，帝弗聽。因天變求去甚力，帝輒慰留。及請誅劉瑾不克，遂與健同致仕歸，禮數俱如健。而瑾怨遷未已。焦芳既附瑾入內閣，亦憾遷嘗舉王鏊、吳寬自代，不及己，乃取中旨勒罷其弟兵部主事迪，斥其子編修丕為民。」〔註81〕像這樣大量的朝官或者被貶謫，或者不得已致仕，或者落職為民，如果不願與惡勢力浮沉，又無力抗爭，就剩下歸守山林一途了。如正德四年四月，正直的大學士王鏊，因屢上書求去，終於得致仕。《明武宗毅皇帝實錄》卷四九「正德四年夏四月乙亥（十四日）」云：「少傅兼太子太傅、戶部尚書、武英殿大學士王鏊上疏辭曰：『臣頃陳衰病，伏蒙皇上一再遣官即臣家賜以尚方藥餌，大官珍膳，詔旨勉留，寵數優渥。豈以臣雖無贊理之功，尚崇其禮，以全體貌之誠邪？然體貌者君人之恩，而責實者朝廷之政，上焉必才識超卓，足以發抒謀議，下焉亦膂力強敏，足以趨赴事功。若咸無之，將焉用此？此臣欲日夜補報而未能者也。夫才者進而孱者廢，壯者用而病者休，此亦自然之理。伏望聖慈矜允，以臣之職改授時賢，則上有得人之美，下免曠職之愆矣。』上以鏊情詞懇切，特允之，令乘傳還，仍給與應得誥命。」力求致仕的原因，則如《明史》王鏊傳所云：「時中外大權悉歸瑾，鏊初開誠與言，間聽納。而芳專媚阿，瑾橫彌甚，禍流縉紳。鏊不能救，力求去。四年，疏三上，許之。賜璽書、乘傳、有司給廩隸，咸如故事。家居

〔註79〕張廷玉等：《明史》卷三〇四《宦官傳》，第 7779 頁。
〔註80〕張廷玉等：《明史》卷三〇四《宦官傳》，第 7786～7789 頁。
〔註81〕張廷玉等：《明史》卷一八一，第 4818 頁。

十四年，廷臣交薦不起。」〔註82〕

　　與王鏊心境相似而行為稍異者，李東陽沉浮於位。正德三年，門生羅玘上書請自削門牆。羅玘《圭峰集》卷二一《寄西涯先生書》云：「生違教下，屢更變故，雖嘗貢書，然不敢頻頻者，恐彼此無益也。今則天下皆知忠赤竭矣，大事亦無所措手矣。《易》曰：『不俟終日。』此言非歟？彼朝夕獻諂以為當依依者，皆為其身謀也。不知乃公身集百詬，百歲之後，史冊書之，萬世傳之，不知此輩，亦能救之乎？白首老生，受恩居多，致有今日，然病亦垂死，此而不言，誰復言之？伏望痛割舊志，勇而從之。不然，請先削生門牆之籍，然後公言於眾，大加誅伐，以彰叛恩者之罪，生亦甘焉。生蓄誠積直有日矣，臨緘不覺狂悖干冒之至。」〔註83〕《明史》李東陽傳云：「侍郎羅玘上書勸其早退，至請削門生籍。東陽得書，俯首長歎而已。焦芳既與中人為一，王鏊雖持正，不能與瑾抗，東陽乃援楊廷和共事，差倚以自強。已而鏊辭位，代者劉宇、曹元皆瑾黨，東陽勢益孤。」〔註84〕李東陽名重天下，而社會輿論傾向於東陽下野，與污穢的朝廷分開。《夢蕉詩話》卷上云：「西涯李閣老以詩文雄海內，具耳鼻眼孔者，皆知敬之。迨其晚年氣萎節刓，與時浮沉，頗多馮道之擬。一日，有書生投謁，置緘牒於案，不俟見而去。乃一絕，云：『早年名與斗山齊，伴食中書日已西。回首湘江春草綠，鷓鴣啼罷子規啼。』西涯啟讀悵然，尋上疏乞休。予謂公之去似矣，惜乎不早也。瑾賊之禍，不撲於將燃，公奚其辭？」〔註85〕正德七年底，李東陽致仕。

　　在洪武之初，國家新立，百廢待興，皇帝銳意求治。鼓勵山林之士，效力朝廷。正統之後，朝政日非，即使有社稷再造功的于謙，也被車裂。正直大臣，不能立足，紛紛求去。士大夫由臺閣返歸山林，成為輿情所向。這是自洪武以來，臺閣與山林的一次顛倒。這是李東陽以山林滲入臺閣，求得體裁變通的秘密。這也是東陽之後，天下文章不歸臺閣，而盡歸郎署的根本原因。李夢陽、李開先等人的「真詩只在民間」，正是舉山林以黜臺閣。

　　東陽門生靳貴，序李東陽《懷麓堂集文集》，其《後序》云：「予嘗為文壽公，謂其居廟堂未嘗不以山林為念，在山林未嘗不以廟堂為憂。」李東陽

〔註82〕張廷玉等：《明史》卷一八一，第4827頁。
〔註83〕羅玘：《圭峰集》，文淵閣《四庫全書》本。
〔註84〕張廷玉等：《明史》卷一八一，第4823頁。
〔註85〕游潛：《夢蕉詩話》，四庫全書存目叢書本。

《懷麓堂詩話》有云：「作山林詩易，作臺閣詩難。山林詩或失之野，臺閣詩或失之俗。野可犯，俗不可犯也。蓋惟李杜能兼二者之妙，若賈浪仙之山林則野矣，白樂天之臺閣則近乎俗矣。況其下者乎？」白樂天乃東陽自況，兩人皆早慧，白氏一歲能識字，東陽四歲舉神童。政治境遇，兩人相當。《新唐書》白居易傳云：「居易被遇憲宗時，事無不言，湔剔抉摩，多見聽可，然爲當路所忌，遂擯斥，所蘊不能施，乃放意文酒。既復用，又皆幼君，偃蹇益不合，居官輒病去，遂無立功名意。」白氏經歷，可況東陽政治遭遇。將《懷麓堂詩話》所云山林臺閣詩區別，與靳貴後序合參，李東陽之意，在臺閣山林之間，不能不以山林彌合臺閣之失，而「作臺閣詩難」，於是詩體開始偏向山林。這是茶陵派的大概。

茶陵詩派脫胎於臺閣詩派，解放了後者形式與內容的緊張，可以勝任當時社會生活的表達，是一種新體裁。在此背景下，臺閣體詩派逐漸消歇。

第五章 「三楊」考論

　　臺閣體文學中流行的一個詞語，在很大程度上遮蔽了文學史上的眞相，那就是「三楊」。明代的「三楊」本來是一個政治概念，而在四庫總目中，「三楊」一詞由史部浸漫到了集部，成爲文學史的用語。「三楊」詞語的泛化，影響了文學史的寫作。今人撰寫中國文學史，至臺閣體一節，動輒談「三楊」，並不考究「三楊」同列的眞實情況。鑒於此，有必要對文學史「三楊」的說法予以釐析，將政治術語「三楊」與文學術語「臺閣體」區分開來。

一、楊榮首主文柄

　　臺閣體文學只是明代幾十年的事，而做臺閣體文學夢的人，卻是普遍的。臺閣大臣政事之暇，以其餘力發爲文章，居高聲自遠，就可以造成風氣。考論臺閣體的影響，要看作家政治地位的變遷。

　　永樂四年，詔賜二品織金紗羅衣給內閣成員。此時，內閣成員一共六人，解縉、胡廣、楊榮、黃淮、金幼孜（胡儼已轉國子監祭酒），五人各得一襲，唯獨首領解縉沒有獲得。這是解縉失寵的開始。五年二月，解縉遠謫交阯，十一月，胡廣由右春坊右庶子升翰林學士。胡廣成爲內閣的新領袖。這是內閣人員的第一次重大變動，催動了臺閣體文風的出世。

　　永樂帝著意右文，解縉是他首先寄予厚望的人。閣臣六人，解縉（1369年生）比黃淮（1367年生）、金幼孜（1368年生）、楊士奇（1365年生）都小，僅比楊榮（1372年生）大兩歲，比胡廣（1370年生）大一歲。很早就被排擠出閣的胡儼（1361年生），長解縉8歲。解縉年紀雖輕，從仕途履歷方面講，卻是諸人的前輩。他在洪武二十一年中進士時，才19歲，深得太祖寵愛。《明

史》本傳云：「甚見愛重，常侍帝前。一日，帝在大庖西室，諭縉：『朕與爾義則君臣，恩猶父子，當知無不言。』」解縉當天就上封事，即有名的《大庖西封事》。黃淮在洪武三十年中進士，金幼孜、楊榮、胡廣在建文二年中進士。楊士奇受王叔英舉薦，於建文二年入京，修太祖實錄，在方孝孺手下工作。五個人幾乎都比解縉晚了十餘年，才登入仕途。解縉洪武朝中進士後，被選為庶吉士，在皇家圖書室讀書。

解縉直率敢言，屢逆龍鱗，明太祖大約心中不快，但愛惜他年少才高，洪武二十四年夏，令22歲的解縉歸鄉孝養父親，讀書長才，十年後再回朝。

解縉鄉居，一呆就是八年。未等到聖命約定的十年，太祖卻賓天了。《明史》本傳說，「歸八年，太祖崩，縉入臨京師。有司劾縉違詔旨，且母喪未葬，父年九十，不當捨以行。謫河州衛吏。」直到建文二年，解縉才得除吏職回京，被授予翰林待詔，是從九品的官。

在建文朝，解縉遭人嫉妒而埋沈不顯。到了永樂初，他才成為當之無二的文壇領袖。明人陳建《皇明通紀法傳全錄》卷一三，記建文四年六月，文皇初登極，拔識人才，云：「詔吏部及翰林院舉文學行誼才識之士，聞待詔解縉名，命侍左右。縉英傑敢言，上喜之，遂見信用。既而侍書黃淮改中書舍人，入見，上與語，大奇之。凡侍朝，特命淮與縉立於御榻左，以備顧問。時上初登極，萬機叢委，日御奉天門左室，每夕召對至夜分，或便殿就寢，賜坐榻前，議論政事，同列不得與聞。」建文四年十月，重修太祖實錄，解縉為總裁。太祖實錄剛修成，接著修《古今列女傳》，解縉仍為總裁，楊士奇參與撰修。著名的《永樂大典》凡兩修，經解縉總裁而成。為了將文化的解說權壟斷在朝廷，永樂帝一上臺，即敕命修撰《永樂大典》。書成，永樂帝撰寫了序言。《明太宗文皇帝實錄》卷七三「永樂五年十一月乙丑（十五日）」云：

> 上親製序以冠之，其文曰：……周衰，接乎戰國，縱橫捭闔之言興，家異道而人異論，王者之迹熄矣。迄秦有燔禁之禍，而斯道中絕。漢興，六藝之教漸傳，而典籍之存可考。由漢而唐，由唐而宋，其製作沿襲，蓋有足徵。然三代而後，聲明文物所可稱述者，無非曰漢唐宋而已。洪維我太祖高皇帝膺受天命，混一輿圖，以神聖之資，廣述作之奧，興造禮樂制度文為，博大悠遠，同乎聖帝明王之道。朕嗣承鴻基，緬思續述。尚惟有大混一之時，必有一統之

製作，所以齊政治而同風俗，序百王之傳，總歷代之典。

編撰此書，就是為了「齊政治而同風俗」，將全國百姓的思想統一到朝廷。從幾部大書全由解縉總裁來看，永樂帝當初的用意，是要以解縉作為文化旗手，贊化朝廷，宣教天下。

解縉是以文學才識獲舉薦的，隨著政治身份驟升，其文學影響遍及天下。《列朝詩集小傳》乙集《解學士縉》云：「倚待輒數萬言，未嘗起稿。善為狂草，揮灑如雨風。才名烜赫，傾動海內。俗儒小夫，讕言長語，委巷流傳，皆藉口解學士。」

解縉為人有鋒芒，諒直敢言，多豪傑氣，不肯阿依曲順。著名的《大庖西封事》，指責洪武帝執政失誤，急言竭論，不繞彎子：

> 國初至今將二十載，無幾時無變之法，無一日無過之人。陛下嘗教臣云「世不絕賢」，豈億兆之人，果無一賢如古之人而盡皆不才者哉？陛下嘗教臣云「民不畏死，奈何以死懼之」，良由陛下誠信之有間，而用刑之太繁也。宜其好善而善不顯，惡惡而惡日滋。善未必蒙福，而惡未必蒙禍也。嘗聞陛下震怒，鋤根剪蔓，誅其奸逆矣。未聞詔書褒一大善，賞延於世復及其鄉，尊榮奉恩始終如一者也。或朝賞而暮戮，或忽罪而忽赦，施不測之辱，則有之矣。

又上書洪武帝，彈劾都御史袁泰，其《論袁泰奸黠狀》云：

> 臣謹按，袁泰本一奸凶，素無學術，謬登科甲，忝辱憲臺，居無鄉曲之譽，仕無州縣之聲，獲罪刑徒，尚遺賄賂，侈然自安。陛下洗滌陞遷，不思補報。一恃權奸，肆無忌憚，廉恥蕩然，放僻尤甚。概其大節則不忠，疏其細行則無禮。枉曲直之是非，縱喜怒為輕重。法所當宥，則深文巧詆，必致其辜；法所當刑，或匿重見輕而緩其獄。

楊士奇《前朝列大夫交阯布政司右參議解公墓碣銘》說：「時都御史袁泰怙勢，家人橫恣，諸道御史欲糾之，無敢執筆為章者，公揮筆立就，歷舉其過。章上，雖曲宥泰，而一時多其直。」解縉的這些上書，十分符合他峻拔難屈的性格。

解縉的詩文縱橫豪放，與楊士奇、楊榮、金幼孜、夏原吉等人的雍容溫和不同調。蔡朔《解學士文集序》說：「觀夫是集諸作，立論措辭各有根據，至於新奇宏壯，豪縱放逸，一自胸中流出，略無適俗韻。譬之長江大河，一

瀉千里，覽者靡不心驚而目駭，非稟天地之正氣、出而爲世之豪傑者能之乎？嗚呼，先生逝矣！先生之作尙足追蹤韓、柳，匹乎歐、蘇〔註1〕。」晏文輝《解學士全集序》說：「公生即穎異，其讀書也，五行俱下乎一目；其操觚也，倚馬可待乎萬言。及其長而總國史也，其筆直；知制誥也，其詞醇。問學似董子，封章似陸贄，古文似韓愈，而天分越之。詞賦似司馬，詩歌似太白，草書似逸少，而正大逾之〔註2〕。」

解縉的詩文風格，與永樂後期諸臣相比，是卓爾不群的。若在洪武末永樂初，則同調甚多。今舉數人，其他可以概見：

王行（1331～1395），字止仲，洪武二十八年卒，著《半軒集》。四庫提要卷一六九《半軒集》云：

> 蓋負其桀黠之才，有不肯槁死牖下者。故其文往往踔厲風發，縱橫排奡，極其意所馳騁，而不能悉歸之醇正，頗肖其爲人。詩格亦清剛蕭爽，在北郭十子之中，與高啓稱爲勍敵。就文論文，不能不推一代奇才也。

程通（1364～1403），字彥亨，績溪人。洪武庚午舉人，授遼府紀善，進左長史。靖難後，以事械至京，死於市。有《貞白遺稿》。胡松《貞白遺稿序》云：

> 予夙昔慕先生之爲人，乃今獲披遺稿，恍挹前芳，大都先生因心爲言，不假雕刻。是故叩閽陳情，脫祖戎伍，而眷渥高皇，則琅琅乎李令伯之遒標也。策對封建，詳懇剴切，而匡輔宗社，則纏纏乎賈太傅之遺響也。疏上北防，忠憤激烈，而委身殉國，則凜凜乎胡樞密之卓軌也。其他雄篇偉製，雅調鴻詞，則又駕佚歐、蘇，躡步甫、白，殆浩乎河瀆之潤滴而燦乎日星之炳耀者也。

梁潛（1366～1418），字用之，泰和人。有《泊庵集》。受讒言下獄，永樂十六年被殺。梁潛與楊士奇兩家世爲姻親，二人交往自幼及壯，其文章風格卻不類士奇，而與解縉頗同。王直《梁先生文集序》云：

> 性命道德之奧，文章著述之妙，多其所自得，而充之以奇氣，

〔註1〕臺灣「國立中央圖書館」編：《「國立中央圖書館」善本序跋集錄》集部（二），第327頁。

〔註2〕臺灣「國立中央圖書館」編：《「國立中央圖書館」善本序跋集錄》集部（二），第328頁。

發之以逸才，沛然莫之能禦，遂以文名縉紳間。……蓋先生之文，
溫厚和平，而豪壯疊宕之勢寓焉。如江河之流，汪洋衍迤，一與風
遇，則波瀾勃興，魚龍百怪出沒隱見，可喜可愕，眞當代之傑作也。

以解縉爲代表的那樣一種文化精神，永樂朝廷無法容納。永樂九年六月，
解縉被讒下獄。永樂十三年，解縉被殺。解縉的死，是一個文風轉向的標誌。
從洪武以來，直到永樂前期，文壇上盛行的剛健豪放的文風，是以韓愈、蘇
軾爲效法對象的，從此退潮。接下來是歐陽修式的文風引導潮流。

如果解縉不死得那樣早，以他在文壇的巨大影響，臺閣體能否出現成爲
一個流派，實在值得懷疑。鄒元標《解春雨先生祠堂記》說：「公直以身殉國，
未五十卒。天假以年，得展其末路，三楊拜公下風何疑。」《明詩評選》卷一
《解縉》說：「永樂初，大紳、光大風韻自存，向後諸公採掇，近似套語，以
供應制，而詩遂爲之中絕，以啓景泰十子之陋。」

陳文新教授在《中國文學流派意識的發生和發展》中，論及臺閣體說：

某一時期的某一社會階層要被確認爲流派，必須滿足三個標
準：明確的統系，明確的流派風格和具有足夠影響的盟主或代表作
家。強烈的身份意識對這類流派的發生、發展起著至關重要的作用。
臺閣派的興盛期應定在永樂至正統年間。其代表作家有三楊（楊士
奇、楊榮、楊溥）、二王（王直、王英）、胡儼、胡廣、金幼孜、黃
淮、梁潛、曾棨、李時勉、陳敬宗、周敘、錢仲益、曾鶴齡、蕭鎡、
徐有貞等。其中，楊士奇的成就最引人注目。〔註3〕

熊禮匯教授《明清散文流派論》第二章《臺閣派論》，在摘錄了明人諸論
後，則云：

百餘年間，臺閣體的演變大體經歷了三個階段，即永樂、洪熙、
宣德、正統年間爲第一階段，歷時近六十年。此爲三楊臺閣之體的
形成期、成熟期，而以洪熙、宣德、正統年間爲極盛期。代表作家
則爲三楊，而以胡儼、黃淮、夏原吉、金幼孜、王直、李時勉等人
爲羽翼。〔註4〕

兩人所列臺閣體作家中，都沒有解縉的名字。解縉曾與楊士奇、楊榮同時活

〔註3〕 陳文新：《中國文學流派意識的發生和發展》，武漢：武漢大學出版社 2003 年
版，第 283 頁。
〔註4〕 熊禮匯：《明清散文流派論》，武漢：武漢大學出版社 2003 年版，第 105 頁。

動在文壇，才氣遠勝兩人，而陳、熊兩教授都將解縉排除在臺閣體作家之外，也暗示著他們的理解：臺閣體的上限，當以解縉之死爲界。

　　解縉既死，文壇領袖的位置空了出來。胡廣成爲內閣第一人。《五經四書大全》《性理大全》等文化大典，都由胡廣總裁。這類書同樣是朝廷爲壟斷文化而作。永樂帝催促趕工，從永樂十二年十一月敕修，到第二年九月即匆匆完工，前後時間不足一年。隨即刊刻，然後頒佈天下。《明通鑒》卷一六云：「（十五年）夏四月丁巳（初一），頒《五經四書性理大全》於兩京六部、國子監及天下府州縣學。」張東海《東海文集》卷四《書陳僉憲先生墓誌後》云：「故國子學錄安福李先生本素，司教吾華亭時，嘗謂弼言：『臺郡陳先生璲提學江西，語學者日：永樂間修《大全》諸書，始欲詳緩爲之，後被詔促成，諸儒之言間有不暇精擇，未免牴牾。虛心觀理，自當得之，不可泥也。』又聞宣德間，章丘教諭餘姚李應吉疏於朝，言《大全》去取有未當者。下其議於禮部，禮部下之天下學校，許兼采諸說，一斷以理。噫！纂修臣言如此，廷議如此，蓋以萬世至公之論開來學也。泥者中無權度，執以爲斷，陋哉！」

　　胡廣是作爲解縉之後的文化旗手來培養的，但他在永樂十六年病逝。胡廣的文風，尚存解縉的影子，有激越縱橫的一面。試讀其建文年間所作《送曾教授序》：

　　　　西蜀天下之奇勝也。川流之春激，山峽之崎峭，極天下之壯觀也。然人莫不以一遊於其間，睹其奇勝爲快。其或有至者焉。夫地之在天下，凡有力者皆可得而至，然而有至有不能至者，豈非命歟？至者固得以親歷其奇勝，不能至者，惟想見夫川流山峽之崎險，而終不如親歷者之得其眞也。余生僻處一隅，常有志遊於天下，爲形迹所拘，有所不能而爲天下之奇觀不得以盡見，惟思想其奇勝，知瞿塘爲險矣，鳥道爲危矣。然不知危且險者果何如而實不若眞見之爲□□□□□□睹者慕之，有不可得。其有得之而不一得者，則其快於耳目，壯於心胸，與夫欲晃而不得者，相距豈不遠且邈哉？曾君用臧，曩遊於蜀，既盡得夫川峽之奇勝，所謂瞿塘、灩澦、猿蹊、鳥道，皆目睹而身履之，蓋得余之所不得矣。今往教於蜀，又將歷崎嶇，披巉岩，以再騁其遊目，此所謂不一得者也。夫蜀，古稱天府之國，而士大夫多流寓於其間。杜少陵居之爲最久，山川雲物、陳蹤舊迹，每發之於詩，雖幽花野草、蟲魚鳥獸，亦見於歌詠，千

載之下，使人誦之者如親歷其地。然少陵遭播遷之餘，所以形於愾歎者，不能無《北風》盧邪之感、《黍離》行邁之憂，其忠君愛國之誠，無非因所見而發其情也。今天下無事，海宇寧謐，而用臧得以周遊歷覽，窮其奇勝，又非少陵羈旅流落之比。曳裾王門，以行其學；矧遇賢王，崇禮樂，親道德，嘉與士大夫講明孝仁忠義之道，而用臧優游進退於其間，其所以發而爲詠歌者，必皆大雅雍容之語，而無變風風刺之流、山川草木見於風愁雨唱者。用臧必能爲少陵解頤也。余雖不得以遊於是，然嘗誦少陵之詩而知之於千載之上矣。又必俟用臧之發輝，有以啓余於今日也。〔註5〕

又如約在永樂十一年所作《贈郭正己序》，回憶洪武時代的少年豪邁：

洪武庚午秋，正己與予同遊南越，眺蒼梧鬱林之奇，訪羅浮勾漏之勝，尋尉佗伏波之故迹，遐思遠覽，慷慨於海煙荒漠之中，相與豪吟劇論，極才情所至。時正己年未三十，予才及冠，二人者年甚少，意甚相得。雖嶺外風土異，宜能確然自持，不爲常情所易。夜則相與篝燈讀書，或逾中宵乃寐，或達旦始休。人皆嫉予二人之異己，恒指笑於市，亦莫之顧。間有疑予二人者，亦莫與辨。如是者數月如。正己先歸，予尚留滯。予去正己，恍然若失左右手。明年，予方歸，復入閩，而正己亦他遊矣。又明年，予歸自閩。後二年，與正己得一再握手於鄉邑。自茲遂相別，於今幾二十年。今春，正己忽來京師，訪予於玉堂之署。視其髭鬢已皤然，予覺視亦茫茫矣。予憶與正己別時，俱少壯，而今皆若是。慨人生之幾何而衰老漸及之，遂質問正己別後之所得，正己告予曰：「自向者之別，凡載度嶺海，涉鯨波，復入洞庭，泛沅湘，盤旋於荊楚之間，入瞿塘，上三峽，歷覽巴蜀，探青城、峨眉之神秀，求司馬相如、楊雄、杜少陵之遺迹。」噫！若正己之與予別雖久，而其遊覽之所得，則有倍蓰於予者矣。雖其蒼然者見於外，而其充然於中者，有莫得而知也，豈得不爲之歎羨哉！雖然，予深有望於正己也。正己其能不斬以所得而教余者乎？正己其無使予之寡聞也。且正己又將與予別，第未知相見復在何時，冀後日之會，正己之得，又必多於今日矣。正己往哉！予益重有所望也。正己姓郭氏，善詩，能琴，喜交遊，

〔註5〕 胡廣：《送曾教授序》，《胡文穆公文集》卷一一，四庫全書存目叢書本。

予邑人。〔註6〕

胡廣作爲內閣首領，文皇倚以爲重，自然也要寫鳴國家之盛的文章。如《秋闈小錄後序》寫在清洗建文諸臣之後，歌頌文皇開科取士，是非常及時的宣傳。《秋闈小錄後序》〔註7〕云：「我太祖聖神文武欽明啓運俊德成功統天大孝高皇帝，以上聖之資，受天明命，奄有四海，爲億兆之君師，制禮作樂，身致太平，興崇學校，養育人才。一道德而同風俗，雖遐荒僻壤，咸化其習，四十餘年之間，鈞陶士類，大以成大，小以成小」，「我皇上誕膺隆眷，克集茂勳，秉義持仁，肅清內難，入正大寶，纘述舊章，懷保萬方，紹開文治，育才造士之功，視昔一轍，而士之際遇明時，叨蒙樂育，咸相慶幸，莫不欲爭先快睹也。」又如《贈石彥誠之徐聞令序》，寫在《永樂大典》撰修完成之時，解縉已經獲罪入獄，胡廣是解縉的兒女親家，故爾行文收斂，字句平淡，毫無前期的高亢聲調。《贈石彥誠之徐聞令序》〔註8〕云：「今之士，學古之道，能確然不易其所守，外物舉無足以動其中者，予見石君彥誠其人已。彥誠與予交至久，其言行操履有過人者，人皆知之，有不能盡知者，惟予知之。聖天子纂修《永樂大典》，天下學士大夫多與選拔，彥誠亦在列。出入禁闈，凡六七年，小心謹畏，趨事罔懈，屬編摩告成，授爲雷州之徐聞令。」「今彥誠得徐聞，以敷展其才力，徐聞之民得令如彥誠以宣佈治教，予知益有以變其風俗而開其窒否，非若但爲歲月之計者而已。」

胡廣的文風，顯示了由激情豪縱向平淡和緩過渡的痕迹。上官謨《重修胡文穆先生文集序》云：

> 吾邑文穆胡先生，遭遇明時，躬逢聖主，擢甲第，位卿相，生有令名，死有榮諡，可謂前明一代之福人矣。及讀《明史》所載，先生預禁苑讀秘書，置身清華論思之地十有七年。而又以扈從北征，深入沙漠，一切山川所經，風雨所過，盡涵濡於得心應手之趣，與夫鳥語卉毅，探其奇狀，恣情記臆，時流露於歌思翰墨之餘，而其體格風蘊，類多司馬子長、歐陽文忠之遺意焉。〔註9〕

說胡廣的文章，兼有史馬遷、歐陽修的風格。這是正確的。

〔註 6〕胡廣：《贈郭正己序》，《胡文穆公文集》卷一二，四庫全書存目叢書本。
〔註 7〕胡廣：《秋闈小錄後序》，《胡文穆公文集》卷一一，四庫全書存目叢書本。
〔註 8〕胡廣：《贈石彥誠之徐聞令序》，《胡文穆公文集》卷一二，四庫全書存目叢書本。
〔註 9〕胡廣：《胡文穆公文集》卷首，四庫全書存目叢書本。

胡廣死後，楊榮登場，成爲內閣第一人。其墓誌銘說，「十六年夏，進《高廟實錄》，賜宴賚。胡公沒，公掌翰林院事，益見親密。」〔註10〕

楊榮是在便利的文化環境下，成爲內閣首領的。第一，三修版《明太祖高皇帝實錄》，於永樂十五年五月修竣。太祖實錄始修方孝孺總裁，再修解縉總裁，三修夏原吉總裁。三修完成時，政府的宣傳基調就此定版，文臣的精神高度統一。第二，由胡廣總裁的《五經四書大全》《性理大全》在永樂十五年頒佈天下學校，至楊榮登場時，已經過了一年，初步發生了整齊學術的作用。也正是在《性理大全》書中，朱熹論諸家文字，獨重歐陽修，引起了參與修撰的閣臣們的注意。該書頒佈天下，對讀書人的影響不言而喻。第三，永樂朝廷究竟需要一種什麼樣的文風，在解縉主持文壇的時候，沒有解決。胡廣的性情文字，本來近於司馬遷和韓愈，與解縉相似，但他入永樂朝的創作實踐，卻顯示了向歐陽修趨近的迹象。楊榮接迹解、胡兩人之後，對於文風有自覺的把握。第四，東宮論文學，多次標舉歐陽修的文風。自永樂七年開始，文皇北征，太子朱高熾監國，後成定例。文皇屢次北征，太子屢次監國。朱高熾身處危地，而不忘大力提倡歐陽修的文風，除了性之所近外，也是對永樂帝立志右文的正確回應。楊士奇《聖諭錄》卷中云：

> 上在東宮，稍暇即留意文事。間與臣士奇言：「歐陽文忠文雍容醇厚，氣象近三代。」有生不同時之歎。且愛其諫疏明白切直，數舉以勵群臣。遂命臣及贊善陳濟校讎歐文，正其誤，補其闕，釐爲一百五十三卷，遂刻以傳。廷臣之知文者，各賜一部。時不過三四人，而上恒諭臣曰：「爲文而不本正道，斯無用之文。爲臣而不能正言，斯不忠之臣。歐陽眞無忝盧陵有君子，士奇勉之。」臣叩首受教。

朱高熾對歐陽文風的概括是「雍容醇厚」，也就成爲了明代臺閣文風的指向。

由朱棣執掌的永樂朝廷，是一個強勢政府。朝廷決意整齊文化，就通過一系列措施來實現，如修撰《永樂大典》《明太祖高皇帝實錄》《五經四書大全》，如甲申庶吉士培育（教官爲解縉），修建曲阜孔廟，如嚴格科舉取士。這些文化工程陸續完成，文化政策年復一年，要全部發生影響，就有一個積累期，有一個滯後的時間段。解縉和胡廣對永樂文化的草創，作出過巨大貢

〔註10〕楊士奇：《故少師工部尚書兼謹身殿大學士贈特進光祿大夫左柱國太師諡文敏楊公墓誌銘》，《東里續集》卷三六，文淵閣《四庫全書》本。

獻，但沒有機會享受其成。當楊榮上場時，文化環境的建造已經完成，他可以坐享其成地發揮影響。齊一的文化環境，能使當令者事半功倍地取得名聲。《日知錄》有一段記載，表明了整齊劃一的文化環境的力量，卷一八《舉業》云：

> 林文烺（材）《福州府志》曰：余好問長老前輩時事，或爲余言林尚默（名志，閩縣人，永樂壬辰進士，鄉試、會試皆第一，殿試一甲第二名）方遊鄉序爲弟子員，即自負其才當冠海內士云。然考其時，試諸生者則楊文貞、金文靖二公也。夫尚默當時所習，特舉子業耳，而楊、金二學士皆文章宿老，蔚爲儒宗。尚默乃能必之二公，若合符節，何哉？當是時也，學出於一。上以是取之，下以是習之。譬作車者，不出門而知適四方之合轍也。正德末，異說者起，以利誘後生，使從其學，毀儒先，低傳注，殆不啻弁髦矣。由是學者悵悵然，莫知所從。欲從其舊說，則恐或主新說；從其新說，則又不忍遽棄傳注也。己不能自必，況於人乎？嗚呼！士之懷瑾握瑜，範馳驅而不遇者，可勝道哉？是故射無定鵠，則羿不能巧；學無定論，則游、夏不能工。欲道德一，風俗同，其必自大人不倡遊言始。
> 〔註11〕

楊榮恰好是在齊一的文化環境中，主持內閣，進而主持文柄。不僅如此，性格剛直的黃淮，已經在永樂十二年下獄。此時四年過去了，黃淮絲毫未有被釋放的迹象。閣中剩下楊榮、金幼孜和楊士奇。楊士奇的文學雖好，卻與東宮一道受到嚴密監視，汲汲於自保。

楊榮主持文壇，臺閣體雍容的風格，到他的手上才眞正確立。在他之前，韓、蘇的風格占居主流，奇崛生姿。自他開始，歐陽文風蔚爲大宗。他的詩不足稱，而富貴福澤態明顯，無論應制還是繪景，都場面宏麗。抒情也是高姿態，情不深意不切，大開門的話居多。茲舉三首：

> 聖主純誠格上穹，甘霖一灑萬方同。山川流潤昭祥應，草木回蘇顯化工。已喜三農歌帝力，頓令四海慶年豐。太平氣象今尤盛，贊理深期竭寸衷。（《喜雨》）〔註12〕

> 晴波何彌漫，碧嶂自深窈。晨光發遙岑，爽氣動林杪。雲際落飛

〔註11〕顧炎武：《日知錄》卷一八，文淵閣《四庫全書》本。
〔註12〕楊榮：《文敏集》卷六，文淵閣《四庫全書》本。

泉，谷口聞啼鳥。怪底風露清，微茫楚天曉。(《溪山清曉》)〔註13〕

　　除書朝下九重天，南去襄陽路幾千。祖席滿斟燕市酒，征帆輕
揚楚江船。形庭試藝逢昭代，絳帳橫經屬妙年。已喜難兄居禁密，
名家伯仲總稱賢。(《送訓導周進赴襄陽》)〔註14〕

他的文章與唐宋古文家區別頗大，文句中喜歡填入華貴尊榮的字詞。其
《進士題名記》云：

　　洪惟太祖高皇帝受天明命，混一海宇，誕敷文教，以興至治。
建學設科，以造就多士，三歲一登，其賢能而擢用之，迄今十有餘
科，賢俊譽髦之士，乘時彙進，布列中外，建功立業，黼黻治化。
皇上繼承大統，率由舊章，尤惓惓焉以興學育材為務，故得人之盛，
有逾於昔。乃永樂十三年，當會試之期……〔註15〕

《建寧府學記》云：

　　國朝混一天下，大興文教，內建國子監，外置郡縣學，以教育
天下之英才，其制甚備。薄海內外，翕然向風，學校之盛，振古未
有也。士生斯時，得以漸摩詩書仁義之澤，而周旋揖讓乎絃歌俎豆
之間，何其幸歟！建之學，舊在郡治西南。洪武辛巳夏，毀於火。
永樂癸未冬，有司上其事，詔命擇勝地而新之。〔註16〕

文章起調高，用大詞，在全局背景下，再述說小地方的小事情，所以，顯得
雍容有度。文章也有氣不接的地方，如《建寧府學記》，誇讚皇朝文教後，轉
入「建之學」，接得不平滑。《進士題名記》「乃永樂十三年」，若去一「乃」
字，則同樣前後斷氣。這都是為了歌頌朝廷，憑空造勢生起一段文字，然後，
引入當下的實際。歐陽修《豐樂亭記》、曾鞏《學舍記》，都不是這樣的接法。
楊榮的臺閣體文，造作痕迹明顯。但他在強勢政府裏為高官，可以引領那個
時代的風氣。

　　楊榮性情能和悅人，交誼滿天下。永樂帝與他的關係至為親密。《明史》
本傳云：「帝威嚴，與諸大臣議事未決，或至發怒。榮至，輒為霽顏，事亦遂
決。」又云：「性喜賓客，雖貴盛無稍崖岸，士多歸心焉。」這使他文章的影

〔註13〕楊榮：《文敏集》卷二，文淵閣《四庫全書》本。
〔註14〕楊榮：《文敏集》卷七，文淵閣《四庫全書》本。
〔註15〕楊榮：《文敏集》卷九，文淵閣《四庫全書》本。
〔註16〕楊榮：《文敏集》卷九，文淵閣《四庫全書》本。

響更大。錢習禮《兩京類稿序》說：

> 至爲文章，見於詔誥命令、訓飭臣工、誓戒軍旅、撫諭四夷、
> 播告萬姓，莫不嚴正詳雅，曲當人心。出其緒餘，作爲碑銘、誌記、
> 序述、讚頌，以應中外人士之求，又皆富贍溫純，動中矩度。詩亦
> 備極諸體，清遠俊麗，趣味不凡。〔註17〕

錢習禮是楊榮的門生，對楊榮的評論，難免溢美，但楊榮當時主文柄影響很
大，則是事實。四庫總目《文敏集》提要云：「榮當明全盛之日，歷事四朝，
恩禮始終無間，儒生遭遇，可謂至榮。故發爲文章，具有富貴福澤之氣。應
制諸作，颼颼雅音。其他詩文，亦皆雍容平易，肖其爲人。雖無深湛幽渺之
思，縱橫馳驟之才，足以震耀一世，而透迤有度，醇實無疵，臺閣之文所由，
與山林枯槁者異也。與楊士奇同主一代之文柄，亦有由矣。」評價準確。至
於說楊榮與士奇同主一代文柄，固然不錯，如果細分，則楊榮首主文柄。自
胡廣死後到仁宗登極這一段時間，主文柄者只有楊榮。

二、楊士奇後來居上

楊士奇以文學起家。這與他的特殊身世相關。他以布衣身分入仕途，與
楊榮、楊溥進士及第不同。幾件重大的生活事件，改變了楊士奇一生的命運。
需要先說一說。

楊士奇五歲時，生父去世，母親改嫁給羅性。羅性是元末明初的名儒，
對士奇教育非常嚴格，也很慈愛。《羅先生傳》云：「洪武初，詔郡縣立學。
御史劉昭先、知縣採譽望，聘先生及子淵、鄧彥高三人爲之師，時號『楊羅
鄧』。四年，中鄉貢進士。明年，赴春官，敕免會試，授德安府同知。」又云：
「士奇少孤。五歲，先生取而教育之，有父道焉。明年，官德安，又挈以行。
又三年，先生有陝西之役，屢遣書督其學文。」〔註18〕

楊士奇成年後，在家鄉泰和一帶，教私塾糊口。

洪武十八年，楊士奇在琴江縣學擔任教職，年譜云：「贛守請攝琴江教事。
令邵子鏡一見相好。邵廉介，然頗近刻，公每諷切之，而益契厚。」明代琴
江乃一小支流，流經石城。四年後，楊士奇就離開琴江，轉到了武昌，因爲

〔註17〕臺灣「國立中央圖書館」編：《「國立中央圖書館」善本序跋集錄》集部（二），
第348頁。

〔註18〕楊士奇：《東里集》文集卷二二，文淵閣《四庫全書》本。

他在琴江把一方公印丟失了，怕受罰。

楊士奇丟失學官印信，揆其情由，當屬失盜，屬於小罪。而太祖時代，功令極嚴，刑斷多不依律，犯者無由自明。這應該是楊士奇逃離石臺的原因。按《大明律》卷二《擅離職役》條：「凡官吏無故擅離職役者，笞四十；若避難，因而在逃者，杖一百，罷職役不敘。所避事重者，各從重論。」楊士奇離開學官，屬於擅離職役。此罪不除，將永無入仕指望。因爲《大明律》卷二《舉用有過官吏》條云：「凡官吏曾經斷罪、罷職役不敘者，衙門不許矇矓保舉，違者，舉官及匿過之人，各杖一百，罷職役不敘。」

解縉以御史的身分，來江西巡察，發現了楊士奇，並且爲楊士奇脫罪。《國史唯疑》卷一云：「一說楊東里初仕石城學官，失印，避寓武昌，後歸。解大紳適得所作，奇之，求與相見。楊固處匿，以解爲本道御史，且奉敕許實封奏聞故也。解竟奏保之，爲更今名。」解縉做江西道監察御史，在洪武二十二年，時間吻合。石城失印一事，當屬可靠。

《罪惟錄》又有一說，云：「弱冠遊章貢，章貢守善之，命攝琴江教事。琴江令入覲罪死，而士奇方又攝縣事，懼，逃之武昌。建文時遇赦還鄉。」〔註19〕考楊士奇年譜，於其離石城去武昌，原委都不交代，深諱其事。揆度情理，丟失學官公印當爲眞。

如果沒有解縉的幫助，後來的王叔英即使想舉薦士奇，也沒有辦法。舉薦有過官吏，於法不容。楊士奇爲解縉作墓誌，云：「重義輕利，遇人憂患疾苦，輒隱於心，苟可用力，盡意爲之。篤於故舊及名賢世家之後，喜引拔士類。」〔註20〕是有切身感受的。

楊士奇在武昌時，還結識了居在漢陽的詩人丁鶴年。漢陽河泊官有叫單復的，著有《讀杜愚得》，未來得及刊刻就死了，丁鶴年曾從單家求得遺稿，轉託楊士奇刊刻。楊士奇詩學杜甫，與此應當有關。

飄泊江湖的學習和生活經歷，鍛鍊了楊士奇的文學才能。

建文二年，楊士奇被王叔英薦入史館。黃縉所作王叔英傳記，云：「余聞諸父老云，楊文貞公佈衣時，主塾漢陽村落中。先生行部過之，聞讀書聲，曰：『兵革之後，久不聞此矣。』異之，入視焉。文貞避去。見案上詩文一編，

〔註19〕 查繼佐：《罪惟錄》列傳卷二〇《楊士奇》，續修四庫全書本。
〔註20〕 楊士奇：《前朝列大夫交阯布政司右參議解公墓碣銘》，《東里文集》卷一七，第252～257頁。

文貞作也。為題曰：『此公輔器也，何避為？』邀致，薦之。〔註21〕」此段記敘有小誤。楊士奇是在武昌一姓陳的人家坐館，時任漢陽知府的王叔英路過，遂相識。不久，王叔英入京做翰林修撰，修太祖實錄，就舉薦楊士奇。在史館，楊士奇表現了自己的才識。《太師楊文貞公年譜》「（洪武）三十四年辛巳（建文二年）」條云：

> 三月十五日，奉旨送翰林修書。時方孝孺為總裁，諸纂修者少當其意，而書亦將完，惟「濫爵汰冗官」未修。先生（此指王叔英）以付公曰：「此一類，賢當纂集。」公退，分門別類。又三日，先生至局，閱公所分類以問，公言：「濫爵如爛羊頭、爛羊胃之屬，汰冗官是簡退冗員，實兩事，非一類。故分別之。」先生沉思久之，曰：「孝孺誤矣。賢之言是。」即奏公為副總裁，盡視各局所上纂修，悉令公刪定之。〔註22〕

從年譜記方孝孺「諸纂修者少當其意」並史載方氏為人高岸自負，可以推測，楊士奇與方氏的合作不愉快。楊士奇後來撰修明太宗實錄，多誣方氏，除了政治需要，也是情感上對方氏甚為厭惡所致。

王叔英是引領楊士奇步入政壇的關鍵人物，沒有他的引薦，士奇以後的成就都不可能。

建文四年六月，燕兵入金川門，朱棣登位，楊士奇為草即位詔。年譜云：

> 三十五年壬午。公年三十八歲。七月四日，成祖文皇帝御金川門，連騎召公，倉卒叵測。既見，遂命視草，大喜，即日改翰林編修，授承事郎，賜五品服，留侍左右，諭曰：「渡江以來，除官自爾始。」故公《謁長陵》詩有「憶昔六龍升御日，最先承詔上鑾坡」之句〔註23〕。

永樂二年，朱高熾立為太子。楊士奇被選為輔導官，以翰林編修兼左春坊左中允。《明史》本傳云：「五年進左諭德。士奇奉職甚謹，私居不言公事，雖至親厚不得聞。在帝前，舉止恭慎，善應對，言事輒中。人有小過，嘗為掩覆之。」

永樂初期，解縉、胡廣領導文壇。而楊士奇的文學才華，也引起了文皇

〔註21〕黃綰：《王叔英傳》，出《靜學文集》，文淵閣《四庫全書》本。
〔註22〕楊道編，楊思堯補編：《太師楊文貞公年譜》，北京圖書館藏珍本年譜叢刊本。
〔註23〕楊道編，楊思堯補編：《太師楊文貞公年譜》，北京圖書館藏珍本年譜叢刊本。

－166－

的注意。《聖諭錄》卷上云：

> 永樂五年冬。一日，胡廣獨於武英門進呈文字，上覽之稱善再三，既從容問曰：「楊士奇文學，於今難得，而黃淮數不容之，何也？」對曰：「淮有政事才，士奇文學勝，且簡靜無勢利心，蓋因解縉重士奇及臣而輕淮，故淮有憾。」上曰：「朕知汝亦不容於淮，惟朕不爲所惑。」廣叩首，既退，與臣言：「上恩如此，當子孫世世不敢忘。」蓋自是吾二人待淮愈謹矣。〔註24〕

又云：

> 永樂六年冬，巡狩北京，詔書命臣士奇視草。上覽之再三，喜曰：「簡當，更勿改易。其擇日書之，頒下。」又曰：「試與諸尚書觀之。」諸尚書皆稱善，獨兵部劉俊私於士奇曰：「請以『有』字易『自』字，如何？」士奇曰：「善！」即以告於眾，眾曰：「義無相遠，不足易，且上既善之矣。」士奇獨以聞，請易之。黃淮於上前執不足易，臣曰：「於國家大體，當用俊言。」上顧士奇曰：「從汝，從汝。」明日諭胡廣曰：「楊士奇能服善，難得。」

此詔今存《東里集》，名《巡幸北京詔》。今全文移錄，以見成祖所欣賞的文章，是怎樣的一種風格。詔云：

> 奉天承運，皇帝詔曰：成周營洛，肇啓二都。有虞親民，尤重巡省。朕君臨天下，祗率典彝，統御之初，已升順天府爲北京。今四海清寧，萬民安業，國家無事，省方維時。將以明年二月巡幸北京，命皇太子監國。朕所經過去處，親王止離王城一程迎接，軍民衙門官吏人等，於境內朝見。非經過去處，毋得出境。道路一切飲食供給之費，皆已有備，不煩於民。諸司毋得有所進獻，科擾勞眾。布告中外，咸使聞知。永樂六年八月十一日。〔註25〕

兵部劉俊建議的以「有」字替換「自」字，就是「皆已有備」一句，原來當作「皆已自備」。此一句，依劉俊所言而改，文意甚佳。原句與民不相親，君是君，民是民，兩不相涉。換一「有」字，而「不煩於民」的用意預在心中：爲什麼「有備」？原來是怕攪擾百姓。

　　此份巡幸詔，展示了楊士奇文章平易的一面。雍容平易是臺閣體的共性，

〔註24〕楊士奇：《東里別集》卷二，文淵閣《四庫全書》本。
〔註25〕楊士奇：《東里別集》卷一，文淵閣《四庫全書》本。

楊榮以雍容爲主，兼見平易，而楊士奇以平易爲主，兼見雍容。

東宮諸臣中，徐善述、尹昌隆、王汝玉等，都雅善文學，楊士奇的文學最優。但是，楊士奇自己留意的是政治，時常規勸朱高熾在政治上花工夫，不在詩文上浪費時間。如《聖諭錄》卷中載：

> 殿下監國視朝之暇，專意文事，因覽《文章正宗》。一日，諭臣士奇曰：「眞德秀學識甚正，選輯此書，有益學者。」臣對曰：「德秀是道學之儒，所以志識端正。其所著《大學衍義》一書，大有益學者及朝廷，爲君不可不知，爲臣不可不知。君臣不觀《大學衍義》，則其爲治皆苟而已。」殿下即召翰林典籍取閱，既大喜曰：「此爲治之條例監戒，不可無。」因留一部朝夕自閱，又取一部命翻刊以賜諸子。且諭臣士奇曰：「果然，爲臣亦所當知。」遂賜臣一部。蓋殿下汲汲於善道如此。

又載：

> 永樂七年，贊善王汝玉每日於文華後殿道說賦詩之法。一日，殿下顧臣士奇曰：「古人主爲詩者，其高下優劣何如？」對曰：「詩以言志。《明良》《喜起》之歌，《南熏》之詩，是唐、虞之君之志，最爲尚矣。後來如漢高《大風歌》，唐太宗『雪恥酬百王，除凶報千古』之作，則所尚者霸力，皆非王道。漢武帝《秋風辭》，氣志已衰。如隋煬帝、陳後主所爲，則萬世之鑑戒也。如殿下於明道玩經之餘，欲娛意於文事，則兩漢詔令亦可觀，非獨文詞高簡近古，其間亦有可裨益治道。如詩人無益之詞，不足爲也。」殿下曰：「太祖高皇帝有詩集甚多，何謂詩不足爲？」對曰：「帝王之學，所重者不在作詩。太祖皇帝聖學之大者，在《尚書注》諸書。作詩特其餘事。於今殿下之學，當致力於重且大者，其餘事可姑緩。」殿下又曰：「世之儒者，亦作詩否？」對曰：「儒者鮮不作詩。然儒之品有高下。高者道德之儒，若記誦詞章，前輩君子謂之俗儒。爲人主尤當致辨於此。」

對此，正德年間名臣王鏊評價說：「嘗讀《東里集》，謂汝玉於東宮專講詩法，似非輔導之義。今觀仁宗德音，曰政治之方，曰善政之音，至有如暗逐明之喻，其於聖心必大有開發者邪。當時帷幄啓沃之言，可以懸想。獨詩法乎哉？」〔註26〕

〔註26〕 王鏊：《恭題仁廟監國令旨》，《震澤集》卷三五，文淵閣《四庫全書》本。

　　永樂九年六月，解縉下獄。這是一起人爲的冤案，解縉必死無疑。種種迹象顯示，東宮主要成員都處在別人的嚴密監視中。楊士奇的情緒低落，多次憶起早年飄泊江湖的經歷。其《沙羨稿引》云：

　　　沙羨，楚壤也。……國朝置布政司臨之，以總十七府州之治。余弱冠而遊也。……憩此最久，其賢人君子多與之交，文事之討論，篇什之倡和，多與也。今足迹不至者十五年，舊交零落過半，間發故篋，得往年所爲詩文百餘篇，雖詞旨淺陋無可採，而懷故人之不見，想山川之在目，情之所存，不忍棄也。因萃爲一卷，題曰《沙羨稿》云。永樂辛卯夏五月朔，士奇書。〔註27〕

又《石臺稿引》云：

　　　歲屠維單閼，石臺蕭德贇延余教塾館。石臺在吾邑東南一舍所桃源里中。余是時方幸來此，從容優逸，將用其志意以增益所未至。歲餘，迫於召命，不遂所欲。然至於今，其心未嘗一日不在石臺也。當時所爲詩文，率出一時應酬，或錄或棄，所錄者此卷是已。間一展讀，撫歲月之如流，念舊學之不進，不能無慨焉於中也。因題之曰《石臺稿》云。永樂辛卯冬十月朔，谷軒識。〔註28〕〔按，「谷軒」，士奇自號。士奇又有《谷軒稿》，集平時應酬文字〕

　　永樂十二年三月，楊榮、金幼孜和胡廣，再次扈從文皇北征。頭一次在永樂八年，金幼孜撰有《北征錄》一卷。此次扈從，金幼孜有《後北征錄》一卷。《明史》金幼孜傳云：「明年北征，幼孜與廣、榮扈行，駕駐清水源，有泉湧出。幼孜獻銘，榮獻詩，皆勞以上尊。帝重幼孜文學，所過山川要害，輒命記之。幼孜據鞍起草立就。使自瓦剌來，帝召幼孜等傍輿行，言敵中事，親倚甚。嘗與廣、榮及侍郎金純失道陷谷中。暮夜，幼孜墜馬，廣、純去不顧。榮爲結鞍行，行又輒墜，榮乘以己騎，明日始達行在所。是夜，帝遣使十餘輩迹榮、幼孜，不獲。比至，帝喜動顏色。自後北征皆從，所撰有《北征》前後二錄。」九月，車駕回京，楊榮、胡廣等伴著文皇，乘興而歸。東宮僚員卻受到責罰。《明史》楊士奇傳云：

　　　明年（十二年），帝北征。士奇仍輔太子居守。漢王譖太子益急。帝還，以迎駕緩，盡征東宮官黃淮等下獄。士奇後至，宥之。召問

〔註27〕楊士奇：《東里文集》卷四，第50頁。
〔註28〕楊士奇：《東里文集》卷四，第50～51頁。

太子事，士奇頓首言：「太子孝敬如初。凡所稽遲，皆臣等罪。」帝
意解。行在諸臣交章劾士奇不當獨宥，遂下錦衣衛獄，尋釋之。

自此而往，黃淮、楊溥等東宮官在錦衣獄中，一直到永樂帝駕崩，才被
仁宗釋放出來。楊士奇在監外，陪伴太子，履深履薄，恪盡職守。楊士奇與
黃淮自入內閣相識，成為朋友，常到獄中探望黃淮，送飲食醫藥。多年後，
楊士奇病逝，致仕家居的黃淮驚聞噩耗，撰《祭少師東里楊公文》，回憶這段
交往云：

> 公之與我也，道義交情，終始無違。苟不託之於翰翰，曷以致
> 夫感仰之私！淮自筮仕以來，五十年於茲，升沉榮辱，於時推移。
> 厥初承乏，職兼兩制，僚友之中，公尤我知。情之相孚，堅如膠漆。
> 事之可否，信如著龜。逮夫鑾輿北狩，青宮監國。慎簡宮僚以勵翼，
> 惟我與公而相依。異體同心，合轍並趨。獻可替否，一出於正。竭
> 謀殫慮，靡憚勞劬。晉錫便蕃，光昭倫輩。百責所萃，曾莫敢支。
> 夫何人事之錯迕，豈料災禍之薦臻。公方入對明廷，旋復釋還故職。
> 我則拘幽圜土，一滯十稔有奇。常承憫惻之念，屢饋藥食之資。詞
> 我音耗，撫我癡兒。綢繆懇悃，久而不衰。〔註29〕

永樂二十年，楊士奇再次下獄。《明太宗文皇帝實錄》卷二五一「永樂二
十年九月癸亥（初九）」云：「重陽節，賜文武群臣宴。以左春坊大學士楊士
奇輔導有闕，下錦衣衛頌繫。」下獄的原因，《明通鑒》卷一七云：「時皇太
子屢遭讒構，上以士奇輔導有闕。會呂震婿張鶴朝參失儀，太子以震故，宥
之。上聞之，怒義不能匡正，於是並震及士奇等，俱先後下獄。尋皆釋之。
逾年，皆復官。」

永樂二十二年七月，永樂帝死在北征途中，由楊榮和金幼孜護送遺體回
京。仁宗上臺，釋放了黃淮、楊溥，至此時兩人已被囚禁了十年。

仁宗登大寶，帶來了閣臣地位的變化。他的老師黃淮和洗馬楊溥下詔獄
十年，至此始能放出。黃淮和楊溥下獄後，十年來陪伴身邊的是楊士奇。這
樣，仁宗的感情不能不偏向自己的幾位老師。皇考身邊的蹇義，敬慎老實，
對太子多所迴護。《明史》蹇義傳云：「永樂二年兼太子詹事。帝有所傳諭太
子，輒遣義，能委曲導意。帝與太子俱愛重之。」永樂二十年，蹇義還因為
太子的緣故，被下詔獄達一年之久。於是，仁宗想超擢蹇義和楊士奇。《明通

〔註29〕程敏政：《明文衡》卷九七，文淵閣《四庫全書》本。

鑒》卷一八「明成祖永樂二十二年八月十七」條云：「時上以輔導功，欲加蹇義及士奇秩，士奇謂：『漢文即位，首進宋昌，史以爲貶。請先扈從征行之臣。』仍與榮、幼孜等並進秩。」

永樂二十二年九月，仁宗授蹇義少傅，楊士奇少保，楊榮則爲太子少傅，金幼孜爲太子少保。兩個月後，又提升蹇義爲少師，楊士奇少傅，夏原吉爲少保。幾人中除楊士奇外，其他都長久侍從文皇，甚至有扈從北征的軍功，而夏原吉從永樂三年郁新死後，就是實際行權的戶部尚書，曾與蹇義同受文皇褒諭，亟稱其才。楊士奇終永樂朝，一直爲閒官，無政績可言。仁宗授士奇少傅，位在原吉、楊榮之上，表明從仁宗開始，閣臣的重心移向了楊士奇和蹇義。

東宮 20 年君臣朝夕相處，共濟艱危，楊士奇、蹇義與仁宗的情感，有超越君臣之上的心靈相契。《聖諭錄》中卷有一段楊士奇的回憶，云：

> 上自少侍太祖皇帝，明於星象。臣士奇侍監國時，間以教臣，曰：「宋元儒者多曉習，不可忽也。」元年四月中，尚書蹇義、夏原吉、楊榮及臣士奇奏事奉天門，畢，上問：「夜來星變曾見否？」皆對曰：「未見。」上曰：「蹇三人，雖見不能知，士奇當知之。」臣對曰：「臣愚亦不能知。」上曰：「天之命矣。」歎息而起。又明日，早朝罷，召蹇義、臣士奇至奉天門，諭曰：「監國二十年，爲讒慝所構，心之艱危，吾三人共之。賴皇考仁明，得遂保全。」言已泫然。義、士奇亦流涕。臣士奇對曰：「今已脫險即夷，皆先帝之賜，陛下至誠之效，更不煩聖明多慮。」上曰：「即吾去世後，誰復知吾三人同心一誠？」遂出二敕、二印，賜兩人，臣士奇得「楊貞一印」，敕曰云云。皆拜受而退。蓋逾月，宮車宴駕矣。嗚呼！痛哉。

蹇義與楊士奇相比，仁宗更重士奇。從仁宗獨立主政的第一天起，楊士奇的政治地位就躍居諸人之上。《聖諭錄》中卷又云：

> 永樂二十二年八月，學士楊榮自行在還報大行晏駕，東宮殿下即遣皇太孫出居庸，赴開平迎梓宮。時京師諸衛軍皆隨征，聚行在，惟趙府三護衛軍留京師，一時浮議籍籍，慮護衛爲變，遂秘未發喪。皇太孫瀕行，啓東宮殿下曰：「出外有封章白事，非印識無以防僞。」東宮殿下顧臣曰：「渠言良是。但行急，新制則不及。」臣對曰：「殿下未踐阼，今居喪無所事，有事，自應行常用之寶。東宮小圖書亦

聞，太孫出外無行事，惟有上稟朝廷之事，可假之行。此出一時之權，歸即納上。」東宮殿下即取付太孫，曰：「有啓事，以此封識來。此亦久當歸汝，汝就留之。」既行，殿下顧臣曰：「汝此説是。雖出從權，亦事機之會。昔大行臨御，儲位久未定，浮議喧騰。吾今就以付之，浮議何由興？」又曰：「自今朝廷事仗蹇與汝，但蹇亦有遲疑，汝須盡心。汝二人，吾當重用不輕也。」對曰：「殿下嗣位，朝廷大小事皆當盡公以厭服天下之心，須溥恩及下，然必先扈從征行之臣。若漢文即位，首進宋昌，史書之以爲貶，此當深戒。臣兩人日在侍近，殿下必不遺，惟不應先及此。殿下初政，收人心之機也。」

這段記載，可以讓我們明確三點：1、楊士奇有過人的政治才能，處事敏捷周密；2、朱高熾最信任的人是楊士奇和蹇義，尤其倚重士奇；3、洪熙朝內閣成員，是楊士奇定下的。

史家評論仁宣政治時，多稱「三楊」，而又有「東楊政事，西楊文學，南楊操守」的說法。將楊士奇在「三楊」的特色歸於文學，是不錯的。但如果將「西楊文學」理解爲楊士奇的成績在文學，而政治影響不及楊榮，就不符合事實了。楊士奇文學本優，但在永樂朝不過是熒蟲之光，不見輝煌。從仁宗朝開始，楊士奇的政治影響躍居第一，「西楊文學」相伴而生。

洪熙元年五月，詔修太宗實錄，楊士奇爲第一總裁，黃淮次之，第三是楊榮。不久，仁宗病危，召蹇義、楊士奇、黃淮、楊榮至思善門，命楊士奇書敕，遺詔傳位於太子。宣宗上臺，詔修仁宗實錄與太宗實錄，一併修撰，由楊士奇任第一總裁，黃淮次之，楊榮第三。

宣德二年八月，黃淮以衰病致仕。至此，在朝的閣臣有四人：楊士奇、楊榮、金幼孜，楊溥。其中，楊溥入閣剛兩年。

宣宗對楊士奇寵信日增，而對楊榮有所不滿。《明史》楊士奇傳云：

榮疏闓果毅，遇事敢爲。數從成祖北征，能知邊將賢否，阨塞險易遠近，敵情順逆。然頗通饋遺，邊將歲時致良馬。帝頗知之，以問士奇。士奇力言：「榮曉暢邊務，臣等不及，不宜以小眚介意。」帝笑曰：「榮嘗短卿及原吉，卿乃爲之地耶？」士奇曰：「願陛下以曲容臣者容榮。」帝意乃解。

《聖諭錄》卷下，詳記此事，發生在宣德五年。說宣宗對楊榮的態度發生變化，「然自是不專任之矣」。

宣德十年正月，章皇帝駕崩。七月，詔修宣宗實錄，楊士奇爲第一總裁，楊榮次之，楊溥第三。英宗登位時九歲，一切由祖母張皇后主持。皇后倚重三楊。三楊由永樂時代的風雨顛簸，走到了此時，都已經年老，過去的一切機心不復存在，持重謹慎，關係融洽，臨事發謀，如出一心。到這個時候，政治地位上三人已沒有高低之分。《明史》楊溥傳，概括了這個時候的閣臣關係，云：

> 一日，太后坐便殿，帝西向立，召英國公張輔及士奇、榮、溥、尚書胡濙入，諭曰：「卿等老臣，嗣君幼，幸同心共安社稷。」又召溥前曰：「仁宗皇帝念卿忠，屢加歎息，不意今尚見卿。」溥感泣，太后亦泣，左右皆悲愴。……是時，王振尚未橫，天下清平，朝無失政，中外臣民翕然稱「三楊」。

楊榮正統七年病死，「三楊」結構斷鼎一足，初現危機。《明史》楊士奇傳：「是時中官王振有寵於帝，漸預外庭事，導帝以嚴御下，大臣往往下獄。靖江王佐敬私饋榮金。榮先省墓，歸不之知。振欲藉以傾榮，士奇力解之，得已。榮尋卒，士奇、溥益孤。」

正統九年三月，楊士奇病死。《明英宗實錄》卷一四一「正統九年三月甲子（十四日）」，對楊士奇的評價是：「文章謹嚴有法，議論往返卒歸於理，表然爲一世之望。臨終自誌其墓云：『越自授官，所覬行道，心存體國，志在濟人。惟理無窮而學殖未充，事有至難而智慮弗逮，故進慕陳善，退勤省躬，而施以公，而守以約。始終一意，夙夜不忘。』考之平日，蓋無愧其言云。」

楊士奇從建文四年入閣典機務，至正統九年死，歷仕時間大約 43 年。到仁宗上臺時，他才進入到政治的中心層。四庫總目《東里集》提要說他，文章特優，「主持四十年之風氣」，將他一生做官的時間幾乎都算了進去。這是不正確的。永樂前期，解縉、胡廣都在，才力雄大，輪不到楊士奇主持風氣。永樂後期，楊榮主文柄，夏原吉、金幼孜爲羽翼，楊士奇更沒有露頭的機會。

正統年間，楊士奇自選文集《東里文集》，請黃淮作序。黃淮《少師東里楊公文集序》：云：「洪惟我朝自太祖高皇帝肇開文運，儒雅彬彬輩出，以公述作征諸前烈，頡頏下上能幾人焉？方之當時，齊驅並駕復幾人焉？謂之間世之才，其信然哉。」〔註30〕說同時代的人，沒幾個能比得上楊士奇，那要看是什麼時段的「同時代」，如果在永樂前期，不僅能夠並駕齊驅者大有人在，

〔註30〕楊士奇：《東里文集》卷首，第 1 頁。

就是出乎其上者也不乏其人。如王汝玉，文徵明《劉文恭公詩集敘》云：「公剛方博大之氣、端居自守之節，蓋嘗以古人自期，文章翰墨特其餘事耳。然所論著精深博雅，當其時亦未見有以過之者。嘗言：『前輩爲文，楊文貞公必歷時乃就，而王汝玉日可數篇，然精駁雜出，非楊公比也。』」側面反映出王汝玉的敏捷才思，在楊士奇上。王汝玉，名璲，是永樂年間著名的作家。黃淮的一番誇讚，大約指仁宗主政後的情況。黃淮《少師東里楊公文集序》有一段總結士奇文風的，可補四庫總目之闕：

> 肆其餘力，旁及應世之文，率皆關乎世教，吐辭賦詠，沖澹和
> 平，颺颺乎大雅之音。其可謂雄傑俊偉者矣。公之立心制行，本之
> 以忠貞亮直，持之以和厚謙慎，以故清議咸歸重之。

臺閣作家都是政治家，不花心思在文章上，寫應世文章都是以其餘力，不當作正事的。楊士奇自己說過：「平生懶作詩文，往往爲親朋鄉人所強，不得已應之。」〔註31〕如果寫了，就要裨益教化。如《許幼道挽詩序》《楊氏家乘序》《贈高以能序》，都從生活小事上發議論，歸結到貴義賤利，孝悌忠厚，濟世福民的道理上去。

楊士奇作爲臺閣體的第一代表作家，歷來諸家論述最詳。熊禮彙教授撰《明清散文流派論》，第二章論臺閣派，專關《楊士奇的文論觀和散文藝術》一節，體貼入微。讀者可以參看。楊士奇的詩，是臺閣作家中寫得最好的。至於《列朝詩集小傳》乙集《楊少師士奇》云：「國初相業稱『三楊』，公爲之首。其詩文號『臺閣體』。今所傳《東里詩集》，大都詞氣安閒，首尾停穩，不尙藻辭，不矜麗句。太平宰相之風度，可以相見。以詞章取之則末矣。」意有未滿，是因爲錢氏所取，專在風調才情，眞正的臺閣體詩，則盡行刊落。若論臺閣詩，士奇的水平是最高的。

本節用意，在於楊士奇主文柄的時間。其詩文特色，前人論述已詳，故略。

總之，從仁宗正式執政開始，東宮舊臣楊士奇、黃淮等占上風，楊士奇主文柄，楊榮、金幼孜、黃淮、夏原吉爲羽翼，李時勉、王直、王英、陳敬宗等後進作家附行。這種狀況，一直持續到正統時代，士奇離世爲止。楊士奇主文柄的時間比楊榮長。楊榮憑著永樂後期的個人成就，在仁宗之後，位置雖遜於楊士奇，而影響仍然持續。這就是人們說的二人同主一代文柄。但

〔註31〕楊士奇：《谷軒稿後》，《東里續集》卷一八，文淵閣《四庫全書》本。

嚴格按第一人來算，第二人不計，則仁宗之後，楊榮是不主文柄的。

三、楊溥不是臺閣體代表作家

當代諸家中國文學史，論及明初臺閣體文學時，持一普遍的觀點，就是臺閣體作家是以「三楊」為代表。

鄭振鐸著《插圖本中國文學史》，論述臺閣體時，已將「三楊」並稱。這部書影響不大。游國恩主編的《中國文學史》認為，在永樂、弘治之間，詩壇上是以「三楊」為代表的臺閣詩派。中國社會科學院主編的《中國文學史》有近乎相同的看法，說「從永樂至天順（1403～1464）年間，文學上形成了另一種局面，出現了一種以楊士奇、楊榮、楊溥『三楊』為代表的『臺閣體』詩文」。兩書曾長期作為高等院校的教材，其觀點已經成了社會的公共知識，影響深遠。繼此兩部教材之後，章培恒版《中國文學史》和袁行霈版《中國文學史》，都承襲了臺閣體「三楊」並提的方式。郭預衡主編的《中國古代文學史》，首版於 1998 年，其第七編《明代文學》部分，立論簡當，卓見最多，而論臺閣體時，仍然沿襲了「三楊」觀念。此書目前已經再版十多次，影響廣泛。其「三楊」觀念，未見修訂。

文學史中「三楊」並提，意味著臺閣體的代表人物是楊士奇、楊榮和楊溥。三人文學水平有差距，楊士奇文學最優，楊榮次之，楊溥又次之。「三楊」並稱，把楊溥作為臺閣體的第三代表。問題是，楊溥的文學除了不如二楊，也不如其他臺閣體作家。他當不起臺閣體文學的第三代表。

考察明人的說法，「三楊」是一個政治術語，而非文學觀念的表達。臺閣體「三楊」說，乃是清人的誤會。這個誤會妨礙了我們對文學史的理解。凡一提到明代臺閣體文學，人們免不了落入「三楊」的框架，使「三楊」之外的臺閣作家成為附庸。

楊溥進入永樂時期的歷史，是因為在永樂十二年，他與黃淮都被投入詔獄，而且一入就是十年。入獄前，他默默無聞。在整個永樂朝，楊溥的歷史就是呆在獄中。二楊都有政治活動。楊榮陪侍文皇，聲名遠播。楊士奇陪伴東宮，低調做人。

楊溥在獄中，發奮攻讀經史。永樂二十二年出獄後，升翰林學士。此時，二楊同在內閣，參與機密事務，與皇帝朝夕相處。楊溥在閣外，與皇帝的關係比較疏遠。洪熙元年正月，仁宗建立弘文閣，顧念楊溥當初受牽連坐牢，

就讓他掌管弘文閣，親自把印送他手上，說：「朕用卿左右，非止學問，欲廣知民事，爲治道輔。有所建白，封識以進。〔註32〕」只能通過封事的方式進言，楊溥比楊士奇、楊榮地位低多了。

洪熙元年五月，仁宗駕崩，宣宗上臺。七月撤消弘文閣，讓楊溥入文淵閣參預機務。至此，三楊得以共事。楊士奇和楊榮都是建文四年入閣，楊溥入閣比兩人晚了23年。

三人同在閣中，地位不相當。楊士奇爲少傅兵部尙書華蓋殿大學士，楊榮爲少保戶部尙書兼謹身殿大學士，楊溥只是太常寺卿兼翰林院學士。與二楊相當的另有其人，就是金幼孜、夏原吉和黃淮。三人都能文學，金有《金文靖集》十卷傳世，夏有《忠靖集》六卷傳世，黃淮在獄中就有《省愆集》。三人的文學雍容暢達，可以肩隨二楊。黃淮文學稍遜，但也可觀，金幼孜《省愆集序》云：「公在館閣時，予實與同事，凡四方萬國制命之下，日不下數十，固未暇於詩，雖間有所作，不過黽勉酬應，亦不暇於求工也。」這個時候，「三楊」聯稱的條件根本不具備。

宣德二年八月，黃淮致仕。從《明宣宗章皇帝實錄》所記考察，皇帝談論自己的私人興趣，如作詩或寫古文，品評經史，都很喜歡同時召見楊士奇和楊榮，君臣交換看法。二楊的地位進一步提升。楊溥與從前一樣默默工作，他很少被召見。單獨的君臣會面只有兩次。《明宣宗章皇帝實錄》卷二三「宣德元年十二月乙亥」云：

> 上閒暇與學士楊溥語及治兵之道。溥曰：「兵貴乎訓練有方，撫養得宜，不患其不爲用。」上曰：「然養之厚則得其心，練之精則得其用。必其氣銳志果而後可用，若素不訓養，一旦驅之矢石之間，進退失措，何望有濟。」溥曰：「誠如聖諭。」

又《明宣宗章皇帝實錄》卷五○「宣德四年春正月己巳」云：

> 上罷朝，居齋宮，召翰林學士楊溥，從容諭曰：朕即位以來，今四年。常念祖宗創業之難，子孫守成之不易，夙夜惓惓，未嘗敢息。今幸百姓粗安，此皆賴天地祖宗之敷祐，蓋亦有群臣勵翼之功。朕恒自喜。然自古國家禍亂每生於不虞，又未嘗不以爲憂。對曰：「聖人治不忘亂，安不忘危。今聖心如此，足以膺天眷福蒼生於悠久也。」上曰：「滄海之大，皆由江河之助。古之君臣，更相戒飭，所以克致

〔註32〕廖道南：《殿閣詞林記》卷一《武英殿大學士楊溥》，湖北先正遺書本。

太平，號稱明良。若爲君者不資於臣，爲臣者不贊輔其君，欲求善
治，未之有也。然比來臣下往往好進諛詞，令人厭之。卿亦宜勉輔
朕於善道。」溥對曰：「臣受國厚恩，敢忘報稱！」上曰：「但覺朕
有過舉，直言無隱，是即爲報矣。」溥頓首曰：「自古直言非難，而
容受直言爲難。陛下樂聞忠言如此，臣等不敢不盡心。」

楊士奇、楊榮等人的待遇明顯高一些。如《明宣宗章皇帝實錄》卷五三
「宣德四年夏四月丁酉」云：

> 南京進鰣魚。早薦奉先殿，獻皇太后。午，上御文華殿，召大
> 學士楊士奇、楊榮、金幼孜，持賜鰣魚、醇酒，加賜御製詩，有「樂
> 有嘉魚」之句。士奇等沾醉獻和章，上喜曰：「朕與卿皆當以成周君
> 臣自勉，庶幾不忝祖宗之付託。」

此時，楊溥同樣在朝，沒有分享到鰣魚。

宣德五年正月，夏原吉病逝。第二年底，金幼孜病故。幾位老臣離去，
宣德皇帝討論國事，現在則主要問二楊及蹇義了。

終宣宗朝，楊溥的官職比二楊明顯爲低。現抄錄《明宣宗章皇帝實錄》
卷七「宣德十年秋七月庚午朔」的一段如下：

> 丙子。少傅兵部尚書兼華蓋殿大學士楊士奇等言：「臣等仰惟宣
> 宗皇帝臨御十年，大功大德在國家在生民者，必當紀載，垂於萬世。
> 今宜依祖宗故事，纂修實錄，以彰盛美。」上從之，敕諭禮部曰：「……
> 其以太師英國公張輔爲監修，少傅兵部尚書兼華蓋殿大學士楊士
> 奇、少傅工部尚書兼謹身殿大學士楊榮、禮部尚書兼翰林院學士楊
> 溥、詹事府少詹事兼侍講學士王英、少詹事兼侍讀學士王直爲總裁。
> 遴選文儒，協相纂述。其有合行事宜，條列以聞。欽哉。」

由上，詔修宣宗實錄時，楊溥職位比二楊明顯爲低。

正統三年，宣宗實錄修成，預修人員各有升賞。《明宣宗章皇帝實錄》卷
四一「正統三年夏四月甲寅朔」下相關條記錄如下：

> 辛未。以宣廟實錄成，升總裁官少傅兼兵部尚書華蓋殿大學士
> 楊士奇、少傅兼工部尚書謹身殿大學士楊榮俱爲少師，兼職如故。
> 禮部尚書兼翰林院學士楊溥爲少保，兼禮部尚書、武英殿大學士。
> 總裁兼纂修官、少詹事兼翰林院侍讀學士王直，少詹事兼侍講學士
> 王英，俱爲禮部左侍郎，兼職如故。

至此，楊溥升爲少保兼武英殿大學士，才與俱爲少師和大學士的二楊眞正同列。關於三楊何時同列這一點，以修撰謹嚴著稱的《明史》有過警覺。《明史》楊溥傳說，「正統三年，《宣宗實錄》成，進少保、武英殿大學士。溥後士奇、榮二十餘年入閣，至是乃與士奇、榮並。」

明人葉盛在《水東日記》卷一說：「宣德、正統間，名臣稱三楊先生，以文貞爲西楊，文敏爲東楊，蓋初以姓同，亦略因居第以別之。文貞固出江西，而文定郡望每書南郡，乃因以南楊號文定焉。」把三楊並稱的時間從宣德起算。但是，楊溥宣德入閣四年後，就丁母憂歸家，宣德九年八月起復，遷禮部尚書。無論從職位還是掌機務的時間看，楊溥在宣德年間與二楊的地位差別相當大，尚不能產生「三楊」結構。白壽彝主編的《中國通史》明代部分，在談楊溥的一節裏，對《水東日記》的「三楊」說，就起算點做出了糾正，將「三楊」結構確定在正統時期。

正統十一年七月，楊溥病故。至此，「三楊」全部離世。僅隔三年，正統十四年，瓦剌犯邊，英宗受太監王振鼓動，親征瓦剌。由於英宗的輕率，明軍大潰，死亡數十萬。八月十五日，英宗在土木堡被俘。這場驚天覆地的變故，讓人們認識到「三楊」執政的偉大成就。所以，《明史》楊溥傳說，「後三年，振遂導英宗北征，陷土木，幾至大亂。時人追思此三人者在，當不至此。」

「三楊」聯繫的是治平，是一個政治術語。明代人往往從這個方面發論。吳寬《家藏集·跋三楊遺墨》說：「今世稱名臣，必曰『三楊』。葉文莊公因取其手墨，聯屬爲卷，蓋重其人也。」王愼中說：「某生也晚，竊聞長者之論，由高帝文皇以後稱相業者，莫盛於三楊。」〔註33〕

但是，政治表述的「三楊」，後來浸入了文學領地，「三楊」被誤會成文學表述。

從臺閣體方面考察，二楊主持一代文柄，史有定論，可以暫且不問。二楊之後，是否必爲楊溥，眞的如今人諸文學史所說，楊溥是臺閣體的代表作家呢？清人是持肯定態度的。四庫總目《省愆集》提要云：「然通達治體，多所獻替。其輔導仁宗，從容調護，尤爲有功。雖以是被謗獲罪，而賜環以後，復躋禁近，迨至引年歸里，受三朝寵遇者，又數十年。遭際之隆，幾與三楊相埒。其文章春容安雅，亦與三楊體格略同。」將黃淮與「三楊」對舉。但

〔註33〕王愼中：《上李序庵閣老》，《遵岩集》卷二一，文淵閣《四庫全書》本。

是，館臣的臺閣體「三楊」說是不嚴謹的。

《四庫全書》未收楊溥的文集。只有《水雲錄》二卷，繫於「楊溥」名下，而此楊溥爲長沙人，號水雲居士，別是一人。四庫提要也說：「其書成於弘治中，蓋名姓偶同，非一人也。」庫中有程敏政《明文衡》，採錄楊溥文十餘篇；又有明人賀復徵《文章辨體彙選》，採楊溥文一篇。楊溥詩文見於四庫存錄的，如此而已。《明詩紀事》乙簽卷三《楊溥》陳田按：「《文定集》世所罕見，余從眞定梁氏購得，甄錄較他集爲多。」而四庫館臣連楊溥文集都沒有見過，不知他們的臺閣體「三楊」一說，有什麼根據？

楊溥與楊士奇相比，文章學識差距明顯。《謇齋瑣綴錄》卷二載：

> 仁宗昭皇后當題主祔廟，南楊執稱「皇太后」，眾莫能止。及後奉命御製修國子監碑文，題曰《重建太學之碑》。時西楊寢疾不能出，密旨封令西楊另制一通。題曰《大明新建廟學之碑》，進呈，遂用之。南楊又執用其題，西楊具本論：「凡言重建者，謂既作之後又作之。廟學雖前元所建，非國朝事，此不可論。且廟與學二者，若只書太學而不云廟，於禮未安，請通改作『新建廟學』四字爲宜。」廷議雖韙西楊之言，然已刻石，無及矣。二公學識於是可知。〔註34〕

據明英宗實錄，此事發生在楊士奇死前 11 天。揆之情理，楊士奇當時已經病入膏肓，朝廷尚且勉強他另作一篇，可見對楊溥的文章不放心。《明英宗睿皇帝實錄》卷一一四「正統九年三月癸丑」，有云：「御製《重建太學碑》曰：皇天仁愛下民，必簡命聖人君之、師之，聖人得位則兼君師之事，如伏羲、神農、黃帝、堯舜禹湯、文武是已。不得乎位，則專師之事，以立教垂範，孔子是已。」云云，就是楊溥代制的文章，只言太學而不及廟，可證《謇齋瑣綴錄》所說。

正統九年三月甲子，楊士奇病死，四月，翰林學士陳循入閣，以補士奇之闕。《明史》陳循傳云：「初，廷議天下吏民建言章奏，皆三楊主之。至是榮、士奇已卒，循及曹鼐、馬愉在內閣，禮部援故事請。帝以楊溥老，宜優閒，令循等預議。」實際擔任工作的是陳循等人。

陳循，字德遵，泰和人。永樂乙未賜進士第一。有《芳洲文集》。他是楊士奇的同鄉。陳循文思敏捷，比楊溥有文學才華。《謇齋瑣綴錄》卷二云：

〔註34〕尹直：《謇齋瑣綴錄》，《叢書集成新編》第 85 冊，臺灣新文豐出版公司 1985年版。

　　宣廟最好詞章，選南楊與陳芳洲二先生日直南宮應制。南楊思
遲，陳思敏。一日，命御製《壽星贊》，陳援筆贊云：「渺南極兮一
星，燦祥光兮八紘。兆皇家兮永齡，我懷思兮治平。賴忠貞兮弼成，
宜壽域兮同升。」南楊以指圈畫「壽域」二字，欲易而未就。時中
官促進甚急，曰：「先生有則改，無則罷。」遂取去。賜內閣，問二
楊先生曰：「『壽域』二字如何？」西楊應曰：「八荒開壽域。」中官
還詰南楊曰：「『八荒開壽域』，此句詩如何？」南楊曰：「好詩。」
中官曰：「先指『壽域』爲未好，何也？」南楊默然。少頃，陳退食，
遇西楊於端門，西楊語陳曰：「適賜壽星一贊甚佳，必大手筆也。」
陳唯唯。後正統間，朝鐘一日不受杵，命內閣制《祠鐘文》。南楊入
室中翻舊稿不得，太監候久，促陳芳洲曰：「先生何不作？」陳乃白
南楊曰：「舊無此稿，先生第口占我寫。」南楊乃起一語，陳遂續成
之。

　　閣中又有作家王英，文學水平很高。王英，字時彥，號泉坡，金溪人。
永樂甲申進士，選庶吉士。累官南京禮部尚書。景泰元年卒，諡文安。後改
文忠。有《王文安公詩文集》11 卷傳世。四庫失收其集。民國胡玉縉曾見其
詩文集，評價說：「大率密切謹嚴，無奇偉之觀，而有雍容之度，與楊亦略相
近。詩輕圓流利，多可諷誦。」〔註35〕如《扈從曉發東葛城》二首：

　　五營齊起聽雞鳴，亂奏梅花已四更。山徑月斜楊柳暗，忽聞枝
上有流鶯。

　　滿路春泥雨乍晴，石苔新綠水痕平。玉驄驚過金吾隊，中使時
來問姓名。

　　王英文章，主旨在鳴國家之盛，而寓個人磊落志節，雍容而有奇氣，與
二楊的一味平易不同。試讀其《九華樵者傳》：

　　樵者，不詳其姓氏。一日謁予，囊書數卷，衣冠偉然，步趨進
退，雍肅有禮度。問之，則曰九華樵者，慕熊皎之隱逸者也。予笑
曰：「樵者果若是乎？居深山岩谷，負薪而行，荷擔而歌，則謂之樵。
有力於此者，有隱而樂此者，有託樵之名以自號者，有貧賤不得已
而樵者。今樵者褒衣巍冠，囊書自隨，日遨遊於都市而稱之曰樵，

〔註35〕胡玉縉：《續四庫提要三種》之《四庫未收書目提要續編》卷四《別集類·明》，
　　　　世紀出版集團 2002 年版。

果何似耶？」樵者曰：「嗟夫！富貴名利，人之所欲也。然得之有命，不可以強求。彼或強求而得者，必不克終，則曷若守分安命之爲樂哉？吾知此，故甘心於樵。幸今天下承平，一觀光上國，見公卿貴人，敢不具時服盡禮？還山則蓑衣箬笠，荷擔負薪以爲樂矣。且吾聞之，古之樂道者，隱而不仕，則託耕稼樵漁以終其身。若龐德公、嚴子陵、熊皎之爲人，吾恒慕之。故樂於樵以自號者，志在於隱遁，非託名與貧賤之所爲者，夫何疑焉？」予聞其言而喜之，將進而問其姓名，乃束書拂衣而去。繼詢之都人，謂樵者姓熊，名弘毅，讀書，善談星曆，爲熊皎之裔云。〔註36〕

　　王英的文學，在宣宗朝就已經負有盛名。《明史》王英傳云：「宣宗立，還朝。是時海內宴安，天子雅意文章，每與諸學士談論文藝，賞花賦詩，禮接優渥。嘗謂英曰：『洪武中，學士有宋濂、吳沈、朱善、劉三吾，永樂初，則解縉、胡廣。汝勉之，毋俾前人獨專其美。』」他在政治上不能發展的原因，則如本傳所云：「性直諒，好規人過，三楊皆不喜，故不得柄用。」

　　單論臺閣體文學，楊溥與王英差距甚遠。陳敬宗《尚書王文安公傳》云：「公在翰林，屢爲會試考官。海內名士，多出門下。爲文章典贍，朝廷製作，經其筆居多。四方求金石銘、誌、碑、記者，接踵其門，公酬應不倦。世多珍之。」〔註37〕《明史》本傳也說：「英端凝持重，歷仕四朝。在翰林四十餘年，屢爲會試考官，朝廷製作多出其手。」

　　王英、楊溥的文學才能，在《英宗實錄》中有蓋棺定論。試比較實錄的評論。《明英宗睿皇帝實錄》卷一九二「景泰元年五月庚申」：

　　　　英屢爲會試考官，多得名士。其文章典贍，一時重之。尤善草書，解縉以後，一人而已。然豪縱跌宕，不拘小節，頗有晉人風度云。

《明英宗睿皇帝實錄》卷一四三「正統十一年秋七月庚辰」：

　　　　溥在內閣，與士奇、榮皆楊姓，時號「三楊」。三人者各有所長，士奇有學行，榮有才識，溥有雅操，天下引領望焉。溥尤謙恭小心，趨朝循牆而走，儒之淳謹者也。

實錄大力讚揚王英的文章，而對楊溥的文學闕評。楊溥文學不足稱，可謂昭

〔註36〕 王英：《王文安公詩文集》文集卷六，續修四庫全書本。
〔註37〕 程敏政：《明文衡》卷六一，文淵閣《四庫全書》本。

昭然。

明人安磐《頤山詩話》說：「石首楊文定公好題竹贈人，亦其性然也。今見於集者凡三十六絕，然無甚佳者。詩之難如此哉！」清人朱彝尊說：「三楊位業並稱，南楊詩名獨不振。」〔註38〕且只是詩名不振，楊溥的文學不足名家。天順時期的名臣李賢，曾應楊溥後人的請求，寫過一篇《楊文定公集序》，說：「觀其所為文章，則辭惟達意而主於理，言必有補於世而不為無用之言，論必有合於道而不為無定之論，嚴重老成，有臺閣之氣象焉。」又說：「公之文章以事業而見重於世必矣，何以序為！」〔註39〕由於楊溥的詩文，充其量只是中規中矩，所以，李賢於其文學輕筆帶過，而從事功的角度肯定楊溥。

比較過楊溥與陳循、王英的文學，就可以看出，楊溥不宜作為臺閣體第三代表。即使撇開陳循和王英，臺閣體作家金幼孜、黃淮等人，創作成就也在楊溥之上，可以肩隨楊士奇，他們都不曾作為臺閣體的代表作家，那麼，有什麼理由讓楊溥作為代表？

楊溥的文學能力，與二楊不相配，前人不是沒有覺察。錢基博撰《中國文學史》，在轉述歷史上的「中外翕然稱三楊」後，卻將楊溥從「三楊」中扯出來，指出他文學的不足觀，列溥於黃淮、金幼孜之後。錢說：

> 楊榮與士奇同主一代之文柄，而傳有《楊文敏集》二十五卷（南京龍蟠里圖書館藏有明正統刻本）。其文章雍容平易，體格與士奇略同。雖無深湛幽渺之思、縱橫馳驟之才足以震耀一世，而透迤有度，醇實不炫。其他永嘉黃淮字宗豫，有《省愆集》二卷（南京龍蟠里圖書館藏有明正統刊本）。新淦金幼孜名善（以字行），有《金文靖集》十卷（南京龍蟠里圖書館藏有明弘治間刻本），舂容雅步，頗亦肩隨。蓋其時天下康樂，故廊廟賡揚，具有氣象，操觚者亦不知也。楊溥以弘識雅操驂駕三楊，而刻意道古，力摹昌黎；而不以文名，其集亦不傳。〔註40〕

錢氏移錄楊溥《承恩堂記》，認為「雖出以平實雅淡，而矜持少變化，光焰不長」。但是，錢氏受到「三楊」一詞的誘惑，讓溥入了文學史。如果錢氏知道「三楊」本是政治術語，與臺閣體不相關聯，他就不必受「三楊」概念的牽

〔註38〕朱彝尊：《靜志居詩話》卷六《楊溥》，第 147 頁。

〔註39〕李賢：《古穰集》卷八，文淵閣《四庫全書》本。

〔註40〕錢基博：《中國文學史》第 6 編第 1 章第 4 節，中華書局 1994 年版。

制而非要處理楊溥了。

楊溥詩集今尚存，《續修四庫全書》第 1326 冊收《楊文定公詩集》，原書為七卷，缺第四、五卷，今尚餘五卷，為明鈔本。彭時作《楊文定公詩集序》，云：「迨正統初，遂與泰和楊文貞、建安楊文敏二公同居內閣，協心匡弼，並列三孤之位，一時功名事業，炟赫盛大，屹然為朝廷之表儀。……士大夫有得其詩文者，莫不藏弆以為榮。公亦樂於應人之求，肆筆成章，皆和平雅正之言，其視務工巧以悅人者遠矣。何也？蓋其資稟之異，涵養之深，所處者高位，所際者盛時，心和而志樂，氣充而才贍，宜其發於言者，溫厚疏暢而不雕刻，平易正大而不險怪，雍雍乎足以鳴國家之盛，豈偶然哉！」看來，楊溥的詩給人的感覺，也是中規中矩的。

從文學史的撰寫體例上講，在論述臺閣體代表作家時，僅僅保留二楊是合適的。如果要添入第三人，可以是王英，或者金幼孜或者黃淮，需要進一步考察，但肯定不能是楊溥。

一個文學派別，總是以成就最高的作家為代表。臺閣體是以楊士奇為代表的詩文流派。這個看法，暗含著一個前提，是將與楊士奇肱股重臣身分相當的方孝孺和解縉，排除在了臺閣體之外。兩人的文學成就都在士奇之上，尤其是解縉，堪稱明代第一文學才子，如果把他們劃歸到臺閣體作家，傳統上所說的臺閣體以「楊士奇為代表」，必須更定為「以解縉為代表」。士奇之後的李東陽，也不宜視作臺閣體作家，否則，會導致「以李東陽為代表」的臺閣體。李東陽自有茶陵派為歸屬，不容混入別派。今人有將方孝孺、解縉和李東陽當作臺閣體作家來看的，恐非允當。

臺閣體的下限作家是哪些，是不可能決斷的。凡是有作品可考，能在文學史中存留的，無論怎樣不足觀，都不可能是下限作家。退一步說，即使能弄清下限作家的狀況，對於文學史的書寫也無什麼意義。但是，有一點可以肯定，下限作家會是一個龐大的隊伍。四庫總目《文敏集》提要說：「（楊榮）與楊士奇同主一代之文柄，亦有由矣。柄國既久，晚進者遞相摹擬。『城中高髻，四方一尺。』餘波所衍，漸流為膚廓冗長，千篇一律。物窮則變，於是何、李崛起，倡為復古之論，而士奇、榮等遂為藝林之口實。」

結束語

　　明代的臺閣體文學，是中國文學史上的一個特殊現象。

　　明代臺閣體的初生，始發於洪武時期，而其形成則要等到永樂時期。永樂帝是臺閣體文學的真正製造人。一場靖亂，結束了建文新政，從而改變了明代文學的發展方向。以方孝孺爲代表的建文朝士大夫的死難，使讀書人的精神受到空前的打擊。爲了挽救士林的信仰危機，永樂帝採取了文化壟斷的方式，恩威並施，讓讀書人心歸朝廷。他採取了一系列的文化補救措施。重修《明太祖高皇帝實錄》，撰修《永樂大典》，整理《五經四書大全》《性理大全》。這些永樂前期的大型文化工程，由解縉和胡廣完成，而產生的文化齊一效果，在楊榮主持內閣時才顯示出來。臺閣體產生影響，是從楊榮開始的。胡廣是臺閣體作家，卻沒有造成風氣。在永樂朝，楊榮具有寵臣的身分，又在適當的時候成爲了內閣領袖，占居了文化齊一的便利，首先成爲主持文柄的人。自從仁宗上臺，楊士奇的地位空前提升，由過去的一名閒職文官，變成了內閣首輔。他的文學本優，居於政治的高位，很快取代楊榮，成爲文柄的執掌人。晚於二楊20多年入閣的楊溥，最終成爲政治「三楊」結構中的一員。他的成就不在文學，臺閣體「三楊」的說法，是由政治「三楊」誤會而成。

　　需要特別予以說明的是，論文曾追溯臺閣體雍容平易的來源，將雍容平易作爲臺閣文的總風格。然而前人使用「雍容平易」一詞，含義卻並不固定。對於臺閣體詩，也用「雍容平易」予以概括。古人在「雍容平易」詞義上的搖蕩，造成了對臺閣體理解的混亂。尤其是古人述說的風格，往往內容與形式兼攝。如果以今天純化過的詞義，去理解古人所說，往往產生誤會。更令

人莫衷一是的，古人在自己的語境中，有時也犯理解的錯誤。這裡只談論臺閣體。古人對臺閣體的雍容平易，理解上就時寬時窄，影響到作家隊伍的劃分。

在明代臺閣體作家歸屬中，有一個現象令人不安，那就是一批卓有成就的明代作家，儘管他們與楊士奇同時，卻因為兩者在風格上差異明顯，而被文學史研究者驅出臺閣體的園地。這些在理論上被放逐的作家，有曾棨、胡儼、王英，甚至有黃淮。

曾棨、王英等人當時的影響非常大。如曾棨，「四方求者，無間貴賤，日集庭下，靡不酬應。」〔註1〕如王英，「公在翰林，屢為會試考官。海內名士，多出門下。為文章典贍，朝廷製作，經其筆居多。」〔註2〕又如胡儼，《明史》本傳云：「儼館閣宿儒，朝廷大著作多出其手，重修《太祖實錄》《永樂大典》《天下圖志》，皆充總裁官。居國學二十餘年，以身率教，動有師法。」這樣一批人被外放於臺閣體，導致一個嚴重的理論尷尬。當臺閣體盛行之時，他們竟然不屬於臺閣體作家，那麼，臺閣體的流行靠什麼作保證？另一方面，如果臺閣體流行，他們作為非臺閣體的邊緣作家，如何能影響四方？

上述問題的解答，取決於如何從風格上判定臺閣體。

楊士奇的詩文風格，一直被視作臺閣體的典範。因而在評論詩文時，往往將其大而化之，簡單地將楊氏文風作為判定臺閣體的標尺。四庫總目對胡儼的看法，是一個明顯的例子。「其詩頗近宋江西一派，詞旨高邁，寄託深遠，與三楊之和平安雅者氣象稍殊。文章則得法於熊釗，釗學於虞集。師授相承，淵源極正。故其氣格蒼老，可以追蹤作者，為明初之一家焉。」〔註3〕

沿著清人的思路，那些文風主要呈現陽剛之美的作家，似乎都難歸於臺閣體之下。除了胡儼的「氣格蒼老」，還有如曾棨「往往才氣用事」，馳逞縱橫，如王直「汗漫演迤」，抒寫萬狀，都使他們在四庫總目中別是一家，而在臺閣體流行之際，無所歸附。然而，清人自己也是矛盾的，在區別陰柔與陽剛上，並不總是涇渭分明。成化年間的倪謙，詩文風格健拔，縱橫才氣，因為李東陽稱其為「卓然館閣之體」，館臣明知其作品「樸而不俚」「簡而不陋」，

〔註1〕楊士奇：《詹事府少詹事兼翰林侍讀學士贈嘉議大夫禮部左侍郎曾公墓碑銘》，《東里文集》卷一四，第200頁。

〔註2〕陳敬宗：《尚書王文安公傳》，《明文衡》卷六一，文淵閣《四庫全書》本。

〔註3〕胡儼：《頤庵文選》卷首提要，文淵閣《四庫全書》本。

骨質剛硬，卻把他作爲弘正時期有成就的臺閣體作家。最令人驚訝的是，洪武年間的吳伯宗，詩文氣勢浩蕩，令讀者胸膽俱開，而四庫總目評其風格是雍容典雅，視其爲臺閣體之母。

　　清人在劃分臺閣體上的模棱兩可，本身就有擺脫不開的歷史糾葛。臺閣體推崇的歐陽文風，雖然極盡陰柔之美，卻原本從極度剛健的韓愈文風而來，先天就有陽剛的根基。陰柔與陽剛，能夠判然兩分嗎？事實上，臺閣體不可能褪掉陽剛的底色，正如歐陽文風綿密柔韌，風雨不透，在陰柔的外表下面，是明顯的剛健。歷史上，韓愈與歐陽修兩人的文風，是相生關係，那麼，對於明代作家而言，即使某些作家的風格是陽剛的，是近於韓愈一類的，將他們歸附到臺閣體作家隊伍去，有什麼不可以？更何況，文章是否學歐，並不能作爲臺閣體的判斷標誌。清人說吳伯宗是臺閣體，而吳伯宗顯然不曾學歐。

　　楊士奇是臺閣體的第一大家，而楊氏文風不能作爲臺閣體的判斷標誌。證據是明擺著的，楊氏文章的老祖宗歐陽修、曾鞏，都不是臺閣體作家。他們文風相似，區別在於內容。歐陽修和曾鞏的文章，無論記序贊銘，讚美的總是某個具體的人，極少往高處引拔。楊士奇的文章，以歌頌朝廷和今上爲主旨，哪怕朋友贈別，都不忘稱頌朝廷聖德。什麼「皇上入正大統」、「惟我太祖高皇帝」，什麼「仁宗皇帝在東宮」、「方今朝廷」如何如何，這些已經成爲他的習用語，滿紙萬千。

　　楊士奇之所以是臺閣體，關鍵在於他的文章心懷朝廷和皇帝。這可以作爲臺閣體的判斷標誌。以這個標誌去看曾棨、胡儼、王英、黃淮，毫無疑問，他們都是臺閣體作家。

　　人們談論臺閣體，一般說的是風格。上面的內容判斷標準，需要有一個轉換。不妨先考察一下，在古代文學的框架裏，臺閣體的雍容平易，可不可以容納上面的內容判斷？答案是肯定的。四庫總目將詞氣豪健的吳伯宗歸於臺閣體，所下評語是「詩文皆雍容典雅」。其所謂「雍容」，主要是不失禮度，而不是某種陰柔之美。士大夫做詩寫文章，心存朝廷，當然是不失禮度，可謂雍容。所以，雍容在古人那裡，不僅含攝內容，而且容納陽剛與陰柔兩種風格。

　　立足明代文學演進的歷史軌跡，將臺閣體置於明代前期的政治思想文化背景下作整體考察，此外更深廣的內容，尚有待進一步的展開。論文對於明代前期臺閣體的研究，只是略具一二。至於實際做得如何，只能留待讀者去評判了。

主要參考文獻

（按影印古籍、古籍整理本、當代著作及論文分類，並以拼音爲序）

1. 《半軒集》，王行撰，文淵閣《四庫全書》本。
2. 《泊庵集》，梁潛撰，文淵閣《四庫全書》本。
3. 《曹月川集》，曹端撰，文淵閣《四庫全書》本。
4. 《草木子》，葉子奇撰，文淵閣《四庫全書》本。
5. 《槎翁文集》，劉崧撰，四庫全書存目叢書本。
6. 《誠意伯文集》，劉基撰，文淵閣《四庫全書》本。
7. 《重編瓊臺稿》，丘濬撰，文淵閣《四庫全書》本。
8. 《芻蕘集》，周是修撰，文淵閣《四庫全書》本。
9. 《大全集》，高啓撰，文淵閣《四庫全書》本。
10. 《丹崖集》，唐肅撰，續修四庫全書本。
11. 《淡軒稿》，林文撰，四庫全書存目叢書本。
12. 《澹然先生文集》，陳敬宗撰，四庫全書存目叢書本。
13. 《殿閣詞林記》，廖道南撰，湖北先正遺書本。
14. 《東里續集》，楊士奇撰，文淵閣《四庫全書》本。
15. 《方正學先生遜志齋外紀》、《續集》，姚履旋等輯，四庫全書存目叢書本。
16. 《鳳池吟稿》，汪廣洋撰，文淵閣《四庫全書》本。
17. 《革朝遺忠錄》，郁袞撰，四庫全書存目叢書本。
18. 《革朝志》，許相卿撰，四庫全書存目叢書本。
19. 《革除編年》，佚名撰，四庫全書存目叢書本。
20. 《革除遺事》，黃佐撰，四庫全書存目叢書本。
21. 《古廉集》，李時勉撰，文淵閣《四庫全書》本。
22. 《歸田稿》，謝遷撰，文淵閣《四庫全書》本。

23. 《圭峰集》，羅玘撰，文淵閣《四庫全書》本。

24. 《國朝典彙》，徐學聚撰，四庫全書存目叢書本。

25. 《國朝典章》，佚名輯，四庫全書存目叢書本。

26. 《國初事迹》，劉辰撰，四庫全書存目叢書本。

27. 《國榷》，談遷撰，續修四庫全書本。

28. 《國史考異》，潘檉章撰，續修四庫全書本。

29. 《國史唯疑》，黃景昉撰，續修四庫全書本。

30. 《海桑集》，陳謨撰，文淵閣《四庫全書》本。

31. 《翰林記》，黃佐撰，文淵閣《四庫全書》本。

32. 《胡文穆公文集》，胡廣撰，四庫全書存目叢書本。

33. 《胡仲子集》，胡翰撰，文淵閣《四庫全書》本。

34. 《懷麓堂集》，李東陽撰，文淵閣《四庫全書》本。

35. 《皇明寶訓》，呂本等輯，四庫全書存目叢書本。

36. 《皇明本紀》，佚名撰，四庫全書存目叢書本。

37. 《皇明大政紀》，雷禮等輯，四庫全書存目叢書本。

38. 《皇明典故紀聞》，余繼登輯，四庫全書存目叢書本。

39. 《皇明典禮志》，郭正域撰，四庫全書存目叢書本。

40. 《皇明貢舉考》，張朝瑞輯，四庫全書存目叢書本。

41. 《皇明經世文編》，陳子龍編，四庫禁燬書叢刊本。

42. 《皇明名臣言行錄前集、後集》，徐咸輯，四庫全書存目叢書本。

43. 《皇明史概》，朱國禎輯，續修四庫全書本。

44. 《皇明史竊》，尹守衡撰，續修四庫全書本。

45. 《皇明書》，鄧元錫撰，四庫全書存目叢書本。

46. 《皇明疏議輯略》，張瀚輯，四庫全書存目叢書本。

47. 《皇明肅皇外史》，范守己撰，四庫全書存目叢書本。

48. 《皇明通紀述遺》，卜世昌、屠衡撰，四庫全書存目叢書本。

49. 《皇明文範》，張時徹輯，四庫全書存目叢書本。

50. 《皇明詔令》，佚名輯，四庫全書存目叢書本。

51. 《皇明詔制》，孔貞運輯，續修四庫全書本。

52. 《皇明政要》，婁性撰，四庫全書存目叢書本。

53. 《皇明祖訓》，朱元璋撰，四庫全書存目叢書本。

54. 《黃文簡公介庵集》，黃淮撰，四庫全書存目叢書本。

55. 《篁墩集》，程敏政撰，文淵閣《四庫全書》本。

56. 《繼志齋集》，王紳撰，文淵閣《四庫全書》本。

57. 《建文朝野彙編》，屠叔方輯，四庫全書存目叢書本。

58. 《建文遺迹》，佚名撰，四庫全書存目叢書本。

59. 《建文遺事》，佚名撰，四庫全書存目叢書本。

60. 《戒庵文集》，靳貴撰，四庫全書存目叢書本。

61. 《金華文統》，趙鶴編，四庫全書存目叢書本。

62. 《金華徵獻略》，王崇炳撰，四庫全書存目叢書本。

63. 《金華正學編》，趙鶴輯，張朝瑞重輯，四庫全書存目叢書本。

64. 《金文靖公前北征錄》、《後北征錄》，金幼孜撰，續修四庫全書本。

65. 《金文靖集》，金幼孜撰，文淵閣《四庫全書》本。

66. 《涇東小稿》，葉盛撰，續修四庫全書本。

67. 《靜學文集》，王叔英撰，文淵閣《四庫全書》本。

68. 《九靈山房集》，戴良撰，文淵閣《四庫全書》本。

69. 《刻曾西墅先生集》，曾棨撰，四庫全書存目叢書本。

70. 《禮部志稿》，俞汝楫編，文淵閣《四庫全書》本。

71. 《劉尚賓文集》、《劉尚賓文續集》，劉夏撰，續修四庫全書本。

72. 《密庵集》，謝肅撰，文淵閣《四庫全書》本。

73. 《明詩紀事》，陳田輯，續修四庫全書本。

74. 《明詩綜》，朱彝尊輯，文淵閣《四庫全書》本。

75. 《明實錄》（1～30 冊）臺灣「中央研究院」歷史語言研究所校印本。

76. 《明書》，傅維鱗撰，四庫全書存目叢書本。

77. 《明太祖文集》，朱元璋撰，文淵閣《四庫全書》本。

78. 《明通鑒》，夏燮撰，續修四庫全書本。

79. 《明文海》，黃宗羲編，文淵閣《四庫全書》本。

80. 《明文衡》，程敏政編，文淵閣《四庫全書》本。

81. 《南齋先生魏文靖公摘稿》，魏驥撰，四庫全書存目叢書本。

82. 《榮進集》，吳伯宗撰，文淵閣《四庫全書》本。

83. 《尚約文鈔》，蕭鎡撰，四庫全書存目叢書本。

84. 《石匱書》、《石匱書後集》，張岱撰，續修四庫全書本。

85. 《石溪周先生文集》，周敘撰，四庫全書存目叢書本。

86. 《始豐稿》，徐一夔撰，文淵閣《四庫全書》本。

87. 《世廟識餘錄》，徐學謨撰，四庫全書存目叢書本。

88. 《五經四書大全》，胡廣等撰，文淵閣《四庫全書》本。

89. 《蘇平仲集》，蘇伯衡撰，文淵閣《四庫全書》本。

90. 《坦庵先生文集》，梁本之撰，四庫全書存目叢書本。

91. 《坦齋劉先生文集》，劉三吾撰，四庫全書存目叢書本。

92. 《逃虛類稿》，姚廣孝撰，四庫全書存目叢書本。

93. 《桃溪淨稿》，謝鐸撰，四庫全書存目叢書本。

94. 《陶學士集》，陶安撰，文淵閣《四庫全書》本。

95. 《王常宗集》，王彝撰，文淵閣《四庫全書》本。

96. 《王端毅公文集》，王恕撰，四庫全書存目叢書本。

97. 《王文安公詩文集》，王英撰，續修四庫全書本。

98. 《王忠文集》，王禕撰，文淵閣《四庫全書》本。

99. 《危學士全集》，危素撰，四庫全書存目叢書本。

100. 《文敏集》，楊榮撰，文淵閣《四庫全書》本。

101. 《文憲集》，宋濂撰，文淵閣《四庫全書》本。

102. 《文毅集》，解縉撰，文淵閣《四庫全書》本。

103. 《文章辨體彙選》，賀復徵編，文淵閣《四庫全書》本。

104. 《吳興藝文補》，董斯張等輯，四庫全書存目叢書本。

105. 《梧岡集》，唐文鳳撰，文淵閣《四庫全書》本。

106. 《西郊笑端集》，董紀撰，文淵閣《四庫全書》本。

107. 《西隱集》，宋訥撰，文淵閣《四庫全書》本。

108. 《省愆集》，黃淮撰，文淵閣《四庫全書》本。

109. 《性理大全書》，胡廣等撰，文淵閣《四庫全書》本。

120. 《薛文清集》，薛瑄撰，文淵閣《四庫全書》本。

121. 《遜國君紀抄》、《臣事抄》，鄭曉輯，四庫全書存目叢書本。

122. 《遜國正氣紀》，曹參芳輯，四庫全書存目叢書本。

123. 《遜志齋集》，方孝孺撰，文淵閣《四庫全書》本。

124. 《楊文定公詩集》，楊溥撰，續修四庫全書本。

125. 《姚文敏公遺稿》，姚夔撰，四庫全書存目叢書本。

126. 《頤庵文選》，胡儼撰，文淵閣《四庫全書》本。

127. 《抑庵集》，王直撰，文淵閣《四庫全書》本。

128. 《易齋稿》，劉璟撰，續修四庫全書本。

129. 《易齋集》，劉璟撰，文淵閣《四庫全書》本。

130. 《尹訥庵先生遺稿》，尹昌隆撰，四庫全書存目叢書本。

131. 《湧幢小品》，朱國禎輯，四庫全書存目叢書本。

132. 《餘冬序錄》，何孟春撰，四庫全書存目叢書本。

133. 《御製大誥》、《續編》、《三編》，朱元璋撰，續修四庫全書本。

134. 《昭代典則》，黃光升撰，四庫全書存目叢書本。

135. 《柘軒集》，凌雲翰撰，文淵閣《四庫全書》本。

136. 《貞白遺稿》，程通撰，文淵閣《四庫全書》本。

137. 《震澤集》，王鏊撰，文淵閣《四庫全書》本。

138. 《中丞集》，練子寧撰，文淵閣《四庫全書》本。

139. 《忠靖集》，夏原吉撰，文淵閣《四庫全書》本。

140. 《朱楓林集》，朱升撰，四庫全書存目叢書本。

141. 《朱一齋先生文集》，朱善撰，四庫全書存目叢書本。

142. 《罪惟錄》，查繼佐撰，續修四庫全書本。

143. 《東里文集》，楊士奇撰，中華書局 1998 年版。

144. 《靜志居詩話》，朱彝尊撰，人民文學出版社 1990 年版。

145. 《列朝詩集小傳》，錢謙益撰，上海古籍出版社 1983 年版。

146. 《麓堂詩話》，《歷代詩話續編》本，中華書局 1983 年版。

147. 《明詩別裁集》，沈德潛、周準編，上海古籍出版社 1979 年版。

148. 《明詩評選》，王夫之評選，文化藝術出版社 1997 年版。

149. 《明史》，張廷玉等撰，中華書局 1974 年版。

150. 《明史紀事本末》，谷應泰撰，中華書局 1977 年版。

151. 《廿二史札記》，趙翼撰，中華書局 1984 年版。

152. 《詩藪》，胡應麟撰，上海古籍出版社 1979 年版。

153. 《詩源辯體》，許學夷撰，人民文學出版社 1987 年版。

154. 《水東日記》，葉盛撰，中華書局 1980 年版。

155. 《四庫全書總目》，永瑢等撰，中華書局 1965 年版。

156. 《四書章句集注》，朱熹撰，曾軍整理，嶽麓書社 2007 年版。

157. 《四友齋叢書》，何良俊撰，中華書局 1959 年版。

158. 《從文人之文到學者之文——明清散文研究》，陳平原著，北京三聯書店 2004 年版。

159. 《復古派與明代文學思潮》，廖可斌著，臺灣文津出版社 1994 年版。

160. 《復古與新變：明代文人心態史》，史小軍著，河北教育出版社 2001 年

版。

161. 《李東陽研究》，薛泉著，湖南人民出版社 2007 年版。

162. 《劉基評傳》，周群著，南京大學出版社 1995 年版。

163. 《明代城市與市民文學》，方志遠著，中華書局 2004 年版。

164. 《明代復古派唐詩論研究》，陳國球著，北京大學出版社 2007 年版。

165. 《明代徽州文學研究》，韓結根著，復旦大學出版社 2006 年版。

166. 《明代前中期詩學辨體理論研究》，鄧新躍著，上海古籍出版社 2007 年版。

167. 《明代山人文學研究》，張德建著，湖南人民出版社 2005 年版。

168. 《明代詩文的演變》，陳書錄著，江蘇教育出版社 1996 年版。

169. 《明代詩文論爭研究》，馮小祿著，雲南人民出版社 2006 年版。

170. 《明代詩文研究史》，陳正宏著，上海文化出版社 2000 年版。

171. 《明代詩學》，陳文新著，湖南人民出版社 2000 年版。

172. 《明代詩學的邏輯進程與主要理論問題》，陳文新著，武漢大學出版社 2007 年版。

173. 《明代唐詩接受史》，查清華著，上海古籍出版社 2006 年版。

174. 《明代唐詩學》，孫春青著，上海古籍出版社 2006 年版。

175. 《明代特務政治》，丁易著，群眾出版社 1983 年版。

176. 《明代文人與文學》，傅承洲著，中華書局 2007 年版。

177. 《明代文學批評史》，袁震宇、劉明今著，上海古籍出版社 1991 年版。

178. 《明代文學批評研究》，簡錦松著，臺灣學生書局 1989 年版。

179. 《明代文學研究》，鄧紹基、史鐵良主編，北京出版社 2001 年版。

180. 《明清散文流派論》，熊禮彙著，武漢大學出版社 2003 年版。

181. 《明實錄研究》，謝貴安撰，湖北人民出版社 2003 年版。

182. 《明史考證》，黃雲眉撰，中華書局 1984 年版。

183. 《明永樂至嘉靖初詩文觀研究》，黃卓越著，北京師範大學出版社 2001 年版。

184. 《情與理的碰撞：明代士林心史》，夏咸淳著，河北大學出版社 2001 年版。

185. 《士風與詩風的演進：明代成化至正德前期士人與詩派研究》，劉化兵著，社會科學文獻出版社 2007 年版。

186. 《宋明理學與文學》，馬積高著，湖南師範大學出版社 1989 年版。

187. 《王學與中晚明士人心態》，左東嶺著，人民文學出版社 2000 年版。

188. 《楊維禎與元末明初文學思潮》，黃仁生著，東方出版中心 2005 年版。

189. 《中國文學編年史・明前期卷》，何坤翁主編，湖南人民出版社 2006 年版。

190. 《中國文學流派意識的發生和發展》，陳文新著，武漢大學出版社 2007 年版。

191. 《中華大典・文學典・明清文學分典》，吳志達主編，鳳凰出版社 2005 年版。

192. 《明代洪武至正德年間的翰林院與文學》，鄭禮炬著，南京師範大學博士學位論文，2006 年。

193. 《明代文壇「三楊」研究》，籍麗芳著，上海師範大學碩士學位論文，2006 年。

194. 《20 世紀茶陵派研究回顧》，司馬周，載《南陽師範學院學報（社會科學版）》2003 年第 1 期。

195. 《20 世紀以來明代臺閣體研究述評》，史小軍、張紅花，載《南陽師範學院學報（社會科學版）》2006 年第 2 期。

196. 《茶陵派與復古派》，廖可斌，載《求索》1991 年第 2 期。

197. 《從〈蜀道易〉看方孝孺與「臺閣體」的關係》，朱昌林，載《康定民族師範高等專科學校學報》2006 年第 5 期。

198. 《從臺閣體到茶陵派——論山林詩的特徵及其在明詩發展史上的意義》，陳文新，載《文學遺產》2008 年第 3 期。

199. 《從臺閣體到復古派》，孫學堂，載《陝西師範大學學報（哲學社會科學版）》2002 年第 4 期。

200. 《對茶陵派與復古派關係的三點認識》，蘇羽，載《延安大學學報（社會科學版）》2008 年第 3 期。

201. 《方孝孺文學思想初探》，汪正章，載《渤海學刊》1989 年第 3 期。

202. 《方孝孺與明初金華朱學的終結》，陳寒鳴、賈志剛，載《滄州師範專科學校學報》1999 年第 3 期。

203. 《湖北石首市楊溥墓》，荊州地區博物館、石首市博物館，載《江漢考古》1997 年第 3 期。

204. 《簡析方孝孺的君臣關係說》，孫湘雲，載《華中師範大學學報（哲社版）》1991 年第 4 期。

205. 《解讀明代臺閣體領袖楊士奇的應製詩》，張紅花，載《名作欣賞》2008 年第 22 期。

206. 《〈麓堂詩話〉：茶陵派的詩論綱領》，司馬周，載《求索》2007 年第 2 期。

207. 《略論茶陵派在明詩史上的地位》，魏青，載《萍鄉高等專科學校學報》

2002 年第 3 期。

208. 《略論明初「三楊」權勢與「仁宣之治」》，趙毅，劉國輝，載《東北師大學報（哲學社會科學版）》1997 年第 1 期。

209. 《論茶陵派與「陳莊體」山林派之關係》，劉化兵，載《五邑大學學報（社會科學版）》2007 年第 1 期。

210. 《論方孝孺的用世和無神論思想》，唐宇元，載《浙江學刊》1986 年第 6 期。

211. 《論方孝孺之死對明代士風的影響》，張樹旺，載《廣東社會科學》2006 年第 1 期。

212. 《論明初對洪武政治的批評——方孝孺的政治理想與建文帝的政策改革》，王家範、程念祺，載《史林》1994 年第 3 期。

213. 《「天下讀書種子絕矣」——方孝孺之死的文化闡釋》，郭萬金，載《浙江學刊》2007 年第 6 期。

214. 《明初才子解縉「祖餞類」詩歌研究》，應俊，載《滄桑》2008 年第 3 期。

215. 《明初才子解縉的詩文創作》，魏崇新，載《淮陰師範學院學報》2002 年第 3 期。

216. 《明代「臺閣體」芻議》，李振松，載《理論界》2007 年第 11 期。

217. 《明代「臺閣體」的相關問題淺探》，李精耕，載《甘肅社會科學》2008 年第 6 期。

218. 《明代「臺閣體」盟主楊士奇詩文取向初探》，李精耕，黃佩君，載《江西社會科學》2008 年第 11 期。

219. 《明代李東陽茶陵詩派研究百年回顧》，鄧紹秋，載《株洲師範高等專科學校學報》1999 年第 3 期。

220. 《明代臺閣體文學三題》，馮小祿，載《天中學刊》2006 年第 1 期。

221. 《徘徊在「臺閣」與「山林」之間的孤獨者——〈運甓漫稿〉的文化心理釋讀》，喬光輝，載《中國韻文學刊》2004 年第 3 期。

222. 《淺析「臺閣體」與楊士奇詩歌——楊士奇詩歌所展現的臺閣風貌》，黃佩君，載《安徽文學》2008 年第 8 期。

223. 《儒家之絕唱——方孝孺悲劇根源剖析》，徐立新，載《台州師專學報》1996 年第 5 期。

224. 《試論楊士奇對明初社會政治的貢獻》，楊志華，載《江西師範大學學報（哲學社會科學版）》1998 年第 4 期。

225. 《宋濂與臺閣體》，許建中、李玉亭，載《浙江社會科學》2008 年第 2 期。

226. 《臺閣體作家的創作風格及其成因》，魏崇新，載《復旦學報（社會科學版）》1999 年第 2 期。

227. 《文彪百代，骨鯁千秋——方孝孺的散文理論與實踐》，張夢新，載《浙江學刊》1991 年第 5 期。

228. 《文學的社會參與不能違背自身規律——對李夢陽文學思想的反思》，阮國華，載《文藝理論研究》2005 年第 5 期。

229. 《謝鐸與「茶陵詩派」》，林家驪，載《文學評論》2003 年第 5 期。

230. 《楊榮與閩籍臺閣體詩人》，陳慶元，載《南平師專學報》1995 年第 3 期。

231. 《楊士奇之創作及對臺閣文風之影響》，魏崇新，載《南京師範大學文學院學報》2004 年第 2 期。

232. 《也評方孝孺是否「愚忠」》，湯長平，載《台州師專學報》1995 年第 1 期。

233. 《應給「茶陵派」重新命名》，郭瑞林，載《學術研究》2004 年第 10 期。

234. 《元明之際的「氣」論與方孝孺的文學思想》，左東嶺，載《文藝研究》2006 年第 1 期。